中京大学文化科学研究所叢書20

語りの言語学的／文学的分析

内の視点と外の視点

郡伸哉・都築雅子［編］

ひつじ書房

まえがき

　本書は、タイトルにあるとおり、「語りの視点」に関する言語学的および文学的分析の試みである。ただし「語り」のなかでも小説の語りを対象とする。
　「視点」についていうと、まず、認知言語学では、「言語表現の意味とは（われわれ人間の）捉え方であり解釈である」と考えることから、物事を捉える際に「どの視点から捉えるか」といった視点の問題は、もともと中心的な問題であった。さらに言語類型論的観点からの研究が進むにつれ、同じ事態であっても、言語によって表現のしかたが異なっており、捉え方に一定の傾向があることがわかってきた。たとえば、自分の居場所をたずねるとき、日本語では「ここはどこですか？」というように、話し手自身を言語化せず「ここ」という直示表現を主語／主題にたてるのが普通であるが、英語では"Where am I?"というように、1人称代名詞を主語にたてるのが普通である。ここで、事態の当事者である話し手が事態を内から捉え／表現する傾向にある日本語と、迷っている自分を第三者が見るかのように、話し手が事態を外から捉え／表現する傾向にある英語、といった対比が成り立つ。これを「視点」という用語で表現するなら、「内の視点で捉える傾向の強い日本語」と「外の視点で捉える傾向の強い英語」といった類型論的な考察になっていく。
　文学研究上の「視点」についていうと、それはかなり以前から重要なテーマであった。それは結局、近代以降の文学が人間の内面をどう伝えるか（どこから、誰が、など）に知恵を絞ってきたことと関連している。ということは、「視点」の問題は、それだけで考えるよりも、広く「意識」あるいは「心」はどう捉えられるかという問題の中で考えた方が、いろいろなことがみえてくるということでもある。文学研究が言語学と接点をもつ可能性もそこにあるだろう。そうした接点はさらに、心・社会・文化を扱う他のさまざまな学問にも開けているはずである。

本書を構想するきっかけは、編者の1人である都築が勤務先で担当しているゼミで、『ハリー・ポッター』の英語オリジナル版と日本語翻訳版の比較考察を行った際に、日本語と英語の「事態把握」の違いを論じる中村芳久氏の論考を参考にしたことである。国際教養学部という学際的な学部で多様な学問を学ぶ学生たちが、言語研究に関してどんなことに興味をもつのだろうかと、ゼミの運営には苦心してきたが、その学生たちがとても喜んだため、さらに絵本などのオリジナル版と翻訳版の比較考察を行うようになり、中村氏には講演にも来ていただいた。その後、同僚のペトリシェヴァと共同で、絵本のロシア語翻訳版に関する研究を行ったが、それが、ロシア文学を専門とし、言語研究にも関心をもっていた郡の耳に届いたことが本書の企画につながった。そして郡、都築の2人で「古典的な文学作品を対象に考察するとどうなるだろうか」、「日本語・英語・ロシア語対照にするとどうか」、「それを材料に言語研究と文学研究の接点が探れないか」などと考えたことが、「語りの視点に関する言語学的／文学的分析」にとりかかる出発点となった。

　企画が定まったあとは、テクストの選択などを含め、おもに郡が中心となって研究を進めていった。選んだテクストは有名な作家による3編の文学作品である。英語の作品から選んだのはモンゴメリー『エミリー』で、多感な少女の心の内側に入りこむ描写と、語り手による言語のコントロールとがみごとに調和した作品といえる。日本語の作品としては、夏目漱石『夢十夜』、なかでもとくに迫真力のある「第三夜」をとりあげた。漱石による夢の描写は、心の深みに降りていくその内容はもちろんのこと、言語分析の対象としても、じつに興味深い材料を提供してくれる。そしてロシア語の作品からは、20世紀を代表するブルガーコフの長編小説『巨匠とマルガリータ』の一部をとりあげた。奇想天外な内容と、それにみあった自在な語りが興味をそそる。

　言語研究と文学研究は、もともとは1つのものであったし、語りのテクストを分析対象とするなら、たがいを意識せざるをえない。しかし実際にそれぞれの立場から1つの共同作業を行う（たとえば同じテクストを分析対象とする）ことは稀なように思われる。本書には、とりあげたテーマのうち限

られた範囲しか扱えなかったことを含め、不十分な点は多々あるが、言語研究と文学研究をたがいに意識することで、それぞれの狭い専門分野の枠からわずかでも超えるよう努めた。その努力は著者たちにとって有益だったと考えるが、その成果が読者に対して役立つものを含んでいることを願っている。

本書は2部構成をとっている。各部の主題と構成は以下のとおりである。

まず第1部では、「視点」に関わる事柄を4人の執筆者がそれぞれの切り口から概観・考察し、全体として、第2部の考察――原文と翻訳文の比較を含む小説テクストの分析――の基礎を提示することをめざす。

第1章（担当：都築雅子）では、事態の捉え方と言語表現との関係について、主として認知言語学の観点から考察する。具体的には、事態の内からの視点で捉える「主観的把握」と事態の外からの視点で捉える「客観的把握」、およびそのような事態把握の観点からみた日本語表現と英語表現の相違などをとりあげ、さらに日本語の間主観性・対人関係に関わる表現、語りの視点と事態把握の関係（ただし、語り手視点と登場人物視点の基本的な関係に限定）などについて考察する。

第2章（担当：ペトリシェヴァ・ニーナ）では、ロシア語文法のおおまかな特徴を、ロシア語の知識をもたない読者に紹介することを兼ねながら、「事態把握の主観性/客観性」の観点から、ロシア語に特徴的なさまざまな文法事項を説明し、英語および日本語との対比にも言及することで、この観点からのロシア語のおおよその位置づけを示すことをめざす。

第3章（担当：中村芳久）では、言語とコミュニケーションの進化の問題を認知言語学の立場から考察する。言語進化を動機づける認知的側面は、主客「未分」の認知から主客「対峙」の認知への進化であるとの想定に基づいて、言語を言語構造（記号構造、単文構造、複文構造）とコミュニケーションの2つの側面に分けて、進化の問題を考察する。

第4章（担当：郡伸哉）では、語りをめぐる文学理論のほか、言語学、哲学、創作者の立場からの考察も含めたさまざまな議論から論点をとりだして整理しながら、「視点」だけでなく、世界において固有の位置を占め、固有の主体を指示する「声」の観点を含んだテクスト分析のありかたを考察する。

以上の第 1 部は理論編ということができ、4 名の著者がそれぞれのテーマとスタイルで考察を行ったが、全体としては、考察の対象を狭く絞って掘り下げるのではなく、できる限り広い視野のなかで把握する方向をとった。

　第 2 部は、語りのテクストの具体的分析で、オリジナル・テキストと複数の言語による複数の翻訳テクストを比較しながら 3 つの作品を分析する。具体的には、英語をオリジナル言語とするモンゴメリーの『エミリー』(第 5 章)、ロシア語をオリジナル言語とするブルガーコフの『巨匠とマルガリータ』(第 6 章)、そして夏目漱石の『夢十夜』から「第三夜」(第 7 章) である。第 8 章では、以上 3 章の考察を簡潔に総括する。

　第 2 部の各章・各節の考察は、第 1 部の理論的考察を念頭におきながら行うが、特定の側面を掘りさげるより、広い視野からの把握をめざしたという意味でも、第 2 部の姿勢は、第 1 部の理論的考察の姿勢と呼応する。

　第 2 部は、都築、ペトリシェヴァ、郡の 3 名が、語りのテクストとその翻訳の比較分析を共同で討議した成果である。第 5, 6, 7 章の各章のうち、概要を述べる第 1 節を除いた各節は、それぞれ 1 人の著者が責任をもって執筆した。執筆分担は各章の第 1 節にも示したが、以下のとおりである。都築雅子：5 章 2 節および 7 章 2 節、ペトリシェヴァ・ニーナ：6 章 3 節および 7 章 3 節、郡伸哉：5 章 3 節、6 章 2 節および 7 章 4 節。

　なお、都築の原稿の一部は、認知言語学談話会で発表し、宮浦国江氏、大西美穂氏、今井隆夫氏から、さまざまな有益なコメントをいただいた。ここに感謝の意を表したい。また中村芳久氏には、励ましの言葉とともに、玉稿を寄せていただいた。あらためて感謝申し上げたい。

　本書は、中京大学文化科学研究所の「言語研究グループ」による研究成果の公表で、中京大学文化科学研究所叢書の一冊として刊行されるものである。財政援助をいただいた中京大学文化科学研究所に感謝したい。最後になったが、種々の貴重な助言をいただいたうえ、遅くなった原稿に入念なチェックを施してくださった、ひつじ書房の森脇尊志氏に心から感謝の意を表したい。

郡伸哉・都築雅子

目　次

まえがき　iii

第1部　視点と語りへの視座

第1章　事態把握の主観性と言語表現―認知言語学の知見より
　　　　　　　　　　　　　　　　　　　　　　都築雅子　3
1　はじめに ……………………………………………………………………… 3
2　主観的把握と客観的把握 …………………………………………………… 4
3　主観的把握傾向の日本語表現と客観的把握傾向の英語表現
　　―視覚・感情に関わる表現や推移表現など………………………………… 15
4　主観的把握傾向の日本語表現―間主観性に関わる表現 ………………… 35
5　「語り」の視点と主観的把握／客観的把握 ……………………………… 43

第2章　事態把握の観点からみたロシア語
　　　　　　　　　　　　　　　　　　ペトリシェヴァ・ニーナ　65
1　ロシア語の位置と文字体系 ………………………………………………… 65
2　名詞類の特徴―性・数・格、その他 ……………………………………… 66
3　動詞の特徴 …………………………………………………………………… 69
4　統語論的特徴 ………………………………………………………………… 74
5　ロシア語における事態把握の客観性と主観性 …………………………… 81

第3章　認知と言語・コミュニケーションの進化
中村芳久　91

1　はじめに ……………………………………………………………………… 91
2　認知文法の認知モデルと2つの認知モード ……………………………… 92
3　認知モードと日英語の「内」「外」……………………………………… 97
4　言語構造の諸側面（記号構造、単文構造、複文構造）の進化 …… 102
5　コミュニケーションと認知 ……………………………………………… 115
6　利他性・協力・協調性（altruism, MACCM）の進化と認知 ……… 117
7　結び ………………………………………………………………………… 118

第4章　語りと声―文学的観点から
郡伸哉　121

1　視点と声 …………………………………………………………………… 121
2　『沈黙』の思考描写 ……………………………………………………… 123
3　語りの主体と対象 ………………………………………………………… 130
4　物語世界 …………………………………………………………………… 138
5　媒介の諸相 ………………………………………………………………… 146
6　心と声 ……………………………………………………………………… 154
7　『沈黙』の声 ……………………………………………………………… 157

第2部　テクストの比較分析―日本語・英語・ロシア語の語り

第5章　モンゴメリー『エミリー』
169

1　はじめに　　　　　　　　　　　　　　都築雅子／郡伸哉 …… 169
2　英語原文と日本語訳の比較―事態把握の主観性の観点から
都築雅子 …… 170
3　英語原文における「体験の言語化」　　　　　　郡伸哉 …… 182

第 6 章　ブルガーコフ『巨匠とマルガリータ』　197

1　はじめに　　　　　　　　　　　郡伸哉／ペトリシェヴァ・ニーナ……197
2　語りのテキスト分析　　　　　　　　　　　　　　　　郡伸哉……199
3　ロシア語原文・英訳・和訳にみる主観性と客観性
　　　　　　　　　　　　　　　　　　　　　ペトリシェヴァ・ニーナ……215

第 7 章　夏目漱石『夢十夜』より「第三夜」　223

1　はじめに　都築雅子／ペトリシェヴァ・ニーナ／郡伸哉……223
2　日本語原文と英語訳文の比較―事態把握の主観性の観点から
　　　　　　　　　　　　　　　　　　　　　　　　都築雅子……225
3　ロシア語を中心とした 3 言語の比較
　　　　　　　　　　　　　　　　　　　　　ペトリシェヴァ・ニーナ……238
4　夢の感触の表現　　　　　　　　　　　　　　　　　　郡伸哉……249

第 8 章　テクスト分析のまとめ　261

執筆者紹介　265

Ⅰ　視点と語りへの視座

第 1 章
事態把握の主観性と言語表現

認知言語学の知見より

都築雅子

1　はじめに

　本章では、事態の捉え方と言語表現との関係について、主に認知言語学の観点から考察する[1]。近年、認知言語学では、事態把握と言語表現形式の関係に関する研究が言語類型論的な観点から盛んに行われており、それぞれの言語における表現形式の偏り／くせの多くは、事態把握の傾向の違いに帰すことができることがわかってきている。事態の捉え方については、本章 2 節以下で論じていくが、大別すると、「主観的把握」と「客観的把握」の 2 タイプに分けられ、日本語は主観的把握の傾向が強く、英語は客観的把握の傾向が強いとされる。「視点」の観点からいえば、前者が「事態内視点／内の視点による事態の捉え」、後者が「事態外視点／外の視点による事態の捉え」ということになる。

　本章の構成は以下のとおりである。2 節では、「主観的把握」と「客観的把握」、それぞれの把握の仕方にともなう基本的な認知プロセスについて考察する。3 節では、主観的把握の傾向の強い日本語と客観的把握傾向の強い英語の違いについて、視覚に関わる表現、感情・感覚に関わる表現、推移的な表現、参照点型認知／トラジェクター・ランドマーク型認知による表現を中心に、具体的にみていく。4 節では、事態把握の主観性の高さゆえに発達していると考えられる間主観性・対人関係に関わる日本語の表現についてみていく[2]。5 節では、語りの視点と事態把握の関係について考察する。

　本章の目的は、本書 2 部の日本語・英語・ロシア語の小説テクストの原

文と翻訳文の比較考察の基礎を提供することである。本章における言語間の比較は、日本語と英語にとどまっているので、ロシア語については1部2章を参照いただきたい。

2 主観的把握と客観的把握

　ここでは、主観的把握と客観的把握、およびこれらの把握の仕方に付随する認知プロセス——自己分裂と自己投入——について詳しくみていく。

2.1 事態把握の主観性と言語表現

　同一の事態を叙述する場合であっても、表現の仕方は1つではない。事態の捉え方と言語表現の間には類像性／有縁性——記号とその意味あるいは概念の間に存在する動機づけ——がみられる。捉え方の違いは言語表現の違いに反映されるのである。事態把握と言語表現との関係について、ここでは、池上 (2000) をもとに考察していく。

　次の例文をみてみよう。(a) と (b) の違いは、1人称代名詞 me を従える前置詞句の有無である[3]。

(1) 　a. There is a clearing ahead.
　　　b. There is a clearing ahead <u>of me</u>. （以上、池上 2000: 274）下線は筆者）
(2) 　a. Vanessa is sitting across the table.
　　　b. Vanessa is sitting across the table <u>from me</u>.

　　　　　　　　　　　　　　（以上、Langacker (1990: 20) 下線は筆者）

(1a) (1b) の表現は、どちらも森の中で話し手の前方に（木の伐採された）空き地があるという状況を叙述しているものの、違いがみられる。(1a) は、森を歩いている話し手が行く手前方に空き地があるのを認めた瞬間の想いが表出されているように感じられるのに対し、(1b) は、状況を客観的に報告しているような印象を受ける。(2a) (2b) の表現についても、どちらもヴァ

ネッサが（私から見て）テーブルの向かい側に座っているという状況を述べているが、(2a)は、今まさにそういう状況の現場にあって話し手が発しているように感じられるのに対し、(2b)は、そういう状況を映した写真を見せて説明しているというような印象を受ける。(1)(2)における(a)と(b)の感じ方の違いは、前置詞句の有無とどのように関係するのであろうか。

(1a)の文は、「森を歩いていたら、突然、前方に空き地が現れた」というような状況、すなわち話し手の眼前の「見え」の変化が、そのまま表現されている。話し手の視線の先に空き地が広がっている一方、話し手自身の姿は自分から見えない。そのため話し手は言語化の対象からはずれ、ゼロ表示となっている。ゼロ表示だからこそ、それが認識の原点としてはたらき、体験しているかのような臨場感が生まれる。「見え」だけの描写により、背後に話し手の存在や位置変化が感じられるのである。このような自己中心的な視座による事態の捉え方は主観的把握と呼ばれる。

一方、(1b)の文は、眼前に対象を見ている話し手自身をも含んだ状況全体を、状況の外から客体的に捉えて表現している。(1b)では、認知主体である話し手は、次の(3)の文におけるヴェロニカと同じように、他者として客体化して捉えられ、人称代名詞 me として言語化されている。

(3) There is a clearing ahead of Veronica.

(1b)の話し手は、上記(3)のヴェロニカのように、観られる対象の中に含まれる。(1b)は、話し手をも含んだ状況を、（いわば自己分裂した）もう一人の話し手が外から観ているような構図になる。話し手自身が観られる側と観る側に「自己分裂 (self split)」し、前者は他者化され、言語化される[4]。そのため、客観的に報告されているかのような印象を受けるのである。このような事態の捉え方は客観的把握と呼ばれる。(2a)(2b)の例文も、主観的把握・客観的把握がそれぞれ反映されており、それにより印象の違いが生じているのである。

ここで、本多 (2005、2009a) の考察をもとに、主観的把握の構図に示され

る話し手と「見え」の関係について、「自己知覚」の観点から考えてみよう。生態心理学者の Gibson (1979: 141) は「世界を知覚することは同時に自分自身を知覚することである」、具体的にいえば「人間は、視野や見えの変化により自分の位置や位置変化を知ることができる」と論じている。例えば、人が壁に向かって歩いているとしよう。歩くにつれ、壁の見えは変化し、壁は近くなる。迫りくる壁の見えの変化により、人は自分の位置の変化を知覚することができるのである。そのような仕方で知覚できる自己は「環境的自己（エコロジカル・セルフ）」と呼ばれる (Nisser 1988, 1993)。エコロジカル・セルフは、人間の赤ん坊が最初に自己を知覚する仕方の 1 つであり、最も原始的な自己知覚の仕方の 1 つといわれる。エコロジカル・セルフのレベルで捉えられる自己中心的な主観的把握は、客観的把握に比べると、より原初的な捉え方といえる[5]。

2.2 主観的把握と客観的把握

　主観的把握と客観的把握に関する池上 (2011: 52) の定義をあらためてみてみよう。

（4）〈主観的把握〉：話者は問題の事態の中に自らの身を置き、その事態の当事者として体験的に事態把握をする——実際には問題の事態の中に身を置いていない場合であっても、話者は自らがその事態に臨場する当事者であるかのように体験的に事態把握する。

（5）〈客観的把握〉：話者は問題の事態の外にあって、傍観者ないし観察者として客観的に事態把握をする——実際には問題の事態の中に身を置いている場合であっても、話者は（自分の分身をその事態の中に残したまま）自らはその事態から抜け出し、事態の外から、傍観者ないし観察者として客観的に（自己の分身を含む）事態を把握する。

池上 (2011: 52–53) は、〈主観的〉／〈客観的〉という用語の適用について、次のように補足している。

主体としての〈話者〉が客体としての〈事態〉と直接関わり合う(つまり、〈参与〉する)とは、前者が後者と〈体験的〉に(あるいは〈身体〉を介して感覚レベルで)関わり合うことと、解する。この場合、主体が自らの身体性をもって直接事態と関わり合うという意味で客体／客観よりも主体／主観の存在が焦点化される関わり方であるから、〈主観的〉という特徴づけは決して不当ではないであろう。一方、主体が客体と隔離された形での関わり合いでは、焦点化されるのは主体によって関わられる客体そのものの方であり、(自然科学において典型的に求められる構図であることも想起しつつ)〈客観的〉と特徴づけることができよう。

事態の中にあって当事者として事態と直接関わり合いながら体験的に捉える主観的把握は、話し手自身の視座から捉えられた臨場的な描写になるのに対し、事態の外から観察者視点で捉える客観的把握は、俯瞰的・分析的・説明的な描写になる。

中村(2004、2009、2016)では、概略、前者を「Ｉモード(Interactional Mode)認知」、後者を「Ｄモード(Displaced Mode)認知」と呼んでいる。(本書1部4章を参照)[6]。Ｉモード認知は、認知の場において認知主体と対象との身体的なインタラクションを通して、主客合一的に捉える認知の仕方であり、一方、Ｄモード認知は、認知の場の外に出て、認知像を客観的事実として眺めているようなメタ認知的な捉え方である。

言語化する際、どのくらい主体化／主観化あるいは客体化／客観化して表現するかは、その場その場の話し手の捉え方によるであろう。同一言語内においても、主観性の高い捉え方が反映された表現から、客観性の高い捉え方が反映された表現まで、さまざまな表現が存在し、主観性・客観性の問題は度合いの問題でもある。一方で、同一の事態を対象としていても、それを表現するために好んで使われる表現構造ないし構文は、言語によって偏りがあることも確かである。つまり、言語によって対象に対する捉え方に一定の傾向がみられる。池上(2000、2003、2004)、中村(2004、2009、2016)、本多(2005)など、さまざまな研究により、日本語が主観的把握の傾向の強い言

語であるのに対し、英語が客観的把握の傾向の強い言語であることがわかってきている。またロシア語は英語と同じ印欧語族に属し、客観的把握の傾向の言語であるとされる一方で、印欧語族の中では主観性が高い言語であると論じられている（Bally (1920)、都築・ペトリシェヴァ (2018)、本書1部2章参照）。

2.3　自己投入と自己分裂

　ここでは、前節で考察した主観的把握と客観的把握、それぞれにともなう2種類の認知操作——自己投入と自己分裂——について考察していく。

　主観的把握では、話し手がもともと問題の事態の中に身を置いている場合、そのままの状況で事態を把握することになるが、もともと問題の事態の外に身を置いている場合は、問題の事態の中に身を置くよう自己投入（self-projection）することが必要になる。一方、客観的把握の場合、話し手がもともと事態の外に身を置いているなら、そのままの状況で事態把握すればよいが、もともと問題の事態の内に身を置いている場合は、話し手は問題の事態の外に身を置くよう自己分裂の過程を経ることが必要になる。自己分裂という認知操作については、2.1節ですでに言及したが、2.3.1節であらためて考察する。自己投入については2.3.2節で考察する。

2.3.1　自己分裂―客観的把握との関連で

　英語表現と日本語表現の対比として、池上 (2006: 163) で挙げられている用例をみてみよう。

（6）　（他に誰もいない部屋の中の様子を誰かに伝えて）
　　　a.　"Nobody's here except me."
　　　b.　「（ここには）誰もいません。」

英語話者は、ほかに誰もいない部屋の中にいる状況を述べるとき、日本語話者には冗長に思える except me を加える傾向にある。一方、日本語話者は、

自身を認識の原点として、自身の「見え」だけを語るのが普通であり、自身には言及しない。

　英語話者の場合、話し手自身が見られる側と見る側に自己分裂し、客体化された自己を含んだ状況全体を、外から見て語る傾向にある。自己分裂した話し手の自己は、他者化／客体化された自己を含んだ事態をメタ認知的に外から捉えているのである。自己分裂は、客観化のプロセスである。

　次の英文も、池上 (2006) からの例である。

(7)　(独白するという状況で、話し手がこれまでの自らの姿勢を反省し、自分を励ましているという場面)
　　a.　"You must work much harder!"
　　b.　「(私は) もっと頑張らなくちゃ！」　　　　　　　(池上 2006: 189)
(8)　(電話でのやりとり)
　　a.　"May I speak with Mr. Jones?" "Speaking/This is he."
　　b.　「ジョウンズさんとお話しできますか。」「私です。」
　　　　　　　　　　　　　　　　　　　　　　　　　　(池上 2006: 163)

(7) は、自分自身を励ますために自身に語りかけている例である。英語では、励ます自己と励まされる自己に自己分裂し、励まされる自己は客体化により 2 人称代名詞で指示される。英語の話し手は 2 人称代名詞で自分を指し、自分が自分に語りかけるという構図になる。一方、日本語では、自己分裂の過程は経ず、自己は自己として、1 人称として言語化されるのが普通であり (ゼロ化される場合も多い)、自分が自分に語りかけるという構図になる。(8) は、電話でのやり取りである。英語では、電話をかけてきた相手の発言の 'Mr. Jones' をそのまま受け、自分のことを he と 3 人称代名詞で指示している。自己分裂を経て、客体化された自己を他者のように 3 人称として捉えているのである。一方、日本語話者は、自己は自己として、あくまでも 1 人称的に捉えている。

　以上の英語の例では、自己分裂を経て客体化された自己が言語化され、し

かも 1 人称代名詞でなく、2 人称代名詞や 3 人称代名詞で指示されている。客体性／客観性の高さが顕著に表れている例であるといえよう。池上 (2004: 17、20) は、さらに次の例を挙げている。

（9） Who is it in the press that calls on me?
　　　 I hear a tongue, shriller than all the music
　　　 Cry 'Caesar'. Speak; *Caesar* is turned to hear.

(*Julius Caesar* Iii: 15–17)

（9）は、シェイクスピアの『ジュリアス・シーザー』の一場面で、群衆の中から自分を呼ぶ声に気づいて、シーザーが発する言葉である。シーザーが自らを指して 'Caesar' と称することにより、気取りや威張りなど、尊大な態度が読み取れる。この場合、話し手のシーザーが自身のことを 'Caesar' と呼んでおり、しかもその 'Caesar' は動詞が is となっていることからもわかるように 3 人称扱いになっている。この客体性の高さが、気取った言い回し (affected speech) と呼ばれる修辞効果を生んでいるのである。また、学術論文など、客観性や論理性が求められる分野の書き物では、"The author says…"／「筆者によると …」というように、書き手は自身を客体化して the author／「著者」で指すということがよく行われる。この場合も、客観的な印象を与えるというような効果がある[7]。

2.3.2　自己投入―主観的把握との関連で

　自己投入という認知操作は、自分が関わった過去の出来事を想起しながら語るような場合、自身が過去の自分に自己投入するということになるだろうが、友達など、他者の話について語るような場合は、自己を他者に投入するということになるであろう。自己を他者に投入するとは、どういうことであろうか。

　本多 (2009a) が「他者理解のストラテジー」として論じている「シミュレーション説」がヒントになると思われる。シミュレーション説というの

は、人間の他者理解の説明として認知科学で提唱されている2つの説の1つであり、「他者の心をその人に仮想的になることによって「内」から共感的・実感的に理解するモデル」(本多 2009a: 397) である。すなわち、シミュレーションとは、その人に仮想的になり、その人の内側に立ち入ったかたちで1人称的に捉えようとすることであり、日本語話者はそうする傾向が強いと論じられている。そのようなプロセスを自己投入と考えるならば、自己投入とは、仮想的に他者になることであり、それには他者を「内」から共感的・実感的に理解しながら、1人称の観点から捉えることをともなうといえるだろう[8]。

「自己投入」には、近年、心理学、認知言語学の分野で盛んに言及される「共同注意(joint attention)」のプロセスが前提になると思われる。共同注意とは、概略、他者と一緒に、同じものに、同じような注意を向けることであり、事物を仲立ちとして複数の人間の間に意図や感情のつながりを生み出す間主観的なプロセスである (本多 2009b: 170)。他者に「自己投入」するとは、事態に対して、他者と同じように注意を向け、同じように把握し、同じように感じたり、考えたりすることといえるだろう。

このような自己投入のプロセスは普遍的な認知過程であり、日本語話者だけでなく英語話者もそのようなプロセスに身を任せることもある。たとえば、小説を読む場合、読み手が主人公など登場人物の心情に自分を重ね合わせ、その人の気持ちになって自身も一喜一憂するとことはよくあることであろう。小説を読むことには、多くの場合、自己投入という認知プロセスが関わり、それは日本語話者でも英語話者でも同じであろう。ただし、自己投入の度合いや、自己投入に身を任せる頻度に関しては、主観的把握の傾向強い日本語話者か客観的把握の傾向の強い英語話者かにより、かなり違いがあるといえるであろう。池上(2004: 28–29)は、事態把握に際してどの程度容易に自己投入と呼んでいるような認知過程に身を任せるかという点に関しては、言語において差があり、日本語の話し手は遥かに多く、かつ容易に自己投入を介して事態把握をする傾向があるように思えると述べている。

さらに、池上(2004: 29)は、自己投入の傾向の顕著さと自己分裂を避ける

傾向の強さとは相関することが十分に予測されると論じている。自分が事態に関わっていない場合は自己投入し、自分が関わっている場合は自己分裂を避ける。いずれの場合も主観的把握のこだわりを示している。一方、自分が事態に関わっている場合は自己分裂し、自分が関わっていない場合は、自己投入を避ける。いずれの場合も客観的把握のこだわりを示している。自己投入と自己分裂という2つの認知プロセスは人間に普遍的な認知過程であるが、日本語話者は自己投入のプロセスに容易に身を任せる傾向にあり、英語話者は自己分裂のプロセスに容易に身に任せる傾向があるといえるであろう。

　ここで、自己投入のプロセスが関わっている現象をみてみよう。まず日本人が小さな子供に話しかける場合などによくみられる、呼称や人称表現に関する現象である。公園などで、小さな子供に話しかける場合、「ぼく、いくつ？」、「ぼく、いい子だね。」など、子供相手に対して「ぼく」と呼びかける。また隣にいる子供の母親を指しながら、子供相手に「おかあさんのこと、大好きだよね」と話しかける。日本語では、呼称や人称表現として、「あなた」「あんた」「ぼく」「おれ」「わたし」など、人称代名詞的なものだけでなく、「おかあさん」「先生」など、相手との関係性（親子関係や社会関係などの）を示す普通名詞表現がよく使用される（本章4.3節参照）。このような小さな子供に話しかける場合、「あなた」「あんた」と呼びかけることは稀で、「ぼく」と呼びかけたり、子供の母親のことを「おかあさん」と指示したりするのが普通であろう。すなわち、小さな子供の気持ちに寄り添い、いわば子供に自己投入し、子供の視座から、「ぼく」と呼びかけたり、隣の母親を「おかあさん」と指示したりするのである。このような言い方は、日本語では普通であるが、英語ではあまりみられない。自己投入の認知プロセスが反映した現象といえるであろう。

　また、次の(10)〜(12)にみられる日本語表現と英語表現の対比について、本多(2009a)が論じているが、そのなかの日本語の例文も自己投入のプロセスを反映していると考えられる（(10)〜(12)は本多からの引用）。

(10) a. … 彼よ … 会ってもいいって言ってる …
　　 b. …It's him. … He's agreeing to meet me, …
　　　　　　　　（http://www007.upp.so-net.ne.jp/comet/am/am319.htm）
(11) a. 「助けて！」と叫んだ。
　　 b. She shouted for help. 　　　　　　　　　　　　（國廣 1974: 50）
(12) a. トムがあんたと話したいって。
　　 b. Tom wants to talk to you.

　日本語は直接話法的な引用文（直接話法の文 (11a) も含み）が用いられている。本多（2009a: 407–409）では、次のように論じている。直接話法的な引用文は、他者の発話を話し手の想起に基づいて再構成したものであるが、再構成する際、その他者に共感して発話を構成する、すなわちいったん仮想的にその他者になって構成することになる。その点で、直接話法的な引用文は他者の発話および思考内容を、その人の内面に立ち入ったかたちで 1 人称的に捉えて表現するものである。一方、英語の例は、人間の発話や思考について述べる際にその人の内面に立ち入らず、表出という外部から観察可能なものを指すというかたちで 3 人称的に捉えて表現している。

　自己投入という言葉を使うならば、日本語話者は、他者の発話を引用する場合、他者に自己投入して発話を再構成するため、直接話法または直接話法的な引用文を用いる傾向になる。一方、英語話者は、他者の発話行為を 3 人称的視点で分析的・客観的に捉えるため、解説的に情報として伝える傾向になるといえるだろう。

　最後に、自己投入というプロセスが必ずしもうまくいかないこともあるということについて、考えてみたい。本多（2009a: 413–414）は「シミュレーションが必然的に「他者理解」につながるわけではない」ことについて、以下のように論じている。

　　仮想的に他者になってみることがその人についての共感的・実感的な理解につながらずに、自分自身を他者に投影することで「分かったつもり

になる」だけで終わることもある。佐伯 (1978) はこれを「擬己的認識」と呼ぶ。これは自己中心性の表れであり、自分自身と他者にはいろいろな点で異なる面があるということに理解が欠けている場合に起こる。(…) シミュレーションが、この場合には他者に対する理解ではなく、自己の投影による「分かったつもり」につながっている。人間は発達に伴ってこのような自己中心性から脱却していくが、完全な脱中心化は望めるものではない。人はそれぞれかけがえのない固有の身体として固有の成育歴をたどりながら生きている存在であるため、たとえ仮想的にではあっても完全に他者になりきることは原理的に不可能である。したがって、シミュレーションは自己の投影という面から完全に解放されることはありえない。

シミュレーションを自己投入と考えると、自己投入とは、自己が他者に仮想的になってみるとしても、他者であるゆえに、その内面に立ち入り、完全に共感的・実感的に理解することはそもそもありえない。また自己の投影だけで「分かったつもり」で終わる危険性も常にはらんでいる。したがって、自己投入がひとりよがりの自己投影で終わってしまったり、また自己投入しようにも、バックグラウンドが違いすぎて、共感することができないような状況があることは十分に考えられる。自分と同じ文化に属するなど、共通のバックグランドを有し、考え方や志向が近い人物に対する自己投入は、比較的容易だと考えられる。日本社会が、島国ということもあり、日常生活レベルにおいて長い間、他民族との接触が比較的少ない均質的な社会であったとすれば、その点でも、日本語話者は自己投入という認知プロセスに比較的容易に身を任せやすいということになるであろう。逆のいい方をすれば、そのような社会状況が長く続いてきたため、日本語には主観的把握傾向の特徴が色濃く残っているともいえるかもしれない (事態把握のタイプと社会との関係に関しては本章 4.3 節および注 34 を参照されたい)。

3　主観的把握傾向の日本語表現と客観的把握傾向の英語表現
　―視覚・感情に関わる表現や推移表現など

　主観的把握の傾向の強い日本語と客観的把握の傾向の強い英語では、さまざまな表現や構文、談話構造において体系的な違いがみられる。本節では、視覚に関わる表現、感情・感覚に関わる表現、推移表現などを中心に、日本語の表現が、いかに自己中心的な視座から主観的な捉え方がなされているかを、英語の表現と比較しながら具体的にみていく。

3.1　視覚に関わる表現

　問題の事態に臨場し、体験者視点で捉える傾向の強い日本語には、眼前の「見え」の記述など、その場の視覚体験を反映した表現が多い（尾野（2018）など）。自身をとりまく外界から、事態――自然現象の出来や人の動き、物の存在、状態やその変化など――を感覚的・知覚的に捉えることは最も原初的な捉えであり、主観的把握傾向の強い言語が得意とするところであろう。ここでは、日本語の表現を、英語の表現と比較しながら、みていく。

　まず、(13)の例文をみてみよう（(13)(14)(15)の例文は、本多（2005: 157）からの引用であり、以下の考察も本多（2005）にもとづいている）。

(13)　a.　あった．
　　　b.　I found it.

(13)は、探し物がみつかった瞬間の話し手の思いが表出した表現である[9]。日本語では、「（探し物を見つけようと視線を移動したら、視線の先に探し物が）あった」という状況、まさに話し手の「眼前の見え」そのままが表現されており、存在の自動詞「ある」が使われている[10]。存在を表す動詞であるから、当然、みつけた話し手自身は言語化されず、さらにここでは、わかったものとしてみつかった物もゼロ化されている。自己中心的な視座で捉えられた表現である。一方、英語は発見を表す他動詞 find が使われ、行為主体

の話し手のみならず、発見行為自体もみつかった物も、すべて言語化され、客体的に捉えられている[11]。英語にも、日本語での捉え方に近い "Here it is." という表現もあるが、ここでの論点は、英語で(13b)が自然な表現として普通に使用されている点である。

　次の例は、日本語では存在の自動詞「いる」が使われている。

(14)　a.　太ったおばさんがいたの。
　　　b.　Then I saw a big lady standing there.　　　(Iwasaki 1993: 80)
(15)　a.　動物園にいけばパンダがいるよ。
　　　b.　If you go to the zoo, you will see a panda.

(14)(15)ともに、日本語では、存在の自動詞「いる」が使われ、現場で知覚する行為主体の「見え」がそのまま記述されており、行為主体自身は言語化されていない。一方、英語では、知覚行為を表す他動詞 see が使われ、知覚主体、知覚行為ともに言語化されている[12]。

　(16)は、本書2部7章で考察する小説『夢十夜』からの例である。男が子供を背負って歩いている。「石が立ってるはずだがな」という子供の声がしたら、たしかに子供のいうとおり、男の眼前に案内石が立っていたという場面における男の心内発話である。

(16)　a.　なるほど八寸角の石が腰ほどの高さに立っている。
　　　b.　It was true. I could see a square-shaped stone pillar of about eight by eight inches. It stood as high as my waist.

日本語では、知覚行為が言語化されていないが、英語では、I could see... というように知覚主体と知覚行為が訳出されている。日本語原文では、男の視座から捉えられた眼前の状況がそのまま述べられているが、英語訳文では、外の視点から客体的に捉えられ、3文に分けられ、説明的に述べられている。

　位置を示す直示表現についても、違いがみられる。(17)も『夢十夜』か

らの一節である（下線は筆者）。

(17) a.「田圃へ掛ったね」と<u>背中で</u>云った。
　　　「どうして解る」と<u>顔を後ろへ振り向けるようにして聞いたら</u>(…)
　　b. "We have come to the rice field, I guess," the boy <u>on my back</u> said.
　　　"How do you know?" I asked him, <u>turning my head back toward him</u>.

　日本語原文では、「背中で」「顔を後ろへ振り向けるようにして」というように、男を認識の原点とした直示表現が用いられ、男自身も背中に背負っている子供も言語化されていないが、英語訳文では、外から観察しているかのように、空間指示の参照点として、男も子供も、すべて代名詞で訳出されている。位置を示す表現においても、日本語では、自己中心的な視座から捉えられているのに対し、英語では、俯瞰的視点から客体的に捉えられている。
　「見え」に関連して、日本語には視覚で捉えた表現「〜顔」が豊富であることが、尾野（2018）により指摘されている。視覚対象として人を捉えた場合、最も注目されやすいところが顔であるため、日本語では「怖い顔」や「まじめくさった顔」などの「〜顔」表現が多いと論じている。(18)〜(20)は、尾野（2018: 27）からの例である（下線は筆者）。

(18) a. オットセイは、せっけんをのみこんだまま、<u>しらんかおをして</u>、じっと、うえをみていた。　　　（松岡京子『おふろだいすき』）
　　b. The seal stayed very still. He was looking upward, <u>paying no attention to us at all</u>.　　　(*I Love to Take a Bath*)
(19) a. ままは、もう　かぎをはずして、<u>にこにこがおで</u>　たっていました。　　　（しみずみちを『はじめてのおるすばん』）
　　b. (…) but Mommy had already opened it with her key, and was standing there <u>with a big smile</u>.　　　(*Ding-Dong!*)
(20) a. 滝沢の説明に、学生は「なるほどねえ」と<u>本気で感心したような顔をした</u>。　　　（乃南アサ『凍える牙』）

  b. The student absorbed this absurd explanation <u>with great seriousness</u>.

(The Hunter)

日本語原文では、「〜顔」という表現が使用され、生き生きとした描写になっているが、英語訳文では、説明的に語られている。

 さらに、日本語では、視覚・感覚体験を表す「〜そうに」「〜ように」といった表現やオノマトペ（擬態語・擬音語）がよく用いられることも指摘されている。オノマトペは原始的な身体感覚をそのまま表した主観的な表現であり、日本語に豊富である。(21)〜(23)も尾野からの例である（下線は筆者）。

(21) a. ケイトは<u>こまったように</u>頭をかきました。

(『いちばんすてきなプレゼント』)

  b. Kate scratched her head. (H.Keller, <i>The Best Present</i>)

(22) a. 「ぴん・ぽーん」みほちゃんは<u>どきっと</u>しました。

(しみずみちを『はじめてのおるすばん』)

  b. "Ding-dong!" Meg <u>jumped</u>. (<i>Ding-Dong!</i>)

(23) a. ナツメグは　<u>すっくと</u>　たちあがりました。

(『ナツメグとまほうのスプーン』)

  b. Nutmeg stood up. (D. Lucas, <i>Nutmeg</i>)

(21a)の日本語訳文では、ケイトのいかにも困った様子が、(21b)の英語原文にはなかった「こまったように」で表されている。(22)(23)は、日本語でオノマトペが用いられている例である。(22)で、日本語原文は擬音語「どきっ」により、主人公の内面が感覚的に捉えられているのに対し、英語訳文は jumped という身体の動きを外から観察者視点で捉えた表現となっている。(23)の日本語訳文では、英語原文にない擬態語「すっくと」により、主人公ナツメグの立ち上がり方がその現場に臨場しているかのように感じられる。

最後に、眼前の「見え」の記述について、日本語に、もう1つ表現形式があることを指摘しておきたい。いままでみてきたように、日本語は話し手の眼前の「見え」を、そのまま記述する傾向にあるのに対し、英語は事態の外から俯瞰的に捉え、知覚主体も知覚行為も、すべて言語化する傾向にある。

(24)　a.　どの道にも人があふれている。
　　　b.　You can't see the streets for people.　　　　（本多 2005: 157）

しかしながら、日本語は、(25)のように知覚行為を言語化した表現も可能である。

(25)　どの道にも人があふれているのが見える。　　　（本多 2005: 160）

ほかに「聞こえる」「声がする」「匂いがする」など、聴覚、臭覚行為を表す表現もある。

(26)　a.　風の音が聞こえていたわ。
　　　b.　I heard the wind.　　　　　　　　　　　　（Uehara 1998: 285）
(27)　a.　叫び声がしたぞ。
　　　b.　I heard shouting.

これらの日本語の例は、認知主体である話し手はゼロ化されているものの、知覚・聴覚という出来事自体は、英語と同じように言語化されている。ただし、知覚・聴覚行為を表す動詞が、日本語では「見える」「聞こえる」「声がする」などの自動詞であるのに対し、英語では see, hear のように他動詞である点が異なる。「見える」「聞こえる」などの動詞は「自発態」とも言われ、認知主体の意思とは関係なく、物や音などの視覚的・聴覚的刺激が自然に目・耳に入ってくるという事態を表す。池上(2000)が「(話者のところに、)コントロールできない出来事が出来(しゅったい)する」と述べているよう

な主観的な捉え方である。「声がする」「音がする」「匂いがする」などの自動詞の「～する」に関しても、森田（1998: 137）が「何かが好むと好まざるとにかかわらず、おのずとこちらの感覚や心に迫り響いてくる、極めて受身的な非意志の現象」を表していると述べている。一方、英語の動詞 see, hear は、look, listen など、典型的な意図的行為を表す動詞とは異なり、認知主体の積極的な意思性は感じられないものの、行為スキーマの典型の他動詞「S + V + O」型をとっており、日本語の自発態自動詞のような自発性は鮮明には感じられない[13]。「見える」「聞こえる」などの自動詞は「主観述語」と呼ばれ、認知主体は話し手／1人称に限られるうえ、通常、言語化されない。主観述語、およびその人称制限については、次の 3.2 節で詳しくみていく。

ここでは、日本語の視覚に関わる表現が、自己中心的な視座で主観的に捉えられている一方で、英語では、客体的な捉え方がされていることをみた。

3.2 感情・感覚に関わる表現

「嬉しい！」や「寒い！」といった表現は、事態の現場において話し手の内面に自然に生じた感情や感覚の表出を表しており、きわめて主観的に捉えられた表現といえるであろう。ここでは、感情・感覚に関わる日本語の表現を、英語の表現と比較しながら、みていく。

池上（2004）ほか、多くの研究（国立国語研究所（1972）、寺村（1984）、渡辺（1991）、澤田（1993）、大曾（2001）など）により、すでに指摘されているように、日本語の感情や感覚を表す述語には、認知主体の主語が 1 人称／話し手に限られるという人称制限があるものがあり、しかも、通常、認知主体は言語化されない[14]。

(28)　a.　（私は）嬉しい／悲しい。
　　　b.　??あなたは嬉しい／悲しい。
　　　c.　??彼（女）は嬉しい／悲しい。　　　　　（以上、池上 2004: 2）
(29)　a.　（私は）寒い／暑い。

b.　??あなたは寒い／暑い。
　　　c.　??彼(女)は寒い／暑い。　　　　　　　（以上、池上 2004: 1）

　(28)(29)に示されるように、それぞれ2人称、3人称を主語にすると容認度が下がる。主語が1人称の話し手に限られるのは、これらの述語が、基本的には、事態の現場で話し手の内面に生じた瞬間的な（分析されていない）気持ちや感覚を捉えた表現だからであろう。実際、これらの述語は、一語文で「嬉しい！」「寒い！」といった、聞き手を意識しない条件反射的な表出として用いることができる。条件反射的な表出としては、このような述語を用いることができず、間投詞が用いられる英語など印欧語や中国語とは対照的である（徐 2009、王 2014）。つまり、「嬉しい」「寒い」などの述語は、基本的には、「話し手の発話時の感嘆表出という発話態度を表すモダリティ」（中右 1992）であり[15]、本来、そのように沸き起こった感情や感覚は話し手の意識の中で生じ、話し手以外に知覚されようにないものなのである。このような人称制限のある述語は「主観述語」と呼ばれ、日本語が主観的把握に傾斜していることの表れといえるであろう（主観述語のほか、「直示述語」／「内的状態述語」とも呼ばれる）。
　ただし、これらの主観述語は、「〜がる・〜がっている」「〜そうだ」といった補助動詞をつければ、3人称主語が可能になる点は注意しておきたい。

(30)　a.　彼(女)は嬉しがっている／悲しがっている。
　　　b.　彼(女)は嬉しそうだ／悲しそうだ。

これらの補助動詞は、他者の感情や感覚を、表に現われた様子から観察して、断定判断・推量判断する認識モダリティであるからである。
　一方、対応する英語の述語には、人称制限はない[16]。

(31)　a.　I am happy/sad.
　　　b.　You are happy/sad.

c. He/She is happy/sad. （以上、池上 2004: 2）
(32) a. I am cold/hot.
b. You are cold/hot.
c. He/She is cold/hot. （以上、池上 2004: 2）

2 人称・3 人称の主語も可能である。本多 (2009a: 406) は「英語の形容詞は、人間の人格や感情について述べる際にその人の内面に立ち入らず、表出という外部から観察可能なものを指すというかたちで 3 人称的に捉えて表現する」と述べている。客観的把握の傾向の強い英語では、感情や感覚であっても、認知主体の内面には注目せず、あたかも外から観察可能なものとして捉える傾向にあるため、これらの述語に人称制限がなくなると考えられよう。

日本語の主観述語と対応する英語述語との違いは、それぞれの述語の知覚動詞補部における生起 (不) 可能性によって、裏付けられよう。

(33) a. *私は彼が {嬉しい／悲しい／楽しい} のを見たことがない。
b. I never saw him {sad/happy/angry}.
（以上、本多 2009a: 406）

日本語の主観述語が知覚動詞補部に生起できないのは、その人の内面に生じた感情を捉えたものであるため、外から観察できないからである。一方、英語の述語は、観察可能な振舞いを表しているので「見る」ことが可能なのである。日本語でも、「～がっている」「～そうだ」をつければ、観察可能なものになり、生起することが可能になる[17]。

(34) a. 私は彼が {嬉しがっている／悲しがっている／楽しがっている} のを見たことがない。
b. 私は彼が {嬉しそうな／悲しそうな／楽しそうな} のを見たことがない。

日本語には、このような主観述語が豊富にある。上原（2011）では、主観述語としてほかに、「欲しい」「〜たい」などの欲求を表す形容詞、「〜う」「〜よう」などの意図表現、「思う」などの思考動詞、「見える」「聞こえる」などの知覚動詞が挙げられている。これらの述語は、現場で生じた話し手の気持ち、あるいは現場における話し手の見えや聞こえをそのまま捉えている。ほかにも「たまらない」「いやになる」「腹が立つ」「がまんできない」「残念だ」「わからない」「〜気がする」「思える」「感じる」など、主観述語と思われるものはたくさんある。これらは、いずれも話し手の反射的表出に用いることができよう。人称制限を有する主観述語の存在は、日本語がいかに主観的把握に傾斜しているかを表しているといえる。

　次に、副詞表現についてみてみよう。森田（1998: 102–104）は、日本語には情意的な副詞が豊富で、それらは話し手の主観的な判断を、現実の場面における臨場感として、極めて具体的に示す役割をしていると述べている。たとえば、手の届かぬ成り行きに対して、「せっかく…なのだから／どうせ…なら／いっそ…しよう」など積極的な態度の副詞や、あるいはもっと消極的な「せめて…だけでも／せめて…くれたら／なまじ（っか）…なので」、あるいは否定的な「とても…できない」などの語で、自己の心理的姿勢を表明する。情意的な副詞により、外界の状況や成り行きに対して、揺れ動く話し手の心の波が叙述されると述べている。森田が情意的な副詞と呼んでいる副詞や、従来、陳述副詞、文副詞などと称されてきたものは、杉村（2012）に従い、話し手の主観的態度を表す副詞として、モダリティ副詞と呼ぶことができるであろう。杉村（2012: 185）は、「<u>さぞ</u>お疲れになったでしょう」といえば相手に共感を示す意が伝わるし、「<u>せめて</u>ラジオを聞かせたい」といえばそれが話し手の最低限の願望であることがひしひしと感じられるように、モダリティ副詞は話し手の主観的態度を如実に表現し、会話に彩を添えると述べている。ここで、小説『夢十夜』からの例をみてみよう。(35)は、主人公の男が、子供の「鷺が鳴く」という発言を聞いたところ、子供の言葉どおり、本当に鷺が鳴いたという場面である。

(35)　a.　すると鷺が果して二声ほど鳴いた。
　　　b.　Then a heron's cry sounded twice just as he had said.

「はたして」という副詞は、動詞「果たす」に由来し、「最終的に予想通りになったこと」を表す（森田 2018: 160–161）。「症状から推して盲腸炎にちがいないと思っていたが、はたしてそうであった」「ワナをしかけたところ、はたして引っ掛かった」（森田 2018: 161）の例からもうかがえるように、最終的に予想通りになるに至るまでの話し手の少なからずの疑念の気持ち、そして予想通りになったことに対する少なからずの驚きの気持ちが感じられる。日本語原文では、「果して」という副詞から、主人公の男が子供の言葉を半信半疑で聞いていたところ、本当に鷺が鳴き、「子供の言葉（予想）にたがいはなかった」と少し驚きながら動揺している、そんな話し手の気持ちが捉えられている。一方、英語訳文では「子供がいったように」と客観的な記述になっており、男の気持ちは触れられていない。

（36）も『夢十夜』からの例で、(16)の再掲である。「石が立ってるはずだがな」という子供の声がしたら、確かに子供のいう通り、男の眼前に案内石が立っていたという場面における男の心内発話である。

(36)　a.　なるほど八寸角の石が腰ほどの高さに立っている。
　　　b.　It was true. I could see a square-shaped stone pillar of about eight by eight inches. It stood as high as my waist.

「なるほど」という副詞は、文頭におかれ間投詞的に使用されており、子供の発言に対して、確かにいったとおりだと認め、驚きつつ感心する男の気持ちが表わされている。英語訳文では、独立文として分析的に訳出されており、話し手の気持ちは、そこまで表現されていない。日本語に豊富なモダリティ副詞には、事態の現場で生じた話し手の微妙な心情までもが捉えられ／表現されているといえるであろう。

　最後に、被害の受け身と呼ばれる日本語の受け身の用法と授受動詞の補助

動詞的用法についてみていく。(37)は、池上 (2006: 171–173) からの例である。

(37) a. 財布を盗まれました。
　　 b. Someone stole my wallet.

英語は、起こった事態だけを客観的に述べているのに対し、日本語は、事態そのものより、その事態の話し手自身との関り——その事態によって自分が被害を被っているという意味合い——を前面に出している（池上 2006: 171–173）。日本語の受け身は、「友達に馬鹿にされた」「先生に叱られた」といった話し手のマイナスの感情が感じられるものだけでなく、「先生に褒められた」といった、状況自体が恩恵性を内包している場合、話し手のプラスの感情が感じられるものもある（池上・守屋 2009、近藤 2018）。どちらの場合も、事態によって話し手の内面に引き起こされた感情が表されている。
　また「もらう」「やる」「くれる」などの授受動詞は、(38)のように補助動詞として用いることが可能である。

(38) a. 友達にノートを貸してもらった。
　　 b. 友達がノートを貸してくれた。
　　 c. 友達にノートを貸してやった／貸してあげた。

補助動詞「〜もらう」「〜くれる」は、話し手の受益の気持ちが表され、「〜やる」「〜あげる」は、話し手の授益の気持ちが表されている[18]。これらの補助動詞には、ノートを借りたり、貸したりした際に話し手が感じる受益や授益の気持ちが表れている。ただし、「貸してやった」などの授益を表す場合は、第3者間での行為の授受を表す場合を除き、相手に対する「恩着せがましさ」「押しつけがましさ」が生じやすい。
　本節では、日本語には、事態の現場で話し手に生じた感情や感覚が、そのまま捉えられ／表現された表現が多いことをみてきた。

3.3 推移的な表現

　主観的把握の傾向の強い日本語では、状況が刻一刻更新されていく現場において、時や出来事の推移を受動的に体験するままに言語化する傾向にある。そのため、「やがて」「なる」「と」など、時や出来事を推移で表す表現がよく用いられる (尾野 2018)。ここでは、こうした日本語の表現を、英語の表現と比較しながらみていく。接続助詞「と」による連結文については、「語り」を視野に入れ、考察していく。

　まず時の推移を表す表現についてみていこう。尾野 (2018) は、絵本の日本語原文と英語訳文を比較し、日本語の推移表現が英語でどのように訳出されているかを考察している。(39)(40) は尾野からの引用である（下線は筆者）。

(39) a. <u>ゆうがたになると</u>、てのあいているひとたちは、かんぱんにならんで、がっそうをした。　　　　　（大塚勇三『うみのがくたい』）

　　 b. <u>In the evenings</u>, the ones who had finished work would line up on the deck and play.　　　　　（*The Ocean-Going Orchestra*）

(40) a. <u>やがて</u>、行く手にぽっつりあかりが一つ見え始めました。

　　　　　　　　　　　　　　　　　　　　（新美南吉『手袋を買いに』）

　　 b. <u>Eventually</u>, they noticed a small point of light on the path ahead.

　　　　　　　　　　　　　　　　　　　　　　　　（*Buying Mittens*）

(39) では、日本語の「ゆうがたになると」という夕方への時の推移を表す表現が、英語では夕方という時を指定する表現 'In the evening' に訳出されている。(40) では、日本語の「やがて」という推移表現が、英語でeventually という推移の結果を表す表現に訳出されている。尾野 (2018) は、「やがて」の原義は「現在の状態が持続そのままに」で、そこから、「時間的にあまり隔たりのない近い将来までその状態が持続することを表す（森田 1986: 1148)」とし、現場で絶えず更新されるイマとの身体的インタラクションを反映する表現であると述べている。「やがて」は時の推移が体感される

表現であるのにたいし、eventually は 'after long period of time' (LONGMAN Language activator 2ed) とあるように、推移の結果を表す表現である[19]。

　時と同じように出来事についても、日本語では推移的に捉えられる傾向が強い。事態内視点で捉える傾向の日本語は、事態外視点で俯瞰的・分析的に捉える傾向の強い英語に比べ、出来事が生じる順序のまま、順次的に言語化されやすい。すなわち「生じた出来事の順序（記号内容）と連接される節の順序（記号表現）とが一致している」という類像性の連続性の原理（坪本1998: 107）に従うことが多い。(41) は 2 部 5 章で扱う小説『エミリー』からの一節である。下線部の文をみてみよう（下線は筆者）。

(41)　a. After supper Emily went in and found that her father had fallen asleep. <u>She was very glad of this; she knew he had not slept much for two nights;</u>...
　　　b. 夕食後居間にもどると、お父さんはぐっすり眠っていた。<u>この二晩、お父さんがあまり眠れてなかったのを知っていたエミリーはほっとした。</u>
　　　　　　　　　　　　　　　　　　　　　　　　（神鳥訳 p.14–15）

　英語原文は、下線部の英語文（「お父さんが眠っているのを知って嬉しかった。というのは、この二晩、眠れていなかったのを知っていたからだ」）に示されるように、セミコロンを用い、嬉しかった理由について分析的・論理的に述べているが、日本語訳文は、「二晩眠れてなかったのを知っていたエミリーはほっとした」というようにエミリーを修飾する非限定的修飾節を用い、時系列のまま順次的に述べられている。日本語は時や因果関係などの論理関係を表すことなく、修飾節、「〜て」句、「〜のが／を構文」などを用い、単純に順次的に節をつなげていくことが多いといえるであろう。

　また坪本（1998: 120–133）が接続助詞「と」の中核的な用法として論じているものも、順次的な節連結の典型例であり、連続性の原理に従っている。坪本は、「と」連結は「空間および時間の連続性によって、いわば、線的に特徴づけられる」と論じ、中核的な二種類の用法の例として (42) を挙げて

いる[20]。

(42) a. 太郎はオーバーを脱ぐとハンガーにかけた。
　　　b. 花子が玄関へ行くと、小包があった。　　（以上、坪本 1998: 120）

(42a) は、前節の行為と同一主体による別の行為が連続して後節に生じており、いわゆる「継起用法」と呼ばれるタイプである。一方、(42b) は、2つの節が唐突に結びついたように感じられるが、その連結を可能にしているのは空間の連続性と、その背後にある知覚の存在であると論じている。実際、(42b) は、「花子が玄関へ行くと、玄関に小包があるのを発見した」という状況を表しており、3.1 節で論じたような、眼前の見え、すなわち「花子（前節主語）の移動後の花子の眼前の見え」がそのまま後節で述べられている。ここで、あらためて (42b) の「と」の用法について、坪本の考察をもとに考えてみよう。

　坪本は、(42b) のような「と」連結を「前節のあと、後節にならなければどのような事態が生じるのか予測できない」文連結であるとし、「不定方向の用法」と呼んでいる。2つの節が偶発的に結びついているので、後節には前節の主語／主体にとって制御できない (non-self-controllable)、あるいは予測できない事態が生じる[21]。その結果、意外性・偶然性・突発性といった意味合いが生じやすい。まず制御不可能性について、考えてみよう。

(43) a. 太郎は銀座を歩いていると、花子に偶然出会った／花子に呼び止められた。
　　　b. 太郎は銀座を歩いている {*と／とき}、花子にプロポーズした。
（以上、坪本1998: 122）

(43a) は、前節主語の太郎にとり、後節の出来事は制御できないことであるので容認可能であるが、(43b) は、後節の「プロポーズする」という行為が太郎の意志によって制御可能なことであるので容認不可能になる。制御可能

な行為であれば、偶発的な事態にはならないからである。次に予測不可能性についてであるが、坪本 (1998: 123–124) は、その所在には前節の行為主体だけでなく、語り手も関わると論じる。すなわち、不定方向の用法は語りの用法でもあり、前節の行為主体の視点に語り手の視点が重なり合うため、予測不可能性は行為主体のみならず、語り手も関わることになる。この予測不可能性の制約の妥当性は、(44) の用例の対比で裏付けられる。

(44) a. 花子が玄関に来ると、{*私が／太郎が}(そこで)待っていた。
　　 b. 花子が玄関に来ると、{*私が／太郎が}　待たされていた。

(以上、坪本1998: 123)

(44) に示されるように、後節で描かれる事態に、語り手／私が関わると容認されなくなる[22]。語り手が関わる事態は、語り手にとって、予測不可能な事態にならないからである[23]。坪本 (1998) は、不定方向の「と」連結により、登場人物(前節の行為主体)、および語り手にとって予測不可能な展開が後節で語られ、「語り」に重要な意外性・サスペンスといった文脈効果が生じると論じている。

　以上の坪本の論考をこれまで論じてきた事態把握の観点から捉え直すと、不定方向の「と」連結は、3.1 節で論じたような自己中心的な視座で捉えた登場人物(前節の行為主体)の「見え」そのままの記述に、物語の舞台の外にいる語り手の捉え／描写をかぶせた「語りの手法」の一つであると考えられよう。「語り」には、「登場人物」のほかに「語り手」の視点が加わる。登場人物の視点から捉えられた事態に、語り手の視点がかぶせられていることは、この「と」連結において、多くの場合、後節の動詞が「ル」形ではなく、「タ」形が用いられている点からも支持されよう。本章5節で論じることになるが、語り手による語りの部分は、通常、過去形で語られるからである。ここで、2つの視点からの捉えの重ね合わせについて、具体的に考えてみよう。登場人物である太郎が現場にいて、その太郎が後ろを振り向いたら、たまたま次郎が座っているのをみつけたとする。太郎が「次郎が座って

いる！」と驚きながら、つぶやく。その状況を舞台の外にいる語り手の視点から捉え直し、自らの視点をかぶせると、「太郎が後ろを見ると、次郎が座っていた。」になるのである。語り手の視点がかぶさっているものの、登場人物（前節の主体）の視線移動により、登場人物によって初めて知覚認識された「見え」や「聞こえ」が後節で描かれているため、登場人物の感嘆表出的な驚きが感じ取られ、場面の展開に意外性や偶然性といった臨場感が現れることになる。むしろ、語り手の視点が登場人物（前節の主体）の視点にかぶさっているからこそ、語り手のみならず、読み手も、登場人物の視点に自らの視点を容易に重ねることが可能になり、登場人物とともに、臨場的にその場面展開を味わうことができるといえるのではないだろうか。「と」連結は、登場人物の視点、語り手の視点、読み手の視点の重ね合わせを促進し、保証する役目を果たしているといえる。不定方向の「と」連結は、坪本が主張しているようにまさに「語りの用法」であり、登場人物の視点に語り手の視点をかぶせるための「語りの手法」の１つであると考えられ、その意味で、日本語の語り・小説に欠かせない。ただし、英語にもこのような語りの用法がないわけではなく、坪本（1998）では、英語にも対応する用法があると論じており、5.3 節で、その用法について考察する[24]。

このような接続助詞「と」のほかに、日本語には「すると」や単独に現れる「と」があり、これらも同様に、筋の展開に臨場感を与える。(45) は、坪本 (1998: 124–125) からの例である。

(45) a. 親鸞はじっと観世音像を見た。と忽然として心の奥から、光明がさして来るように覚えた。　（倉田百三『法然と親鸞の信仰（下）』
　　 b. 柳の下に何やら動くものがあります。と見ると、それはユラユラと背が延びて、忽ち一人の娘―夜目にも匂うばかりの美しい娘の姿になるのでした。　　　　　　（野村胡堂『幽霊にされた女』）
　　 c. ふと今朝貰った綾と絹との事を思い出したので、それを取りに、そっと皮匣の所まで帰って参りました。すると、どうした拍子か、砂金の袋にけつまずいて、思わず手が婆さんの膝にさわった

から、たまりませぬ。　　　　　　　　　　（芥川龍之介『運』）

　(45a) や (45b) のテクストは、主人公の視座の移動により、主人公の心の中に生じた感覚や視界に捉えた「見え」が臨場的に語られている。(45c) は、主人公にとって予想外の出来事——けつまずいて、婆さんの膝にさわってしまったこと——が移動後に起こったことが、主人公の視座から捉え／描写されている。

　最後に、日本語の絵本にみられる不定方向の「と」連結が、元の英語原文でどのように表現されているのか、または英語訳文でどのように訳出されているのかを、尾野 (2018: 52) の例からみてみよう。

(46) a. <u>When</u> they passed the Tuckers' house, Lilly was practicing a sonata.
　　　　　　　　　　　　　　　　　　　　（S. Lodon, *Firehorse Max*）
　　 b. タッカーさんの家のそばを通る<u>と</u>、リリーがヴァイオリンの練習をしていました。　　　　　　　（『しょうぼう馬のマックス』）

(47) a. みほちゃんが　げんかんへ　かけだしていく<u>と</u>、ままは、もうかぎをはずして、にこにこがおで、たっていました。
　　　　　　　　　　　　　　　　　　　（しみずみちを『はじめてのおるすばん』）
　　 b. Meg ran to get the door, <u>but</u> Mommy had already opened it with her key, and was standing there with a big smile.　　（*Dig-Dong!*）

　(46) は、「家のそばを通りかかった彼らが、リリーのヴァイオリンを弾いているのを聞きつけた状況」を表している。英語原文は前節の主語 they が訳出されてはいるものの、後節は 'they heard/noticed Lilly practicing a sonata' といった語り手視点ではなく、前節主語の登場人物 they の視座からの描写になっている。英語でも「語り」の場合、臨場性を大事にしていることがうかがえる。(47) の英語訳文は、論理関係を表す but で連結され、語り手の視点から、より分析的に捉え／描写されている。

　本節では、時や出来事の推移を体験するままに捉える傾向にある日本語の

表現を中心に、一部、英語表現と比較しながら、考察した。

3.4 参照点型認知／トラジェクター・ランドマーク型認知と言語表現

認知の仕方には、以下に示されるような参照点型認知とトラジェクター・ランドマーク型認知があり、主観的把握と客観的把握はそれぞれ、参照点型認知とトラジェクター・ランドマーク型認知に対応する（中村 2009: 373-377、(48)(49) も中村からの引用）[25]。

(48) 参照点型認知は、身近のわかりやすいものを参照点として次から次へとたどりながら、認知の標的（ターゲット）を捉えるような認知の仕方であり、そのように仕方で捉えられた事態は主題・題述文 (theme/rheme frame) で表現される。

(49) トラジェクター・ランドマーク型認知は、全体を眺めて、その中の最も際立ちの高い参与体（トラジェクター）と 2 番目に際立ちの高い参与体（ランドマーク）に注目するような認知の仕方であり、主語・述語文として表現される。

主観的把握は、現場で一刻一刻更新されていく事態を体験的に捉える傾向にあり、見通しのきかない現場において、すでにわかっているもの、あるいは身近なわかりやすいものを手掛かりにして進むしかない。したがって、すでにわかっているものを「手掛かり／参照点」として、「ターゲット」である叙述内容をわかりやすく導入するという参照点・ターゲット構文／主題・題述文で表現されることが多くなる。日本語に参照点を表す「は」という主題標識が助詞として確立されているのはその表れである。一方、客観的把握の傾向の強い英語は、俯瞰的かつ分析的に把握する傾向にあるので、俯瞰して眺めたときに最も目立つもの（人間／動作主であることが多い）を主語に、次に目立つものを目的語に配するような主語・述語文で言語化されることが多くなる。

中村 (2009: 374) は、身近な参照点を介しての認知はまさに身体性に根ざ

したIモード認知の捉え方（本章での主観的把握）であるとして、次の歌詞を具体例として挙げている（下線は主題標識の「は」）。

(50)　今は山中　今は浜
　　　　今は鉄橋わたるぞと
　　　思う間もなく　トンネルの
　　　　　闇を通って広野原　　　　　　　　　（文部省唱歌『汽車』）

前半部分は、「は」にマークされた主題とそれを叙述する題述からなる参照点・ターゲット文／主題・題述文が連続している。「今」という瞬間の更新とともに、次から次へと変化していく眼前の景色の面々が、汽車に乗車している話し手／歌い手の視座から捉えられ、臨場感に溢れる描写になっている。

　「は」に関する談話構造に関して、山梨（2004: 102–103）は CDS（current discourse space／現行談話スペース）の観点から分析している。CDS とは話し手と聞き手が伝達において共有する認知スペースである。CDS モデルにおける談話・テクストの展開のプロセスは、CDS の領域に属する話し手と聞き手の間に成立する旧情報に新たな情報が付加されていくダイナミックな認知プロセスとして規定される。山梨（2004）は、日本語の主題標識「は」が CDS の旧情報のある要素を基点として、この要素に関し、後続の述部の新情報を統合していく機能を担っていると論じている。(51) の談話例をみてみよう。

(51)　山田氏には子供が三人いる。息子が一人と娘が二人。息子は、病気で
　　　学校を休んでいる。　　　　　　　　　　　（山梨 2004: 102）

最初の文で、「山田氏」が主題として提示され、その山田氏に関して「子供が三人いる」という事実が新情報として導入される。次の文で、子供の内訳として「息子が一人と娘が二人いる」という詳細情報が新情報として導入さ

れる。最後の文では、前文で導入された「息子」が主題として提示され、「病気で学校を休んでいる」という事実が新情報として導入される。「は」により表示される主題を基点として、叙述内容がわかりやすく新情報として導入され、更新されていく談話展開のプロセスが示されている。

　日本語の小説の語りにおいても、主題・題述文による談話展開はよくみられる。(55)は、2部7章で考察する『夢十夜』の「第三夜」の冒頭部分である。

(52)　a.　こんな夢を見た。六つになる子供を負ってる。慥に自分の子である。ただ不思議な事には何時の間にか眼が潰れて、青坊主になっている。

　　　b.　This is the dream I dreamed. I was walking, with a six-year-old child on my back. I was sure he was my son, but oddly enough, I didn't know why he was blind and bald-headed like a bronze priest.

日本語原文では、参照点となる主題はわかりきったものとしてゼロ化されており、4つの文、すべてが参照点・ターゲット文／主題・陳述文で構成されている。ゼロ化された主題は、最初と2つ目の文では主人公の男であり、つづく3つ目、4つ目の文では主人公の男の子供である。小説の冒頭部分で、自分の子供の状況も含め、主人公の男に降りかかる状況の数々が、主題・題述文の連続により、次々と新情報として導入され、臨場的な語り方になっている。一方、英語訳文は、全て主語・述語文のかたちであり、主語はゼロ化されず、しかも2つ目の文を除いては、全て複文で、分析的・説明的に語られている。新情報のみが次々に導入されるようなかたちになっておらず、解説的な語り方になっている。

　最後に、Hinds (1986: 36–37) などで指摘されている日本語表現と英語表現の体系的な対比をみてみよう。

(53)　a.　この部屋には4つ窓がある。

b. This room has four windows.
(54) a. 太郎には妹がいる。
b. Taro has a sister. （Hinds 1986: 36–37）
(55) a. 頭痛がしてきた。
b. I have a headache coming on. （本多 2005: 148）
(56) a. 太郎にはロシア語がわかる。
b. Taro understands Russian. （Hinds 1986: 36–37）

日本語で主題として表示されているモノや認知主体は、英語では主語になっている（ただし (55a) の主題は非明示）。これら日本語表現と英語表現の対比は、参照点型認知で捉えられたものとトラジェクター・ランドマーク認知で捉えられたものが、それぞれ主題・題述文と主語・述語文として文法化したものとして分析することが可能である。認知の仕方の違いが、主題優先対主語優先、自動詞優先対他動詞優先、場所表現対所有表現など、好まれる構文・表現の型の違いを生んでいるのである。

ここでは、日本語は参照点型認知で捉える傾向であるのに対し、英語はトラジェクター・ランドマーク型認知で捉える傾向であることをみた。

4 主観的把握傾向の日本語表現—間主観性に関わる表現

3節で、自己中心的な視座で主観的に捉える傾向の強い日本語表現と、事態の外に出て客体的に捉える傾向の強い英語表現の違いについてみてきた。日本語は、その主観性の高さゆえに表出的でモノローグ／独話的な色彩が強く、ダイアローグ／対話成立のためにはある種の補正が必要であることが、池上 (2004) などにより指摘されている。本節では、日本語に焦点を当て、4.1 節で対話成立のためにどのような補正がなされているのかについて、4.2 節で日本語における独り言モードと対話モードについて、4.3 節で現場の対人関係を意識した言語表現の使い分けについて考察する。

4.1 間主観性を志向する表現

　話し手自身の視座から自己中心的に事態を捉え、現場でわかりきったものは言語化しない傾向にある日本語は、モノローグ的／独話的であり、聞き手の側に負荷のかかる言語とされる(池上 2000、2004)[26]。ここでは、まず、モノローグ的な日本語で対話を成立させるために、聞き手はどのようなスタンスを取る必要があるのかについて考えてみよう。

　大薗(2018: 30)は、「主客未分」の主観的把握傾向の日本語では話し手と聞き手が「同型的」なスタンスをとると論じている[27]。同型的なスタンスとは、聞き手が話し手の視点に寄り添い、話し手と同じように事態を捉えようとする姿勢である。話し手が自己中心的な視座を取る日本語では、聞き手の方から話し手に歩み寄り、話し手の視点と重ねて(自己投入)、事態を理解しなければならない。つまり、聞き手は、話し手と同じスタンスを取り、話し手の視点に寄り添う形で発話を理解する必要がある。その結果、話し手と聞き手は「臨場的に視線を重ね合わせながら、いっしょに見る」という共同注意志向的な形で対話を進めていくことになる。したがって、聞き手は話し手と同じモノ・事態に注意を向け、主観を共有し、感情面のつながり・共感といった間主観的な関係を築き、保持する傾向となる[28]。このような「いっしょに見る」という形の対話は、日本人の対話の特徴とされる、発話途中での割り込みを避け、あいづちを多用し、時に「話し手の言いさし文を聞き手が引き取り、完成させる」共話と称されるかたちになりやすい(共話については本多(2005)を、言いさし文については白川(2009)を参照されたい)。

　主観的把握の傾向の強い日本語による対話では、聞き手の方からの歩み寄りだけでなく、話し手の側からも聞き手の注意を誘導するような働きかけが必要になる。すなわち、話し手側も聞き手と共同注意を志向し、聞き手を誘導するためのさまざまな言語手段を用いる。池上・守屋(2009)では、聞き手の共同注意を誘導し、聞き手との間主観性を志向する言語手段として、終助詞、無助詞、間投詞、直示表現などが挙げられている(間主観性を志向する表現に関しては、ほかに本多(2011)も参照されたい。)。ここでは、終助詞「よ」「ね」についてみてみよう。

(57) a. 名古屋は、いいところです<u>よ</u>。
　　 b. 今日はいい天気です<u>ね</u>。

　終助詞「よ」は共同注意を目指し、聞き手の注意を話し手の注目するモノ・コトガラに振り向ける機能を有し、「ね」は聞き手に話し手と同じモノ・コトガラの認識や表出に共同注意を求める役目を有する[29]。(57a) は、終助詞「よ」をつけることにより、名古屋についてあまり知らない、あるいは名古屋の良さに気づいていない (と思われる) 聞き手に対して、話し手の意見「名古屋はいいところだ」への注意・気づきを求めている。一方、(57b) は、「ね」をつけることにより、聞き手に対して (すでにわかっていることではあるものの)「今日の天気のよさ」への同意を求め、気持ちを共有して、間主観的な関係を構築しようとしている。「よ」や「ね」をつけることにより、お互いに相手の気持ちに寄り添いつつ、二人の思いを調整しながら、対話を進めているのである。平昌オリンピックで日本女子カーリングチームの発した「そだねー」という言葉が流行ったが、「そうだね」の方言形「そだねー」も間主観的な関係を志向した表現であり、メンバーの意見や提案に対して、同意を示しながら、間主観的な関係を志向している。

　直示表現の「ア系」指示も、間主観性を志向する表現である。話し手が過去に体験した対象をアで指すことができるが、対話に使われると、話し手と聞き手の過去の共通体験の対象をアで提示することができる (新村 2006)。「アノ件、どうなった？」は、話し手が過去に体験したコトを回想しながら提示するものであるが、それを体験して知っている聞き手も同じイメージを描いてくれるとの予測に立っているのである。

　ここでは、日本語のモノローグ性ゆえに、対話においては、聞き手も話し手もお互いに、共同注意を志向するかたちで進められることをみた。聞き手は話し手と同型的なスタンスを取ることが必要であり、一方で、話し手も聞き手が同型的なスタンスを取れるように、終助詞など、共同注意を促す表現を用いることをみた。

4.2 日本語における独り言モードと報告モード

4.1 節で、日本語では、対話において聞き手に共同注意を促す表現を用いることをみた。そのような聞き手目当ての表現もあることから、日本語はモノローグとダイアローグの間で形態的に異なり、両者の区別がはっきりしている。モノローグとダイアローグのはっきりしない英語とは対照的である（長谷川 2017）。長谷川（2017）は、モノローグの発話形態を独り言モード、ダイアローグの発話形態を報告モードと呼んでいる。ここでは、廣瀬・長谷川（2010）、長谷川（2017）で論じられている2つのモードについてみていく。独り言モードの指標としては、心情吐露表現に現れる詠嘆詞、間投詞などがあり、それらは聞き手の存在を前提としない。(58) がその例である。

(58)　a.　<u>わあ</u>、すごい。
　　　b.　<u>ふうん</u>、変なの。
　　　c.　<u>へえ</u>、やっぱりね。
　　　d.　ほんとかな<u>あ</u>。
　　　e.　かわいそう<u>に</u>。
　　　f.　まあ、いい<u>や</u>。　　　　　（以上、廣瀬・長谷川 2010: 151–152）

一方、丁寧語の「です」「ます」、挨拶の「おはよう」、呼びかけの「おい」「もしもし」「ちょっと」、返答の「はい」「いいえ」、伝聞表現の「〜だそうだ」「〜だって」などは聞き手目当ての表現であり、報告モードの発話に現れる。

基本的に独り言モードは独り言の時に使われ、報告モードは対話の時に使われるものであるが、独り言モードが対話の場面で使われる場合がある。(59) の会話がその例で、廣瀬・長谷川（2010: 152）からの引用である。

(59)　上：ほんとに英語では苦労します。
　　　下：えー、ほんとですかぁ？
　　　上：ほんと、ほんと。

下：へぇ、先生でもそうなんだぁ。

(59)は教師と学生という上下関係にある女性同士の会話であるが、上の立場の教師（上と表示）も下の立場の学生（下と表示）も敬体で話している。ただし、下線部は下の立場の学生が常体で発話しており、ここで独り言モードへシフトしている。4.3節で考察するが、日本語では、自分と相手との親疎・年齢などの関係性や対話場面に応じて、敬体と常体などが使い分けられるが、この場合も、そのルールに従っている[30]。ここで問題となるのが、敬体は相手に対する敬意を表す一方で、聞き手との心的距離もできてしまう点である。敬意と親密さを同時に表現したい時にジレンマに陥る。そこで、常体の独り言モードが使用されることになる。独り言モードは、形式上、聞き手目当ての発話でないため、常体でも非礼にはならない一方で、常体の使用により、聞き手に親しみを表現することができる。「英語で苦労している自分」を開示してくれた教師に対し、話し手の学生は「自分と同じなんだぁ」と驚き、嬉しさを表出させながら独り言のようにつぶやくことにより、親近感を表しているのである。廣瀬・長谷川 (2010) が「丁寧体（ここでの敬体）対話に埋め込まれた独り言の効果」と称する発話効果が発揮されている。

　ここでは、日本語には、発話形態として独り言モードと対話モードがあること、そして前者はもともとモノローグ時に、後者は対話時に用いられるものであるが、対話においてあえて独り言モードを使用することにより、敬意と親しみの両方を同時に表すなど、聞き手にたいするポライトネスを表現していることをみた。

4.3　インターパーソナルセルフと日本語表現

　日本語には、英語の I, you に相当する表現が、「わたし」「あたし」「俺」「ぼく」や「あなた」「あんた」「君」「お前」など、豊富であるうえ、「おかあさん」「おばあさん」「先生」「部長」「先輩」「お客さん」など、3人称を含めて人を指示するさまざまな表現がある（鈴木 (1973) など）。これらの表現が、話し手と聞き手の年齢・親疎・社会的立場などの関係性・発話場面に

よって、細かく使い分けられる。英語において、通常、話し手、聞き手が誰であろうと、話し手自身は I、聞き手に対しては you を一貫して使用するのとは対照的である。日本語は、インターパーソナル・セルフが発話場面の変化に同調して変化するのを、客体化せずにそのままのかたちで捉えて表現する傾向が強いといえる (本多 2005)。

インターパーソナル・セルフとは「環境の中の他者との関係において知覚される自己」であり、2.1 節で論じたエコロジカル・セルフと同様、人間の赤ん坊が最初に自己を知覚する仕方の1つである (Nisser 1988, 1993)。たとえば、赤ん坊は自分を見ている母親の微笑みから、自分にとって相手の意味が知覚できるとともに、相手にとって自分の持つ意味も知覚することができる。このようなかたちで知覚された自己がインターパーソナル・セルフであり、身体レベルでの相互作用とそれにともなう共感関係に基礎づけられている。大人の社会では他者との関係は複雑になってくるが、そのような社会においても、4.2 節の (59) の学生と教師との対話例にみられるように、発話場面における聞き手との関係性によるインターパーソナル・セルフのレベルの自己の捉え方に応じて、いろいろな言い方の中から、たとえば、敬体を選択したり、独り言モードで常体を用いるなど、話し手は適切な言い方を選択しているのである [31]。

ここで、インターパーソナル・セルフが反映された現象について、本多 (2005: 31) の考察をみてみよう。

(60) a. 申し訳ございません。家庭でも十分、指導いたします。
b. ごめんなさいねえ。二度としないようにきつく言い聞かせますから。

(60) は不祥事を起こした子供の母親の詫びの言葉である。呼び出された際の教師に対する発話としては (60a) が自然であるが、仲の良い隣家の住民に対しての発話としては (60b) が自然であろう。同じ行為を「指導する」と捉えるか「言い聞かせる」と捉えるかの違いを含めた2つの言い方の相違は、聞き手 (子供の教師か、あるいは隣人か) の違い、すなわち異なる他者につ

いての理解と、それに対応して成立する自己知覚の違い（聞き手との関係性のなかでの自身（母親）の捉え方）により、引き起こされている[32]。

　インターパーソナル・セルフレベルの自己の捉え方による表現の使い分けは、客観的把握の傾向の強い英語などにも、当然みられるが、程度においても質においても日本語とは異なる。日本語は、人を指す表現だけでなく、敬語（尊敬語・謙譲語・丁寧語）・卑罵表現などの待遇表現、授受補助動詞、女性語などの役割語などが存在し、話し手と聞き手の関係性・発話場面に依存し、細かく使い分けられる（役割語に関しては、金水（2003）を参照）[33]。その際に「ウチとソト」という区別が関与する場合が多い。ウチというのは、概略、話し手にとって心理的に話し手側にいるとみなされる人（身内や同等あるいは目下の親しい人）で、話し手と同等の扱いになる。たとえば「妹に親切にしていただき感謝している」という発話では、話し手の受益を表す補助動詞の謙譲語「いただく」が、話し手自身に対してではなく、身内の妹に対して使われており、妹がウチの人として話し手と同等に扱われている。また「です」「ます」などの丁寧語は、ウチの人に対して用いず、ソトの人に対して用いる（Ide et al. 1986）。ここで、使い分けの具体例をみてみよう（以下の(61)については、考察も池上・守屋（2009: 165）による）。

(61) 　a. 駅に着いたら電話しろよ、迎えに行ってやるから。
　　　b. 駅に着いたら電話してね、迎えに行ってあげるから。
　　　c. 駅に着いたら電話ください、迎えに行きますから。
　　　d. 駅にお着きになりましたらお電話いただけますか？
　　　　お迎えにまいりますので。
　　　e. 駅にお着きになりましたらお電話いただけませんか？
　　　　お迎えにあがりますので。　　　（以上、池上・守屋 2009: 165）

(61)は訪ねてくる相手に、迎えに行くから駅に着いたら電話してほしい旨を伝える表現で、下にいくほど丁寧な物言いになっている。(61a)は、「電話しろ」という命令形が使われているので、話し手は男性である。聞き手

は、話し手が遠慮なく命令できて、「〜やる」と恩に着せる言い方が許され、さらに「する」を使用し、ウチの関係で遇する関係であるので、自分の弟妹、あるいはごく親しい友人など、ウチの関係の人になる。一方、一番下の(61e)は、デス・マス形で相手をソトの関係で遇している。「お着きになりましたら」と相手の行為を尊敬語で高め、「お電話」という美化語や授受表現「もらう」の謙譲語「いただく」により、敬意を表している。さらに「お迎えにあがります」と謙譲語と丁寧語を使っている。聞き手は、社会的地位、力関係などから最も社会的距離を置く相手、たとえば年上の尊敬する相手やビジネスの顧客などと考えられる。これら5つの言い方は、日本語話者なら普通に使い分けることができる。このような表現の使い分けは、聞き手との関係性・発話場面により、適切な言い方はほぼ決まっており、それに外れるような言い方をすると、非礼になったり、相手を馬鹿にすることになってしまう。

　井出(2006)は、このような日本語の表現の使い分けを「わきまえ」による言語使用と呼んでいる。井出(2006)は、アンケート調査に基づき、敬語行動において、アメリカ人が、たとえば "Can I borrow your pen?" をどんな相手にもほぼ等しく使えるのに対して、日本語では、どのような表現でも、それを使える相手と使えない相手がはっきりしていると論じている。たとえば、先の例では、(61a、b)はウチの人に使えるが、ソトの人には使えない。逆に(61c、d、e)はソトの人に使えるが、ウチの人には使えない。日本語は、敬語などの表現選択において、話し手の自由度が低く、わきまえ、すなわち「社会的にこれはこういうものだとして認められているルール」により、言語表現の使い分けを行う傾向にある。

　さらに井出(2006: 100-119)は、「わきまえ」による言語使用は、その社会全体の方向性・考え方、具体的には「人々が各各の分に応じて世の中で必要とされている役割を全うするのがよい」、「神の下、人はみな平等と考えるキリスト教の考え方や天地の掟に合理的に一律従うことで世の中が平安となるという中国文化の考え方とは異なり、一貫した原理はなく、現場主義で、あいまいな要素をはらみつつ辻褄を合わせるやり方をよしとする」といった考

え方に由来すると論じている。井出の論じる「わきまえ」社会は、本章 2.3 節で論じた主観的把握の傾向の強い日本人社会——比較的、他民族との接触のなく、同じような考え方の人で構成される、どちらかといえば均質的な社会——と通ずるものがある。主観的把握の傾向の強い言語共同体では、比較的、皆が同じような考え方を有し、同じような行動をし、それを社会全体で共有する傾向にある。共同注意／間主観性を志向する社会では、そのようなことが前提になる傾向にある。そのため、場の空気を読み、その場に合った発話内容と言い方が期待される。そのように秩序を保つことにより、世の中が丸く納まることが期待される社会であるといえるかもしれない[34]。

ここでは、主観的把握傾向の強い日本語には、発話場面のインターパーソナル・セルフの変化に同調して使い分けられる、さまざまな表現形式があることをみた。

5 「語り」の視点と主観的把握／客観的把握

ここでは、語りの視点と事態把握との関係について考察する。小説などの語りは、基本的には、登場人物の位置する語りの世界（の事態の連なり）について、語り手が外側から語るという構図になる。視点という観点からは、登場人物の視点、語り手の視点、さらに読み手の視点が関わることになる[35]。登場人物視点と語り手視点の重なりと交錯を中心に考察する。

5.1 「語り」における登場人物視点と語り手視点

小説などの語りは、主人公など、登場人物の心情に自分を重ね合わせ、その人の気持ちになって一喜一憂しながら、読み進んでいく場合もあるであろうし、一方で、登場人物に対して、第3者的な冷めた視点、より客観的・分析的な視点で眺めながら読み進むという場合もあるであろう。前者の読み方には、本章 2.3 節で論じた自己投入という認知プロセスが関わっている。小説などを読む場合、程度の差はあれ、登場人物・語り手への自己投入という認知プロセスが関わるであろう。

語り手・読み手による登場人物への自己投入のしやすさという観点から考えると、主観的把握の傾向の強い日本語話者の方が、客観的把握の傾向の強い英語話者に比べ、そのような認知プロセスに身を任せやすい。言語の観点からも、主観的把握の傾向の強い日本語の方が、客観的把握の傾向の強い英語に比べ、自己投入を促すような文法・語彙的な装置を備えている。そのような装置として、まず2点考えられる。1つは、英語は文の主語などが義務的に具現されるため、発話主体が言語化される傾向にあるのにたいし、日本語はゼロ化される点である。ゼロ化は3.1節で論じたように、自己中心的な視座で捉える主観的把握と根幹部分で関わっており、ゼロ化により、読み手は、登場人物に視点を移すことが容易になる。もう1つは、語りにおける現在時制の使用である。

　日本語の語りは、過去の出来事として過去形で語られる部分と、現在形が使われる部分がある。語りにおいて過去形に現在形が混ざる現象は英語にもみられ、歴史的現在 (historical present) という名称で呼ばれる。しかしながら、日本語のテクストの場合、英語などで歴史的現在の名称で扱われるような場合と比べて、頻度という点でも、また、その多様性という点でもはるかに凌駕している。池上 (1986、2004) は、次のように述べている。

> 　現在形の頻出することでよく知られている個人的な経験の語り（英語）の場合でも、現在形の使用は事件展開部においても使用全動詞の30％にとどまる一方、過去形と現在形が目まぐるしく交替するとか、倒置された述語や従属節と主節の間で交代が起こることは稀である。これに対し、日本語のテクストでは現在形の頻度が60％を超えたり、同じ文中で交代が起こったりすることも珍しくはない。

日本語の語りにおける現在形の使用は、歴史的現在と称される現象とは比べられないほど、あたりまえに行われており、現在形の使用頻度が過去形を上回っていることが普通なのである。守屋 (2007: 593) は、志賀直哉による『菜の花と小娘』のテクストの一部を例示し、「物語文のほとんどがタ形（過去

形）で語られると、日本語母語話者の読み手は語り手が物語世界を客観的な視点からとらえ、物語世界を客観的に読むように指定されたように感じる。そのため、特に物語世界に臨場し体験的に把握しやすい読み手は、物語世界への臨場が拒否されたように感じることがある」と述べている。語りにおける現在形の使用は、語り手・読み手が物語世界へ臨場し、登場人物に自身の視点を重ねる手段の1つとして考えられる[36]。

5.2 節では、語り手・読み手が自身の視点を登場人物に重ねる傾向にある日本語の「語り」について、考察する。5.3 節では、英語の「語り」がそのような手法を備えている一方で、客観的な語り手の視点を維持する傾向があることをみていく。

5.2　日本語の語り—登場人物視点への重なり

日本語の語りにおいて、いわゆる過去形の「タ」形と現在形の「ル」形（形容詞や補助動詞・助動詞の「イ」形など、現在形をすべてカバーするものとして用いられている）は、語り手の2種類の視点／パースペクティヴを反映するとされる（山本（2012）など）。山本（2012）では、「タ」形は、まるで舞台を見る観客のように語り世界から距離を置き、世界を捉える語り手の視点を反映するのにたいし、「ル」形は語り世界の中の登場人物に移行させた語り手の視点を反映すると論じている。より具体的には、「ル」形は、情報の出所を示す'evidentiality(証拠性)'表示機能も有するとされる。したがって、「ル」形の文は、視点を登場人物に移行させ、登場人物の視覚などを媒介として得られた情報をもとに登場人物の視座から捉えられた事態と解釈される[37]。山本（2012: 83–84、87）からの用例をみてみよう。

(62) a. 地方の公営の体育館ということで旧式のマシンを予想していたのだが、実際にはびっくりするくらいの新鋭機がそろっていた。新しいスチールの匂いがまだ空中に<u>漂っている</u>。

　　　　　　　　　　　　　　　　　　　　　　　　（『海辺のカフカ（上）』）

　　b. 禎子はおじぎをしたが、心はまださっきの姿に惹かれていた。義

兄によく似ていたが、それは錯覚だったかもしれない。一瞬の眼の迷いであろう。　　　　　　　　　　　　　　（『点と線』）

(62a)で、語り手は「新鋭機がそろっていた」という「タ」形で「地方の公営の体育館」のなかの状況事態を事実として評した後、「体育館」の中に位置する登場人物に視座を移動させ、登場人物が臭覚を通して得た現場の状況について「新しいスチールの匂いがまだ空中を漂っている」と語っている。(62b)で、語り手は「タ」形で禎子の状況事態を語った後、禎子に視座を移動させ、禎子の視座から視覚情報として認識したさっきの姿をもとに、それを義兄であるとするのは錯覚だった可能性があると推論している。現在形の使用により、語り手の視点が登場人物の視点に重ねられ、登場人物の視座から捉えられた眼前の見えや聞こえなどが語られる。

　現在時制の使用は、語り手の視点を登場人物の視点に移行させ、登場人物視点と重ねる手法の１つであると考えられる。それは、読み手の視点も同時に、登場人物視点へ移行させることになる。このような登場人物の視点への移行を促す手法としてほかには、3.3節で論じた不定方向の「と」連結が挙げられる。(63)は、2部5章で扱う小説『エミリー』からの一文である。

(63)　a.　夕食後居間にもどると、お父さんはぐっすり眠っていた。
　　　b.　After supper Emily went in and found that her father had fallen asleep.　　　　　　　　　　　　　　（神鳥訳 p.14–15）

(63a)の日本語訳文では、不定方向の「と」（下線で表示）が使われており、主人公のエミリーが居間に戻った時点で、初めて捉えた眼前の父親の様子が、エミリーの視座から臨場的に語られている。不定方向の「と」連結は、登場人物の視座から捉えられた眼前描写に語り手の捉え／描写をかぶせる語りの手法の１つであり、語り手・読み手を登場人物の視座へ移行させる。一方、(63b)の英語原文は、過去形動詞 went と found の and による連結と that 節内の過去完了形動詞の使用により、出来事の前後関係が論理的に示さ

れ、語り手の視点から分析的・客体的に語られている。

　本章3.2節で論じた主観述語の使用も、語りにおける視点の移行を促す手法の1つであろう。主観述語には、1人称主語に限られるという人称制限があるが、非報告スタイルの語りなどでは、3人称主語が許される。これは、上記の「と」連結の用法と同じように、登場人物を視座とする捉え／描写に、語り手を視座とする捉え／描写をかぶせたことにより、可能になると考えられる（澤田1993、上原2011）[38]。(64) は、絵本 "The Giving Tree" の翻訳版（本田錦一郎訳の1976年版）と英語原文からの一節である。

(64)　a.　ちびっこは　きが　大好き…　そう　とても　だいすき。
　　　　　だから　きも　うれしかった。
　　　b.　And the boy loved the tree...very much.
　　　　　And the tree was happy.

日本語訳文では、「ちびっこに好かれて嬉しく思う主人公の木の気持ち」が臨場的に語られている。主観述語「うれしかった」の主語は、ここでは3人称の「木」である。本来、主語が話し手（「語り」では、語り手）に限られる主観述語「うれしい」を用いることにより、語り手・読み手も、登場人物の木の視点に自身を重ね合わせ、木の気持ちを臨場的に味わうことが可能になる。一方、英語には主観述語がそもそもなく、感情を表す述語は外から観察可能な表出として捉えられるため、英語訳文は、語り手視点で客体的に語られる。

　再帰代名詞「自分」の使用も、視点の移行を促す手法の1つであろう。澤田 (2009: 131) は、「照応に関する視点の原則」と称し、「語り手が場面の中に導入された登場人物に言及する際に、視点が、語り手の側に固定されておれば人称代名詞（「彼」、「彼女」など）またはその人物の固有名詞が用いられ、（意識主体としての）登場人物の側に移動されておれば再帰代名詞「自分」が用いられる」と論じている。(65) の「自分」と「彼」を例（澤田 (2009: 131) からの引用）にとり、「照応に関する視点の原則」を具体的に考

えてみよう。

(65) a. 馬五郎は、倒れたまま虚ろな眼で<u>自分を見つめている女</u>に言うと、天水桶に駆け寄った。

(藤沢周平『馬五郎焼身』)

b. 馬五郎は、倒れたまま虚ろな眼で<u>彼を見つめている女</u>に言うと、天水桶に駆け寄った。

「自分」が用いられている(65a)では、語り手の視点が、登場人物の馬五郎にかぶさり、馬五郎の視座から捉えられ／描かれている一方、「彼」にかえた(65b)では、語り手視点で語られている。「自分」の使用も、視点の移行を促しているといえる。

ほかに、モダリティ副詞(3.2節参照)や擬音語・擬態語のオノマトペ(3.1節参照)の使用、独り言モードによる登場人物の意識描出や心内発話(4.2節参照)、直接話法／思考的な引用(2.3節参照)と、それにともなう登場人物をめぐる対人関係が反映されたリアルな物言い(4.3節参照)、絵本における子供語・幼児語の使用(都築2018を参照)、ゼロ型引用表現の使用(櫻井2016を参照)などにより、語り手・読み手は、容易に登場人物に自己投入し、語りの世界の現場に臨場できる[39]。このような文法的・語彙的な装置に加え、読み手としての日本語話者の同型的なスタンスの姿勢もまた、登場人物への自己投入を促し、登場人物の主観を共に味わうというような読み方を支えている(同型的スタンスについては4.1節参照)。

ここまで、日本語の語りには、語り手・読み手が登場人物に視点を重ね合わせるさまざまな文法的・語彙的装置が備えていることをみてきたが、その視点の重なり方には濃淡があるであろう。たとえば、現在形の使用は、登場人物の視点が色濃く反映されているといえるであろう。先に論じた(62a)の小説の一文「新しいスチールの匂いがまだ空中に漂っている。」は語り手が登場人物の視点から語っていると考えることもできようが、(62b)の「義兄によく似ていたが、それは錯覚だったかもしれない。」は登場人物である禎

子の心内発話であり、語り手の声は感じられず、視点が完全に移行したといえる。現在形の使用にも、このようにいろいろあるが、視点の重なり方の濃淡という点では、現在形の使用は、全体として、登場人物視点への傾きが極めて大きいといえるであろう。一方、不定方向の「と」連結、主観述語、モダリティ副詞、オノマトペの使用などは、語り手の視点が登場人物の視点に重ねられているものの、語り手の視点は維持され、語り手による「語り」には変わりないといえるかもしれない。

5.3 英語の語り―客観的な語り手視点の維持

　英語の語りは、主に動詞の過去形が用いられ、登場人物はゼロ化されず、普通名詞で導入後、人称代名詞が一貫して用いられるなど、語り手の視点から、客観的に語られる傾向にある。一方で、そのような英語の語りであっても、読み手の自己投入を促すような仕組みは備えられている。そのような仕組みの1つと考えられる「語りのwhen」用法と自由間接話法についてみていく。

　「語りのwhen」については、坪本（1998）で、日本語の語りの「と」用法に対応するものとして論じられている。坪本の用例をみてみよう。

(66)　a.　Ichiro was walking on <u>when</u> a squirrel was hopping about in the branches of a walnut tree.
　　　　　（一郎はまたすこし行きました。すると一本のくるみの木の梢を、栗鼠がぴょんととんでいました。）　　　（『どんぐりと山猫』）
　　b.　<u>Scarcely</u> had I come into the room <u>when/before</u> the phone began to ring.　　　　　　　　　　　　　（『英語語法大事典第 4 集』）

語りのwhen用法は形式的な制約が強く、通常、(66)に示されるように後節にwhen/before節がくる。主節である前節で場面設定をし、従属節である後節のwhen/before節で、偶発的な場面展開が語られる[40]。語りの「と」の用法と同じように、前節の主語／認知主体（(66a)ではIchiro、(66b)ではI）の

移動などにより、その場で初めて知覚認識した眼前の状況が後節で描かれるため、意外性・突発性といった文脈効果が生じる [41]。客観的把握の傾向の強い英語で、臨場的効果のある主観的把握による描写が取り入れられている。英語の語りにおいても、登場人物の視点への移行を促すような手法として、語りのwhen用法があるといえる。ただし、「when節を前節にしたり、意味的に似ているas soon as節に代えると、語りのwhen用法にみとめられる意外性・突発性をともった談話展開にはならない」と坪本(1998)が指摘しているように、この用法は、日本語の「と」の用法に比べ、形式的にも意味的にも限定・制約されているといえる。

次に、自由間接話法についてみてみよう。(67)は"Harry Potter and the Philosopher's Stone"からの用例(山口(2009: 115)からの引用)である。

(67) a. As Mr Dursley drove around the corner and up the road, he watched the cat in his mirror. It was now reading the sign that said Privet Drive – no, looking at the sign: cats couldn't read maps or signs. Mr Dursley gave himself a little shake and put the cat out of his mind.

(J.K. Rolling, *Harry Potter and the Philosopher's Stone.*)

b. 交差点を曲がって道を行くときバックミラーでその猫を見た。今度はプリベット通りと書いた標識を読んでいる―いや、標識を見ているのだ。ネコは地図や標識を読んだりしない。ダーズリー氏はぶるっと身震いをして、猫を頭の中から追い出した。

(『ハリー・ポッターと賢者の石』)

下線の英語が自由間接話法の部分である。過去時制が用いられ、また最初の文の主語(猫を指示)に3人称代名詞itが用いられ、語り手視点による捉え／描き方がなされている。一方で、間接話法で生じる主節の伝達部(He said to himself)がゼロ化され、さらに直示表現のnowや間投詞的なnoが、登場人物ダーズリー氏の心内発話として語られており、登場人物視点による捉えもある。語り手と登場人物、2つの視点から語られているといえる。

しかしながら、視点の重なりに関しては、日本語の語りにおける重なり方とは、異なるといえるであろう。日本語の語りのように、語り手の視点が登場人物の視点にぴったりと重なるのではなく、英語の語りは、2つの視点による2つの捉え方、すなわち登場人物の声と語り手の声という2つの声が共存し、絡み合うといった方がよいかもしれない。山口 (2009: 113–123) は、自由間接話法が対話におけるエコーと本質的に同一のものであり、2つの視点が絡み合うと論じており、(67) の英語の用例について、下記のように述べている。

> ここではダーズリーのこころのつぶやきが描出話法（自由間接話法―引用者）で提示される。このとき、少しあわてて自分の考えを訂正するダーズリーの声とともに、ダーズリーの慌てぶりをおもしろがって伝える語り手の声を感じ取ることができる。この小説でダーズリーは、不思議なことや想像力のなせる技を認めないあまりにも現実的な「敵役」であり、主人公を見守るファンタジー小説の語り手と読者からはもっともかけ離れた存在として特徴づけられている。常日ごろえらそうなふるまいをするダーズリーが次第に追い込まれていくのを見て読者は語り手とともにほくそえむ、というのがこの小説における笑いの仕掛けのひとつになっている。

自由間接話法の部分は、登場人物ダーズリー氏の視点からの捉えである一方で、語り手による俯瞰的・分析的な捉えでもある。2つの視点から捉えられた描写であるが、視点は日本語の語りのように1つに重なるのではなく、2つの異なる声が交わらないまま交錯しているといえる。このことは、先に論じた「語りの when 用法」に関しても当てはまり、登場人物視点による臨場的な捉え方／描き方がなされている一方で、過去時制や人称代名詞（ゼロ化しない）が用いられ、語り手による捉えも維持されている。

　登場人物の声がきき取れるような、最も臨場的な語りにおいても、一方で語り手の俯瞰的な捉えが感じられる英語の語りに、客観的把握の傾向の強

英語の特性、そして英語話者の自己分裂的なプロセスに身を任せやすい姿勢がみて取れる。

5.4 まとめ―「語り」の視点と主観的把握・客観的把握

登場人物視点と語り手視点の観点から、日本語と英語の語りを比較考察した。日本語の語りには、現在時制やゼロ化、不定方向の「と」連結など、語り手や読み手の視点を、登場人物の視点に重ねようとする装置がいろいろ備えられている。菅沼 (2001) は、児童小説『注文の多い料理店』の日本語原文と英語訳文を比較考察し、語り手の役割に関して「英語版では出来事の客観描写する、という語り手の働きのみがみられたのにたいし、日本語版では客観描写する以外にも、語り手が出来事の内側から登場人物の視点で描写する、読み手に対して働きかけるなど、さまざまな働きをしている」と論じている[42]。日本語の語りでは、語り手が読み手に対しても、登場人物の主観をともに味わうために、感情的なつながりを築き、語りの世界へ引き込む積極的な役割をしているのである。(68) の絵本 "The Giving Tree" の英語原文と 2 種類の日本語訳文 ((b) は本田錦一郎訳の 1976 年版、(c) は村上春樹訳の 2010 年版) においても、その違いが現れている。

(68) a. And the tree was happy…<u>but not really</u>.
　　　b. きは　それで　うれしかった…だけど　それは　<u>ほんとかな</u>。
　　　c. それで木はしあわせに…<u>なんてなれませんよね</u>。

日本語訳文では、英語原文と異なり、語り手が読み手に対し、問いかけたり、同意確認を求めたりして、両者の間にインタラクションがみられる[43]。
　一方、英語の語りは、自由間接話法のような最も臨場的な語りにおいても、常に客観的・分析的・俯瞰的な語り手の視点を別に維持する傾向にある。また、語りの世界の外にいる語り手により客観的に語られた「語り」ゆえに、読み手もまた、同じく語りの世界の外から味わえばよい。日本語の語りの読み手のように、語りの世界に臨場する必要はないのである[44]。

以上、みてきた日本語と英語の語りの視点に関する違いは、それぞれの言語の事態把握のタイプの違いに帰されるであろう。主観的把握は事態での現場における内側からの臨場的な捉えであり、語りでは、語りの世界のなかにいる登場人物からの捉えに対応するのに対し、客観的把握は事態の現場の外側からの客観的・分析的・俯瞰的に捉えであり、語りでは、語りの世界の外に位置する語り手からの捉えに対応する。語りの視点には、文学的にはさまざまな技巧がこらされると思われるが、それぞれの言語の事態把握の傾向という観点からは、日本語の語りは内の視点／登場人物視点への重なりを指向し、英語の語りは外の視点／語り手視点の維持を指向するということになるであろう。

注
1. 本章は、文学との分野横断的な試みのため、なるべく専門的用語を用いず、（また紙幅の都合もあり）議論を単純化している部分がある。たとえば、認知言語学で基本的な概念であるグラウンディング（grounding）には言及しない。時制・アスペクト・evidentiality（証拠性）を表すとされる日本語の「ル」形・「タ」形も、便宜上、それぞれ「現在形」・「過去形」として主に扱う。
　　また本章では、「主観性」／「主体性」および「客観性」／「客体性」という用語は、2.2節で定義される「主観的把握」と「客観的把握」に関わる意味に限定して用いる。主観性と主体性（および客観性と客体性）については、交換可能な概念として用いる。主観性・客観性と捉え方・言語表現との関係に関する議論については、上原（2016）を参照されたい。
　　また視点には、直示的視点と共感的視点があり、ここで論じる事態把握における視点は前者に関わると考えられる（澤田 2009、澤田 2011）。さらに視点に関して、本多（2005: 32）では、次の要素が挙げられている。
(i) a. 見る主体：誰が見るのか（視点人物）
　　b. 見られる客体（対象）：どこ（何）を見るのか（注視点）
　　c. 見る場所：どこ（何）で見るのか、どこ（何）から見るのか（視座）
　　d. 見える範囲：どこからどこまでが見えるのか（視野、ヴィスタ）
　　e. 見える様子：その結果どのように見えるのか（見え）
本章では、「視点」という用語を、上記の(ia)「視点人物」あるいは(ic)「視座」

の意味で用いる。また「語り」における視点の考察は、事態把握の観点から、登場人物の視点と語り手の視点について、ごく基本的な関係を扱うのみで、「語り」の視点研究の一部をカバーしているにすぎない。それ以外の本来扱うべき部分は、今後の課題としたい。認知文法の主観性構図をナラトロジー（物語論）の観点から検討したものに野村（2016）がある。

2. 逆に、間主観性を志向し、対人との関係性保持を優先する傾向の社会であるからこそ、主観的把握の傾向の強さが維持されているといえるのかもしれない。両者は双方向に影響しあっているといえるであろう。関連する論考として、本章4.3節を参照されたい。

3. ただし、(1a)(2a) が、これから論じるところの「主観的把握」が反映された解釈になるのには、現象文としての解釈が可能な there 構文、現在進行形の構文であることが関係している。また、これらの文は、「英語は、すべて D モード認知（概略、客観的把握に対応）である」とする中村（本書1部3章、2016）では、D モード認知が反映された文と分析される。

4. 本多（2005、2009a）は「1人称代名詞の用法の習得が、他者視点の取得に依存している」ことを、Loveland（1984）を援用し、生態心理学の観点から論じている。子供は最初、「自分に見えているものが他人には見えていないことがありうる」や「自分に見えてないものが他人には見えていることがありうる」ことが理解できない。このようなことを子供が理解すること、すなわち他者視点を持つことが、1人称代名詞の習得の前段階として必要であるとしている。自己分裂とは、「自己の客体化」と「他者視点／3人称視点で客体化された自己を観ること」だといえるであろう。

5. 本多（2009a: 396）は、個体発達の観点から、自己中心的な事態把握である主観的把握が原初的であり、状況外的な事態把握である客観的把握は脱中心化によって達成されると論じている。ただし、「脱中心化」は、たんなる時空間的視座の移動ではなく、他者の視点の取得という社会的・間主観的な現象であるとも論じている。その根拠として、自己鏡像映像認知における他者との身体的な相互作用の役割と、1人称代名詞の習得における視点取得の役割が挙げられている。

　また主観的把握が客観的把握より原初的であることは、子供の言語データによっても裏付けられる。櫻井（2014）は、客観的把握の傾向の強い英語話者であっても、3歳児では動作主・被動作主について言及することなしに他動的関係にこだわらず、事態をまるごと成立するものとして捉える（主観的把握）言い回しが使われており、5歳児、9歳児とは異なっていると論じている。

6. ほかに同じような事態把握の類型として、"Subjective view ／ God's eye view"（Uehara 1998）、「状況没入型・状況非没入型」（本多 2005）、「内の視点・外の視

点（早瀬 2007）」、「事態内視点・事態外視点」（町田 2016）、「体験的把握・分析的把握」（尾野 2018）などがある。
7. ただし、日本語では「母語話者として容認度調査にご協力いただいた〇〇氏に対して、筆者は感謝の意を表したい」で、1 人称主語に限られる「たい」が用いられることからわかるように、「筆者」は 1 人称扱いされる。3 人称扱いされる英語の the author より、主観性が高い捉え方がされているといえる。
8. ただし、本多（2009a）が自己投入をシミュレーションとして論じているわけではない。本多（2009a）では、「他者理解のストラテジー」と「事態把握」は次元を異にするものとして捉え、論考を進めている。ただ、本多（2009a）の 4 節では、「他者理解のストラテジー、特にシミュレーションが、事態把握にも適用されているという指摘が認知科学においてなされている（佐伯 1978、2007）」と述べ、シミュレーションを「他者の内化」であるとしている。
9. 「タ」形は、通常、過去を表すが、「あったぞ！」の「タ」は発見の「タ」と呼ばれる用法で、まさにイマ・ココで発見したこと表している。
10. Uehara（1998）は、このような存在動詞を discoverer-less／perceiver-less predicate と呼び、(13a)(14a)(15a) のような記述を 'perceiver-less description of events'（出来事についての知覚者抜きの記述）と呼んでいる。
11. 感嘆表出的なイントネーションにより、英語文でも主観性の高さが表現されているといえるであろうが、ここで問題にしているのは、日本語と比較した場合の主観性／客体性の高さである。
12. (14b)(15b) の代わりに、それぞれ 'Then there was a big lady standing there.' 'There is a panda in the zoo.' という表現も可能であるが、英語話者としては、どちらかといえば (14b)(15b) を用いる場合が多いようである。ここで重要なことは、英語で (14b)(15b) が自然な表現として使用されているという点である。
13. 日本語と英語の知覚動詞の違いに関しては、英語のコントロールサイクルに対して日本語の創発サイクル（中村 2018）、英語の人為態優位言語に対して日本語は自発態優位言語（牧野 2018）など、多くの研究で言及されている。
14. ただし、人称制限は、主節において現在基本形で使われる場合に限られ、ほかでは無効化される。これらの述語が、中右（1992: 45–46）の論じる「モダリティ表現」であると考えれば、主節以外では客体化が起こり、真の意味での（中右の論じる「発話時と同時瞬間的現在時における話し手の心的態度」という意味での）モダリティではなくなるからであろう。野田（1989）は、過去形の文は話し手の発話時の心的態度を直接的に表明する「真性モダリティ」を表していないと論じている。澤田（1993: 249）は、「感情表現においては、現在形よりも過去形の方が客観性が高い」という感情表現における「過去時制の原則」によると論じている。

また MaCawly (1976) では、古い英語の methinks (meseems) that... や日本語の「(私には)〜思われる」などの非人称構文が認知主体の現場での思いを吐露する表現であるのに対し、I think that 〜などの人称構文はその思いをいわば客体化して述べる表現であると論じている。

15. これらの述語の人称制限は、話し手が発話時と瞬間同時的な現在に接触可能であるのは、話し手自身の心的態度に限られるという主旨の「瞬間的現在時における接触可能性の原理」(中右 1992: 51–52) により、説明されることになるであろう。澤田 (1993) では、これらの述語が「あるできごとや状態を経験者の側から、内部的に描写する「内的述語」であるから」としている。

16. 本多 (2005: 176) などにより、英語にも、日本語と同様、人称制限がある述語があることが指摘されている。(i) がその例である。

    (i) a. It seems to me ／ ?John that Mary is ill.　　　　　　(大江 1975: 190)
    　　b. It strikes me ／ *Pete that you are unfriendly.　　　(Postal 1971: 266)

    また児玉 (2012: 13–14) は、「英語の述語には人称制限はない」という主張に対して、(ii) の対比に示されるように、全く受けないというわけではなく、程度の問題であることを指摘したうえで、主観性の問題というより、情報の縄張りや証拠性の問題である可能性を論じている。

    (ii) *太郎は淋しい。 vs (?) Taro feels lonely.

17. (34a) は筆者の作例であるが、本多 (2009a: 405–406) で、「悲しんでいる／嬉しがっている」は容認可能であることが指摘されている。

18. ただし、「〜くれる」は行為の恩恵性を表すだけでなく、付加する動詞(この場合、「貸す」)の表す行為の方向を受け手としての話し手に向ける機能もあり、そのため、その使用は義務的となる (近藤 2018: 83)。「〜くれる」の特殊性も含め、授受動詞の補助動詞用法に関しては、近藤 (2018) などを参照されたい。

19. 尾野 (2018) は、日本語の小説から集めた「やがて」の例文 201 例に関し、英語での訳出のされ方を調べた結果、31% の 62 例が訳出されておらず、訳出されている例についても 34% の 69 例は eventually, finally, after a while, at last など、「時の推移の結果表現」として訳出されていたと論じている。

20. 坪本 (1998) では、「と」の連結用法には中核用法のほかに、(i) のような総称的な関係で連結される条件帰結の用法、(ii) のような派生的用法としてのモダリティの用法があると論じている。

    (i) 天ぷらは、いい粉で揚げると おいしい。
    (ii) (もし)このまま雨が降らないと、ひょっとして今年は米が不作になる
    　　 かもしれない。　　　　　　　　　　　　　　(以上、坪本 1998: 127)

21. 「制御不可能性」は、「予測不可能性」に還元できると思われる。後節に描かれる

事態は、前節の主語／主体にとって予測不可能でなければならないということは、当然、主語／主体にとって制御不可能ということになるからである。
22. ただし「〜のだよ」などをつけて、「花子が玄関に来ると、私が待っていたんだよ。」とすれば、報告スタイル（reportive style）になり、容認可能になる。ここで論じている「語り」は、2種類のスタイルのうち、非報告スタイル（non-reportive style）に分類される（Kuroda 1973）。
23. ただし、(i) に示されるように、前節の主語も1人称である場合、後節の行為が主体的なものでなければ容認可能になる。
(i) 私は銀座を歩いていると、花子に偶然出会った。　　　　　（坪本 1998: 123）
24. 早瀬（2007）は、日本語の不定方向の「と」連結のような臨場的な描写に対応する英語の例として、(i) に示されるような懸垂分詞構文を挙げている。
(i) Looking up the river, the character of the scene was varied. (Scott)
(Jespersen 1933: 94)
(i) の主節には、分詞句の行為主体が視線を向けた行為の結果、視界に入ってきた「見え」が表現されており、主観的な捉えが表現されている。早瀬は、英語ではこのような主体を取り込んだ事態の捉え方は避けられる傾向にあり、懸垂分詞が文法的に忌避されてきたのも英語のデフォルトの描写モード（本稿での客観的把握の仕方）に合致しないためだと考えられると述べている。
25. 濱田（2016: 26–27）では、日本語話者と英語話者、それぞれの出来事の捉え方（参照点／ターゲット認知とトラジェクター／ランドマーク認知）と言語表現の関係について、詳しく論じている。
26. Hinds（1986）は、コミュニケーションの成功ということに関して、聞き手の側に負荷がかかり、聞き手側に主な責任があるとする「聞き手責任」の言語社会と話し手側に主に責任があるとする「話し手責任」の言語社会に類型的に分類し、日本語は「聞き手責任」、英語は「話し手責任」の傾向があるとしている。一方、児玉（2012）は、日本語が終助詞、敬語、自称詞・他称詞などが豊富であること、話し手の命題態度や発話行為を言語化する傾向にあることなどを挙げ、聞き手に手厚い「聞き手志向型言語」であり、一方、英語は「話し手志向型言語」であると論じている。さらに宮下（2010）は、ドイツ語と比較し、日本語は(i)のような「って」などの伝聞、視覚情報、知識推論などの聞き手に情報源を表す証拠性（evidentiality）や、(ii)のような聞き手に情報のステイタス（前発話の理由づけなど）を表す接続性の表現の明示が義務的であることを示し、日本語は「聞き手目当ての表現に関しては、話し手責任という傾向にある」と論じている（証拠性については、本章 5.2 節を参照）。
(i) ゆきの　せいで　ひこうきが　とべないって（『ゆきがやんだら』）

(ii) ちょっと　しっぽを　はさまれたもんですから（『こんとあき』）

Hinds (1986) と児玉 (2012) ／宮下 (2010) の主張のくい違いは、命題内容の部分について論じているのか、聞き手目当てのモダリティの部分について論じているかの違いであると思われる。

27. 一方、客観的把握の傾向の強い英語・ドイツ語では、聞き手は相補的スタンスをとる。話し手が事態の現場の外に出て、第3者的な視点で客観的に捉え／言語化する傾向にある英語・ドイツ語では、聞き手も同じように第3者的視点で捉えて解釈するので、聞き手に負荷がかからない（議論の詳細は大薗 (2018) を参照されたい）。英語・ドイツ語話者の場合、日本語話者と異なり、中立的な立場から個々に独立して文を発することにより、対話が構成されると考えられる。
28. 池上・守屋 (2009) は、聞き手と話し手が共同主観的／間主観的関係を築き、そのような関係を維持することが対話の目的でもあると論じている。
29. 廣瀬・長谷川 (2009) は、終助詞「ね」が独り言にもよく現れることを示し、「ね」の基本機能をマッチング（一致）である (Takubo and Kinsui 1997) と論じている。
30. 丁寧語の (不) 使用は、ウチとソトの関係が関与している。本章3.3節を参照されたい。
31. 岡 (2013) などでは、発話場面に注目し、日本語の論理の基本が「場の論理」であるとして、「場所理論」から日本語のこれらの特徴を説明している。
32. (60) の発話の違いには、同じ行為を「指導する」と捉えるか「言い聞かせる」と捉えるかというエコロジカル・セルフレベルの捉え方の違いも関わっている（本多 2005: 31）。
33. 金水 (2003: 205) では、役割語を以下のように定義している。
    (i) ある特定の言葉づかい（語彙・語法・言い回し・イントネーション等）を聞くと特定の人物像（年齢、性別、職業、階層、時代、容姿・風貌、性格等）を思い浮かべることができるとき、あるいはある特定の人物像が提示されると、その人物がいかにも使用しそうな言葉遣いを「役割語」と呼ぶ。

    役割語は、本節でこれから論じる「わきまえ」文化により、特定のグループよる特定の言葉使いが固定化・差別化されたものと考えられるであろう。役割語については、金水 (2003、2011) などを参照されたい。
34. 児玉 (2012) が論じているように、敬語の使い分けなどは、話し手が主体的に選ぶものではなく、話し手が既存の社会通念に従って選ぶもので、他律的なものである。この「他律性」、それに通じる「弱い自我」といった日本人の傾向は、他者と主観を共有しようとする、すなわち間主観性を志向する傾向にある日本語話者のメンタリティーでもあり、一方で、同調圧力が強いとされる日本社会につな

がっていると思われる。
　　　また児玉 (2012) は、「わきまえ」から生まれたのは敬語表現だけでなく、人称制限のある主観述語に関しても、他者の心の内に侵入することに慎重で、各人のなわ張りを守る「わきまえ」から生まれたのではないかと論じている。
35. 「語りのスキーマ」については山本 (2012) を参照されたい。ほかに「語り」がどのように理解されるかをメンタル・スペース理論の枠組みで研究している Dancygier (2012) などがある。Dancygier については、1部4章4.3.3節を参照されたい。
36. Soga (1983) は、日本語の物語文における現在形の使用は読み手を物語世界へ引き込んで体験させる効果があると指摘している。ほかに時制交替に関して論じたものに西口 (2007) などがある。
37. ただし、山本 (2012) では、「ル」形のなかでも、「て<u>い</u>る」「かもしれな<u>い</u>」など、「イ」形に焦点を当て、考察している。さらに「イ」形のなかにも、語り手のパースペクティヴを表すものもあることを「注」で触れている。
38. 野田 (1989) は、話し手の発話時の心理態度を直接的に表明する真性モダリティとそうでない虚性モダリティを区別したうえで、引用節や従属節と平行的に、小説の独立した会話文など、真性モダリティをもたない文では、「ほしい」「〜たい」などの人称制限が解除されることを視点の移動と絡めて、論じている。また澤田 (1993) は、文学表現で主観述語に人称制限が現れないのは、語り手が登場人物に心理的に移動・没入し、語り手＝登場人物の関係が成立している、すなわち視点移動が起こっているからと論じている。上原 (2011) も、小説の筆者・語り手が登場人物と同一化・共感し、その3人称他者である登場人物の立場からの視点・内的状態を表現するからだと論じている。
39. 櫻井 (2016) は、日本語のナラティブディスコースでは科白が誰によって言われたのかを示さず、また引用表現に顕著な「と」「って」などのマーカーや後続する「言う」などの伝達動詞が現れないことが多いことを示し、そのような「ゼロ型引用表現」により、他者のことばを臨場感豊かに描くことができ、聞き手を物語の世界へ引き込んでいると論じている。
40. したがって、語りの「と」の用法と同じように、後節に前節の主語が制御不可能な出来事や、主語／語り手にとって予測できない出来事が描かれなければならない。
41. さらに客観的把握の傾向の強い英語では、通常、(66a) は、when 節で 'he noticed a squirrel was..' というように知覚主体と知覚行為が言語化されるところであるが、ここでは言語化されず、知覚主体である 'Ichiro' の視座から捉えられた自己中心的な描写となっている。

42. 語りの日英比較に関する研究として、絵本のオリジナル版と翻訳版の比較考察したものに、ほかに菅沼 (2001)、成岡 (2013)、都築 (2018)、尾野 (2018) などがある。それらの考察で共通している点は、語り手の働きに関して、英語版は登場人物 (動物などのキャラクターを含め) や出来事の客観的描写に終始しているのにたいし、日本語版は語り手の視点がしばしば登場人物に移り、登場人物視点で描写したり、語り手自身が登場人物や読み手に対し語りかけをしたり、声をだしたりするという特徴がみられたことである。
43. 守屋 (2007: 591) は、「日本語の物語文は日本語母語話者の共同行為志向的な言語行動を前提とした語り手と読み手によって成り立つ」と述べている。
44. 語りの読み方に関する研究として、守屋 (1994) がある。守屋は、絵本を読んだ子供 (7歳〜17歳、日本語話者 801 名、韓国語話者 400 名、スウェーデン語話者 483 名、英語話者 (イギリス英語) 297 名) を対象に、アンケート調査 (感想記述・質問に対する回答記述) を行い、心理学的観点から比較分析している。記述内容の比較を基に、物語の理解過程に関して、英国やスウェーデンの子供たちは、物語の内容の中心部について直線的に理解を進めていくトップダウン方式で、物語の内容について結論を出す経過が非常に速いのに対し、日本の子供たちは物語のテーマに直接的には関係がない事柄にも注意を払いながら、時に疑問を感じ想像を巡らせながら、物語の中心部にゆっくり入っていくボトムアップ方式であると論じている。読み方に関しても、英語話者 (ゲルマン語族のスウェーデン語の話者も含む) と日本語話者で、それぞれの事態把握の傾向による聞き手の姿勢の違い——「客観的把握の傾向の語り手と同じように、語りの世界の外から客観的に物語の展開を捉える仕方」と、「主観的把握の傾向の語り手と同じスタンスで、語りの登場人物に自己投入しながら物語の展開を内から捉える仕方」——を反映した結果となっているといえよう。

参考文献

Bally, Charles (1920) Impressionisme et grammarie, *Mélanges d'hisoire Littéraire et de philologie offerts à Bernard Bouvier*, Genéve: Sonor. 261–279.

Dancygier, Barbara (2012) *The Language of Stories; A Cognitive Approach*, Cambridge University Press, Cambridge.

Gibson, James Jerome (1979) *The Ecological Approach to Visual Perception*, Boston, MA: Houghton Mifflin.

Hinds, John (1986) *Situation vs. Person Focus*, Kurosio.

Ide, Sachiko, Motoko Hori, Akiko Kawasaki, Shoko Ikuta and Hitomi Haga (1986) Sex difference and politeness in Japanese. *International Journal of Sociology of Language* 58: 25–36.

Kuroda, Shigeyuki (1973) Where Epistemology, Style, and Grammar Meet, In Stephen R. Anderson & Paul Kiparsky (eds.), *A Festschrift for Morris Halle*. New York: Holt, Rinehart and Winston. 377–391.

Langacker, Ronald W. (1990) Subjectification, *Cognitive Linguistics* 1, 5–38.

Loveland, Katherine A. (1984) Learning about Points of View: Spatial Perspective and the Acquisition of 'I/You', *Journal of Child Language* 11, 535–556.

McCawley, A Noriko (1976) From OE/ME 'Impersonal' to 'Personal' constructions: What is 'Subject-less S? *Papers on the Parasession on Diachronic Syntax, CLS*, 191–204.

Nisser, Ulric (1988) Five Kinds of Self-Knowledge, *Philosophical Psychology* 1–1, 35–59.

Nisser, Ulric (1993) *The Perceived Self: Ecological and Interpersonal Sources of Self-knowledge*, Cambridge: Cambridge University Press.

Soga, Matsuo (1983) *Tense and Aspect in Modern Colloquial Japanese*, University of Washington Press.

Takubo, Y and S. Kinsui (1997) Discourse Management in Terms of Mental Spaces, *Journal of Pragmatics* 28, 741–748.

Uehara, Satoshi (1998) Pronoun Drop and Perspective in Japanese, *Japanese/Korean Linguistics* 7, 275–289.

井出祥子 (2006)『わきまえの語用論』大修館書店.

池上嘉彦 (1981)『「する」と「なる」の言語学―言語と文化のタイポロジーへの試論』大修館書店.

池上嘉彦 (1986)「日本語の語りのテクストにおける時制の転換について」『記号学研究』61–74.

池上嘉彦 (2000)『「日本語論」への招待』講談社.

池上嘉彦 (2003)「言語における主観性と主観性の指標 (1)」山梨正明他 (編)『認知言語学論考』3. ひつじ書房. 1–49.

池上嘉彦 (2004)「言語における主観性と主観性の指標 (2)」山梨正明他 (編)『認知言語学論考』4. ひつじ書房. 1–60.

池上嘉彦 (2006)『英語の感覚・日本語の感覚』NHK 出版.

池上嘉彦 (2011)『日本語と主観性・主体性』澤田治美 (編)『主観性と主体性』ひつじ書房. 49–67.

池上嘉彦・守屋三千代 (2009)『自然な日本語を教えるために』ひつじ書房.

上原聡 (2011)「主観性に関する言語の対照と類型」澤田治美 (編)『主観性と主体性』

ひつじ書房．69–91．
上原聡（2016）「ラネカーの subjectivity 理論における「主体性」と「主観性」」中村芳久・上原聡（編）『ラネカーの（間）主観性とその展開』開拓社．53–89．
岡智之（2013）『場所の言語学』ひつじ書房．
尾野治彦（2018）『視点の違いから見る日英語の表現と文化の比較』開拓社．
王安（2014）「認知言語学の観点から見た中国語感情形容詞の意味特徴と機能」『国際学研究』3–1，関西学院大学．83–90．
大曾美恵子（2001）「感情を表す動詞・形容詞に関する一考察」『言語文化論集』名古屋大学国際言語文化研究科．21–30．
大薗正彦（2018）「ドイツ語の事態把握をめぐって」中村芳久教授退職記念論文刊行会（編）『ことばのパースペクティヴ』開拓社．28–40．
国立国語研究所（1972）『形容詞の意味・用法の記述的研究』秀英出版．
金水敏（2003）『ヴァーチャル日本語　役割語の謎』岩波書店．
金水敏（2011）『役割語研究の展開』くろしお出版．
近藤安月子（2018）『「日本語らしさ」の文法』研究社．
児玉徳美（2012）「日本語と言語類型」『立命館文學』627（2012–07），244–211．
佐伯胖（1978）『イメージ化による知識と学習』東洋館出版社．
佐伯胖（2007）「ひとはどのようにして「他人の心」を理解するのか」佐伯胖（編）『理解とは何か新装版』（コレクション認知科学 2 解題）東京大学出版会．181–210．
櫻井千佳子（2014）「言語獲得にみられる事態把握と場の言語学」JACL14 集．643–646．
櫻井千佳子（2017）「ナラティブディスコースの「科白」部分に見られる視点の内在性」*JACL*17 集．588–593．
澤田淳（2011）「日本語のダイクシス表現と視点、主観性」澤田治（編）『主観性と主体性』ひつじ書房．165–192．
澤田治美（1993）『視点と主観性―日英語助動詞の分析』ひつじ書房．
澤田治美（2009）「直示的視点と小説に現れた再帰代名詞「自分」の解釈をめぐって」坪本篤郎・早瀬尚子・和田尚明（編）『「内」と「外」の言語学』開拓社．101–145．
白川博之（2009）『「言いさし文」の研究』くろしお出版．
徐一平（2009）「コラム　形容詞と形容詞一語文」池上嘉彦・守屋美千代（編）『自然な日本語を教えるために』ひつじ書房．74–77．
菅沼文子（2001）「テキストにおける語り手の働き―『注文の多い料理店』とその英訳版の比較対象」『日本女子大学英米文学研究』第 36 号，71–91．
杉村泰（2012）「副詞とモダリティ」澤田治美（編）『モダリティ II：事例研究』ひつじ

書房．179–193.
鈴木孝夫(1973)『ことばと文化』岩波新書．
坪本篤朗(1998)「第Ⅱ部　文連結の形と意味と語用論」赤塚紀子・坪本篤朗『モダリティと発話行為』研究社出版．100–193.
都築雅子(2018)「絵本 'The Giving Tree' の英語オリジナル版と日本語翻訳版の一考察」中村芳久教授退職記念論文集刊行会(編)『ことばのパースペクティヴ』開拓社．147–159.
都築雅子・ペトリシェヴァ・ニーナ(2018)「ロシア語の事態把握にみられる主観性の度合い」*JACL* 18 集．445–451.
寺村秀夫(1984)『日本語のシンタクスと意味 I』くろしお出版．
長谷川葉子(2017)「第 2 章　三層モデルによる独り言の分析」廣瀬幸生他(編)『三層モデルでみえてくる言語の機能としくみ』開拓社．26–43.
早瀬尚子(2007)「英語懸垂分詞における「主観的」視点」河上誓作・谷口一美(編)『ことばと視点』英宝社．77–90.
濱田英人(2016)『認知と言語：日本語の世界・英語の世界』開拓社．
廣瀬幸生・長谷川葉子(2010)『日本語から見た日本人』開拓社．
本多啓(2005)『アフォーダンスの認知意味論―生体心理学から見た文法現象』東京大学出版会．
本多啓(2009a)「他者理解における「内」と「外」」坪本篤郎・早瀬尚子・和田尚明(編)『「内」と「外」の言語学』開拓社．395–422.
本多啓(2009b)「コラム　共同注意と配慮」池上嘉彦・守屋美千代(編)『自然な日本語を教えるために』ひつじ書房．170–171.
町田章(2016)「傍観者と参与者」中村芳久・上原聡(編)『ラネカーの(間)主観性とその展開』開拓社．159–184.
牧野成一(2018)『日本語を翻訳するということ』中公新書．
松井一美(2010)「日本語母語話者とロシア語母語話者の日本語発話データに見る＜主観的把握＞と＜客観的把握＞」*JACL* 10 集，107–117.
森田良行(1986)『基礎日本語辞典』角川書店．
森田良行(1998)『日本人の発想、日本語の表現』中公新書．
森田良行(2014)『気持ちをあらわす基礎日本語辞典』角川ソフィア文庫．
森田良行(2018)『思考をあらわす基礎日本語辞典』角川ソフィア文庫．
守屋慶子(1994)『子どもとファンタジー』新曜社．
守屋三千代(2007)「文章の「語り」と「読み」―＜共同注意＞と＜間主観性＞の観点から」*JACL* 7 集，591–594.
宮下博幸(2010)「絵本にみる日独の表現傾向―特に証拠性と接続性の観点から」

JACL 10 集，270–279.

中村芳久 (2004)「主観性の言語学―主観性と文法構造・構文」中村芳久 (編)『認知文法論 II』大修館書店．3–51.

中村芳久 (2009)「認知モードの射程」坪本篤郎・早瀬尚子・和田尚明 (編)『「内」と「外」の言語学』開拓社．353–393.

中村芳久 (2016)「Langacker の視点構図と (間) 主観性」中村芳久・上原聡 (編)『ラネカーの (間) 主観性とその展開』開拓社．1–51.

中村芳久 (2018)「認知モードの原理―強くロシア語を意識して」中京大学文化科学研究所言語研究グループ例会資料.

中右実 (1992)『認知意味論の原理』大修館書店.

成岡恵子 (2013)「絵本における語り手の視点―英語絵本と日本語翻訳の質的分析」『東洋法学』57–1 号，455–480.

新村朋美 (2006)「日本語と英語の空間認識の違い」『言語』vol.35．No.5．大修館書店．35–43.

西口純代 (2007)「物語文の現在時制における視点と文脈の変化」河上誓作・谷口一美 (編)『ことばと視点』英宝社．170–176.

野田尚史 (1989)「真性モダリティをもたない文」仁田義雄・益岡隆志 (編)『日本語のモダリティ』くろしお出版．131–157.

野村益寛 (2016)「ナラトロジーからみた認知文法の主観性構図―「焦点化」をめぐって―」中村芳久・上原聡 (編)『ラネカーの (間) 主観性とその展開』開拓社．185–205.

渡辺実 (1991)「わがこと・ひとごと」の観点と文法論」『国語学』165, 1–14.

山口治彦 (2009)『明晰な引用、しなやかな引用』くろしお出版.

山梨正明 (2004)『ことばの認知空間』開拓社.

山本雅子 (2012)「日本語における Evidentiality」『言語と文化』第 25 号，愛知大学語学教育研究室．77–89.

*用例出典

The Giving Tree, (1964) Shel Silverstein 著 Harper Collins Publishers, NY.

『大きな木』(1976) シェル・シヴァステイン著，本田錦一郎訳．篠崎書林.

『大きな木』(2010) シェル・シヴァステイン著，村上春樹訳．あすなろ書房.

第 2 章
事態把握の観点からみたロシア語

ペトリシェヴァ・ニーナ

1　ロシア語の位置と文字体系

　ロシア語は英語、ドイツ語、フランス語などと同様、インド・ヨーロッパ語族に属する。そのなかでポーランド語、チェコ語、ブルガリア語などとともにスラブ語派に属し、ウクライナ語、ベラルーシ語とともに東スラブ諸語を構成する。話者はロシア連邦に 1 億 4000 万人いるほか、他の旧ソ連諸国にもおり、東ヨーロッパ、モンゴルなどでも中高年齢層には一定程度理解される。

　使用する文字はアルファベットである。ただしラテン文字とは異なるキリル文字と呼ばれるものである。キリル文字は、9 世紀ごろに聖書や典礼書の翻訳のために、ギリシア文字を基礎とし、キリル文字よりすこし前に存在していたグラゴール文字の影響を受けて作られた。現在のロシア語のアルファベットは、18 世紀と 1917–1918 年の文字改革をへて、33 文字からなりたっている (例：Аа, Фф, Щщ)。

　本章のねらいは、ロシア語の文法のおもな特徴を、ロシア語の知識のない読者にもわかるように説明しながら、英語・日本語との対比を念頭において、「事態把握の主観性・客観性」の観点から、ロシア語のおおよその位置づけを示すことである。「事態把握の主観性・客観性」とは、「視点」の観点からいえば、事態把握が状況の内側の視点からなされるか、外側の視点からなされるかということであるが、これは、中村 (2009) のいう「I モード認知・D モード認知」、すなわち、対象との身体的インタラクションをとおし

て主客合一的に捉える方式 interactional mode と、認知の場の外に出て対象を客観的にとらえる displaced mode）の対置におよそ対応する。以上の諸概念の詳細は、本書第1章および第3章を参照されたい。

　本章の構成を述べると、まずロシア語の特徴を名詞（第2節）、動詞（第3節）、統語論的特徴（第4節）の順に説明し、最後に事態把握の主観性・客観性の観点から整理する（第5節）。ロシア語の文例をあげる際には、その下に、単語レベルで対応する英語を示し（必要に応じてロシア語の文法形態の指示［性・数・格、人称・時制等］を略号でカッコ内に記し）、最後に日本語訳を示した。また可能な限り、第2部でとりあげるモンゴメリー『エミリー』のロシア語訳を利用し、英語原文との対比を示した。

2　名詞類の特徴―性・数・格、その他

　名詞の特徴としては、まずインド・ヨーロッパ共通基語にあったとされる3つの性が残っている。男性名詞（m.）・女性名詞（f.）・中性名詞（n.）である。フランス語やイタリア語等のロマンス諸語では、中性名詞は早い段階で失われている。また数の区別（単数・複数）もロシア語では重要である。

（1）　a.　Я люблю собак.　　　　b.　Я люблю собаку.
　　　　　I like　　dog (pl.)　　　　　　I like　　dog (sing.)
　　　　　わたしは犬が好きだ。　　　　　わたしはこの（その）犬が好きだ。

（1a）と（1b）を比べると、「犬」を表す語が、（1a）では複数形で犬一般を表し、（1b）では単数形で特定の犬をさす。この例からわかるように、ロシア語には冠詞が存在しない。これは英語と異なり、日本語と共通する現象で、事態の主観的把握、すなわち中村（2009）の述べるIモード認知につながる特徴である。なお、英語で定冠詞を使うような場合、ロシア語では必要に応じて指示代名詞を利用する。『エミリー』から例をあげると、英語原文 "the Wind Woman" に対するロシア語訳が «эта Женщина-ветер» (**this** Womanwind)となっている場合がそれである。

　ロシア語の名詞の重要な特徴として、格があげられる。格とは、文における名詞類の統語論的な関係を表す文法カテゴリーである。現代ロシア語には以下の6つの格が存在する。主語（動作主）を表す**主格**(nominative case: Nom.)、所有・所属関係を表す**生格**(genitive case: Gen.)、受益者を表す**与格**(dative case: Dat.)、直接目的語（動作の対象）を表す**対格**(accusative case: Acc.)、道具を表す**造格**(instrumental case: Instr.)、そして、インド・ヨーロッパ共通基語の所格に由来し、前置詞とともに使われる**前置格**(prepositional case: Prep.)である。一部の単語には、古い時期に存在した呼格が呼びかけ形として残っている（Бог［神］— Боже, князь［公候］— княже など）。呼格は他のスラブ諸語（ウクライナ語、ブルガリア語等）やバルト語派のラトビア語には現存する。

　格は単語の語尾の変化によって表される。例をあげよう。

（2）　Мама　　подарила　　дочке　　милую　　собаку.
　　　Mother (Nom.) presented (f., sing. perf.) daughter (Dat.) nice (Acc.) dog (f., Acc.)
　　　お母さんは娘にかわいい犬をプレゼントした。

　この文にある3つの女性名詞（мама お母さん、дочка 娘、собака 犬）は、それぞれ異なる格で現れ、語末の形が異なっている（мама 主格、дочке 与格、собаку 対格）。そのおかげで聞き手・読み手はそれらの統語論的関係を把握し、「誰が（主格）、誰に（与格）、何を（対格）プレゼントした」かが理解できる。このように、ロシア語の名詞類は、6つの格が統語論的役割を明らかにするため、文の語順がある程度自由となる。（2）の文も、さまざまな語順で書きかえることが可能である（ただし、あとで述べるように、語順を変えればそれぞれの部分の伝達機能は変わる）。格はインド・ヨーロッパ諸語全般に存在しており、英語ではかなり退化しているが、ロシア語は豊富な格を残している。このことは、英語が、ある種の言語進化の結果、Dモード的な言語になり、他方ロシア語には多くのIモード的な要素がみられるこ

とと関わっている可能性がある（本書第3章参照）。いずれにせよ、英語をインド・ヨーロッパ語の基準として考えることには問題があるだろう。

人称代名詞も、英語と共通し、日本語とは異なる要素である。1人称と2人称のそれぞれに単数形・複数形がある。3人称単数形には、он（男性）、она（女性）、оно（中性）がある。これらは英語と違い、人か物かにかかわらず、指示する名詞の性に対応する。ただし3人称複数形では性の区別がない。ロシア語の代名詞が英語等と異なる点の1つは、再帰代名詞 себя が人称にかかわらず一定であることである（ただし主格以外の格変化形をもつ）。

名詞・代名詞の性の区別は、それと関係する動詞にもおよぶ。動詞は現在形・未来形では主語の人称に応じて変化する（したがって性は問題にならない）が、過去形においては、名詞・代名詞の性・数に応じて変化する。（2）において動詞の過去形は、その下に英語で記したとおり、мама（お母さん）の性・数に従って、女性・単数形である。

形容詞には長語尾形（名詞を修飾し、また文の述語としても用いられる）と短語尾形（述語としてのみ用いられる）があり、長語尾形では修飾する語の性・数・格に一致し、短語尾形では主語の性・数に一致する。（2）において、形容詞 милую（かわいい）は、それがかかる名詞 собаку（犬）と同じ女性・対格の形をとっている。

ロシア語の名詞類には、付加的な形態要素が豊富である。たとえば『エミリー』のロシア語訳で、主人公エミリーは松の木のことを本来の形 ёлки ではなく、指小形の ёлочки で呼んでいる。また語り手がエミリーの風貌に言及するとき、英語では her little head というように、「小さい」の意味を独立した語彙で表しているが、ロシア語訳ではその意味を головку という1つの単語（指小形）に含めている（「頭」を表す単語の本来の形は голова）。どちらの例にも接尾辞 -к- が入っている。さらに英語原文の folk は、ロシア語訳では接尾辞を用いた指小形 народец で訳されている（本来の形は народ）。

こうした感情・評価を表す接尾辞がロシア語には豊富で、ほかに -ок（名詞接尾辞）、-еньк-／-оньк-（形容詞・副詞接尾辞）などがある。逆に指大形を作る接尾辞としては、-ищ, -ин（名詞接尾辞）や -ущ（形容詞接尾辞）があ

げられる。『エミリー』から例をとると、ロシア語で「大きい」という単語は большой であるが、英語原文 with a huge bunchy tail にたいするロシア語訳は с больш<u>ущ</u>им［とても大きい］пышным［ふわふわの］хвостом［尻尾］(with a bigg<u>ish</u> fluffy tail) になっている。現代英語であれば、ほとんど単語レベルでしか表せない感情や評価をこうした形態要素で表すのは、ロシア語の I モード的な特徴の 1 つだといえる。

3　動詞の特徴

3.1　アスペクトと時制

　ロシア語の動詞に関しては、まずアスペクトに特徴がある。アスペクトは、英語においては統語論レベル（進行形、完了形）で表れるが、ロシア語では形態レベルで表れる。ロシア語の動詞は、他のスラブ諸語と同様、体（アスペクト）の区別をもっており、完了体動詞と不完了体動詞にわかれる。上記(2)の動詞 подарила に記した perf. という表示は perfective、すなわち完了体をさす。imperf. なら imperfective、すなわち不完了体をさすことになる。1980 年出版のアカデミー版ロシア語文法（Русская грамматика. Т.1. 1980: 583）によると、完了体動詞は「限界づけられた全一性」をもつ動作を表し、不完了体動詞は「限界づけられた全一性」の特徴をもたない。「動作を限界づける」ということの意味は、「動作を継続ないし反復の過程として示すこととは異なって、動作に抽象的で内的な限界を設け、それによって動作を全一的な行為として示すこと」である。これを具体的に理解するには、磯谷（［ラスードヴァ］1975: 1–2）がマスロフに基づいて整理した説明がわかりやすい。「マスロフの区分にしたがうと、完了体の個別的意味は、1) 具体的事実の意味、2) 一括化の意味、3) 例示的意味であり、不完了体の個別的意味は、1) 一般的事実の意味、2) 過程の意味、3) 反復の意味である。」磯谷によれば、このなかの「具体的事実」の意味とは、「具体的・特定的一回動作の生起」のことと補って考えることができ、「一般的事実」の意味のほうは、「動作そのものの名指し、動作事実の有無の確認、経験、回想などが含

まれる。」

(2)の意味は、「お母さんは娘にかわいい犬を(一度)プレゼントした」であった。これをつぎの例と比べてみよう。

（3） Муж　　　　　дарил　　　　　жене　　　　цветы.
　　　 husband (m., Nom.) presented (m., imperf.) wife (f., Dat.) flowers (Acc.)
　　　 夫は妻に花をプレゼントしたものだった。

この文には「夫は妻に花を(ことあるごとに)プレゼントした」といった解釈しかない。つぎに英語と比較しよう。英語において過去進行形と現在完了形の違いは、ロシア語では不完了体動詞過去形と完了体動詞過去形で区別される。

（4） a.　I was doing my homework.　　　b.　I have done my homework.
　　　 　 Я делала домашнее задание.　　　　Я сделала домашнее задание.
　　　 　 I did (f., past, imperf.) home task　　I did (f., past, perf.) home task
　　　 　 わたしは宿題をしていた。　　　　　　わたしは宿題をし終えた。

完了体・不完了体のペアの形態上の対応はさまざまで、他の例を「不完了体－完了体」の順で示すと выдёргивать – выдернуть (抜く)、читать – прочитать (読む)、говорить – сказать (言う) 等々となる。さらに不完了体動詞にさまざまな接頭辞をつけると、それぞれの意味が付加された完了体ができる。たとえば、不完了体動詞 писать「書く」に接頭辞 на- をつけた написать は「書きおえる」という意味をもち、писать とペアをなす完了体となる。за- をつけた записать は「書きとめる」という意味になる。

　時制に関していうと、ロシア語では、アスペクトが独立した動詞のペアによって担われることもあって、時制は直説法において過去・現在・未来の3つだけである。現在形では、動詞の形態は主語の人称・数に一致する。その変化には2つのパターンがある。過去形を作るには、動詞の語幹に -л を加

えて、主語の性・数も反映させた形にする。未来形は、不完了体動詞の場合は、英語の be 動詞に対応する быть の現在形を助動詞として用い、そのあとに動詞の不定形をつける。完了体動詞は現在形で未来の意味を表す（ここでは、これを完了体未来形と呼ぶことにする）。時制の一致という現象は存在しない。例（5）は『エミリー』からであるが、英語では（5a）（5b）ともに時制の一致がまもられているのにたいして、ロシア語では（5a）で過去形と完了体未来形がならび、（5b）で過去形と不完了体動詞現在形がならんでいる。

（5） a. (...) но <u>была</u> немного разочарована, что они не
　　　　　　 but <u>was</u>　a little　 disappointed　that they not

　　　　　　　　　　　　　　　　 «<u>поговорят</u>　 по-настоящему».
　　　　　　　　　　　　　　　　　 talk（future）　 really

　　　 (...) but she <u>was</u> a little disappointed that they <u>were not</u>
　　　　　　　　　　　　　　　 <u>going</u> to have that "real talk."　（英語原文）
　　　 エミリーは「本当のお話」が<u>できない</u>のでさみし<u>かった</u>。

　　 b. (...) хотя <u>чувствовала</u>, что　название не совсем
　　　　　　 though　<u>felt (past)</u>　that　name　　not completely

　　　　　　　　　　　　　　　　 <u>описывает</u>　　　　происходящее.
　　　　　　　　　　　　　　　　 describes (present) happening (noun)

　　　 (...) although she <u>felt</u> the name <u>didn't</u> exactly describe it.（英語原文）
　　　 その呼び名はそれを正確に<u>表している</u>とは<u>思わなかった</u>けれども。

時制の一致の現象がないこともIモード的特徴の1つである。

3.2　再帰動詞

　ロシア語の動詞といえば、再帰動詞(-ся 動詞［シャー動詞］)に言及しなければならない。

（6） a. Мама　　　　　　　умывает　сына.
　　　　 Mother (f., Nom.)　facewashes　son (m., Acc.)
　　　　 母は息子の顔を洗う

　　 b. Мама　　　　　　　умывает<u>ся</u>.
　　　　 Mother (f., Nom.)　facewashes (<u>herself</u>)
　　　　 母は顔を洗う。

　　 c. *Мама　　　　　　　умывает<u>ся</u>　　　　　сына.
　　　　 Mother (f., Nom.)　facewashes (<u>herself</u>)　son (m., Acc.)

ここで用いられている動詞を不定形で示すと、умыть – умыться（誰か／何かを洗う―自分を洗う）のペアとなる。後者は ся で終わるため -ся 動詞と呼ばれ、他動詞に再帰の意味が加わった再帰動詞である。-ся 動詞は、もともとは直接目的語の位置にくる代名詞 себя（自分）が短縮されて動詞についたもので、文法化の現象といえる。再帰動詞にさらに対格の目的語を置く（6c）のような文は非文になる。-ся 動詞は、自らを対象とする動作のほかにも、さまざまな意味を表すことができる[1]。つぎの例は、相互の動作を意味している。

（7） a. Женщина　　　　　　　поссорила　　　　　　　　　　　　друзей.
　　　　 woman (f., Nom.)　caused breakup (f., past, perf.)　friends (Acc.)
　　　　 女性は友人たちを仲たがいさせた。

　　 b. Друзья　поссорились.
　　　　 friends　broke up (pl., past, perf.)
　　　　 友人たちは仲たがいした。

-ся がつくことによって動詞の意味がまったく変わることもある。

（8） a. Собака　　　　легко　　находит　еду.
　　　　 dog (Nom.)　easily　　finds　　　food (Acc.)

犬は餌を簡単に見つける。

   b. Нагоя   находит<u>ся</u>   на   побережье.
      Nagoya (Nom.)   finds (<u>itself</u>)   on   seaboard (Prep.)
      名古屋は沿岸部にある。

現代ロシア語には、-ся なしの形が存在しない動詞もある。たとえば、стермиться（熱望する）、смеяться（笑う）、здороваться（挨拶する）、соревноваться（競う）などである。最後の2つはもっぱら相互の動作を表す動詞である。（9）は『エミリー』からの例であるが、下線部の接尾辞 -сь（-ся の変異形）は、主語の что-то（何か）をさしている。つまり英語の "to it" が、ロシア語では動詞の一部になっている。

（9） Холм позвал меня и   что-то   во мне отозвало<u>сь</u>.
       hill   called   me   and something in me   called (<u>itself</u>) back
       The hill called to me and something in me called back to it.（英語原文）

-ся 動詞と文の構造の関係も興味深い。たとえば、-ся が加わることによって動詞の相が能動相から受動相に変わることがある。

(10) a. Рабочие   быстро   строят   здание.
        workers (pl., Nom.)   quickly   build (3rd p. pl., present, imperf.)   building (n., Acc.)
        働き手たちは建物を急いで建てる。
   b. Здание   быстро   строится.
        bilding (n., Nom.)   quickly   build (3rd p. sing, present, imperf.)
        建物は急いで建てられる。

このように、英語では統語論的な手段で現れる相の対立（active voice 能動相／passive voice 受動相）が、ロシア語では -ся 動詞によって形態論的に表される（ただしこの用法は不完了体動詞に限定される）。

ロシア語の動詞における完了・不完了のアスペクト、および再帰性は、以上のように形態レベルで表される。

3.3 動詞のその他の特徴

動詞のその他の特徴について以下に簡単に述べておく。

ロシア語は、運動（移動）を意味する動詞に関しても特徴をもっている。すなわち、動作の反復や進行といった様態が形態的に区別される。たとえば、идти［歩く］（定動詞と呼ばれ、動作が進行中であることを示す）とходить［歩いて通う］（不定動詞と呼ばれ、動作の反復を示す）の対立がある。

動詞から派生する分詞は、やや複雑な体系をもつ。まず、形動詞（形容詞的分詞）と副動詞（副詞的分詞）がある。形動詞には、能動形動詞と被動形動詞の2種類があり、それぞれに現在形と過去形がある。被動形動詞には、さらに長語尾形と短語尾形がある。とくに完了体の被動形動詞過去短語尾形は、受動相の文で用いられる。副動詞には、完了体副動詞と不完了体副動詞の2種類がある。形動詞、副動詞は、基本的に文章語で用いられる。

最後に、法に関して述べておくと、直説法、命令法、仮定法（条件法）が存在する。直説法には過去形、未来形、未来形が存在するが、仮定法には時制が存在せず、動詞全体として、ゲルマン語やロマンス語のような複雑な法・時制体系をもっていない。このこともロシア語の主観的把握に関わる問題だといえるだろう。

4 統語論的特徴

4.1 繋辞のない文

ロシア語では、英語のbe動詞に相当する繋辞としてбытьがあるが、この動詞は現在形では通常用いられない。Таро — студент.（太郎は学生だ）という文は、「太郎」と「学生」だけを主格でならべて作る。一方、過去形／未来形にすると、繋辞бытьを使われなければならない。Таро был/будет студентом.これらの文では、繋辞に従属する語（示した例でいえばстудент

［学生］）は造格になる。英語の be 動詞に相当する быть は、英語と同様、繋辞として用いられるだけでなく、存在の意味をも表すが、後者の意味で使われるときも、現在形においては、存在を明示・強調するとき以外は用いられず、過去形、未来形で用いられる。

4.2　主語のない文：無人称文、不定人称文、普遍人称文

　ロシア語の統語論上の大きな特徴の1つは、主語のない文の種類が豊富で、その使用頻度が高いことである。まず、すでに述べた再帰動詞 (-ся 動詞) の例から見てみよう。再帰動詞は主語なしで用いられる場合がある。それは、人が何かを感じるとき、あるいは体験するとき、その状況が、感じる人、体験する人の意思によらないような場合である。

(11)　a.　Я　　　　не　спал,　　　ожидая　важный　звонок.
　　　　　 I (Nom.)　not　sleep (m., past),　waiting　important　call
　　　　　わたしは大事な電話を待っていたので眠らなかった。
　　　b.　Мне　　не　спало<u>сь</u>.
　　　　　 I (Dat.)　not　sleep (<u>myself</u>) (n., past)
　　　　　わたしは眠れなかった。

(11a) は「大事な電話を待って、寝ないようにしていた」という意味をもつ。人が主格に置かれ、動詞の形がそれに一致するため、動作の主体は男性だとわかる。女性であれば、動詞に -a という語尾をつけなければならない。一方、(11b) は、「なぜか知らないが寝ることができなかった」という意味あいをもつ。そして体験者は、主格ではなく与格に置かれている。こうした主語のない文は無人称文と呼ばれるが、動詞は、過去では中性形になり、体験者が男性か女性かはわからないことになる。
　英語の非人称文とロシア語の無人称文の根本的な違いは、英語では it という虚辞が必要であるのにたいして、ロシア語では虚辞がないということである。『エミリー』から例をとると、英語原文 <u>It</u> had always seemed to Emily

(...) は、ロシア語訳で Эмили (Dat.) всегда казалось (...) になっていて、主語がない。動詞は過去・中性形になっている。現在形であれば動詞は 3 人称単数形になる (いずれにしても性の違いは表れない)。

　無人称文で用いられる述語には、いくつかの種類がある。まず、さきほどの -ся 動詞や、自然現象を表す動詞 (вечереть［夕方になる］、смеркаться［暗くなる］、светать［夜が明ける］等)、人の身体的・心的な状態を表す動詞 (знобить［寒気がする］、лихорадить［高熱を出す］) がある。つぎの例のように、通常は主語をもつ文で使う動詞が無人称文で用いられることもある。その際、焦点は動作から状況に移る。

(12) a. На　　улице　　　　дул　　　　　сильный　ветер.
　　　　 on　　street (Prep.)　blew (m., past)　strong　　wind (Nom.)
　　　　 外は強い風が吹いていた。
　　　b. В　номере　　　дуло.
　　　　 in　suite (Prep.)　blew (n., past)
　　　　 部屋の中に風が吹きこんでいた。

(12a) は、強く吹く外の風を際だたせ、(12b) は部屋のなかが隙間風で居心地のよくない状況を示す。自然現象は、しばしばこうした文で表される。その際、自然の作用を受けるものは対格 (動作の対象を表す格) になり、作用を生みだすものは造格 (道具を表す格) になる。

(13)　Ветром　　　　сорвало　　　　　крышу.
　　　 wind (Instr.)　tore (n., past) off　roof (Acc.)
　　　 風で屋根が飛んだ。

　無人称文の述語は動詞に限らない。知覚・心的経験を表す述語的副詞や、可能・義務などを表す無変化の無人称述語が存在する。例としては、скучно (つまらない)、тепло (暖かい)、можно (してよい)、нужно (必要だ)、пора

（そろそろ〜する時間だ）などがある。これらを用いて現在の状態を表す際にはそれだけで用いるが、過去形と未来形においては быть が加えられる（過去形では中性形、未来形では 3 人称単数形）。その際、状態を体験する人（許可を受ける人、あるいは義務を負う人）は、(11) の場合と同様、与格に置かれる。体験者を示さないで文を作ることも可能である。そうした文を英語に訳すと、事態に関わる主体を表すための one ないし you を主語に立てることになる。(14) は『エミリー』からの事例である。

(14) Тебе   с   простудой   шутить   нельзя (...)
　　 you (dat.) with cold (Instr.) joke (inf.) prohibited (adv.)
　　 You (nom.) can't monkey with colds (...) （英語原文）
　　 あなたは寒さをもてあそんではいけない。

　こうした無人称文の述語となる語彙を、ロシアの研究者たちは「述語的語彙」(предикативы)、「状態カテゴリー」などと呼んでいる。品詞としては、おもに副詞、一部の被動形動詞、モダリティの意味を獲得した名詞である。そのうち副詞（述語的副詞）は、感情、心的状態、義務・必要・可能を表す(Русский язык: Энциклопедия. 1997: 368–369)。
　動作の結果に伴う状態を表すような無人称文では、被動形動詞過去短語尾形が使われる。被動形動詞は、受動分詞といいかえることができるもので、英語の過去分詞に相当するが、ロシア語では、さきに述べたように、現在形と過去形があり、さらに長語尾形と短語尾形がある。完了体動詞を用いた受動相の文では、被動形動詞過去短語尾形が用いられ、英語の過去分詞を用いた受動文に対応する（不完了体動詞の場合は、この方法は用いられず、上に述べた再帰動詞が、一定程度、受動相を担う）。
　ロシア語では、この受動相に使われる表現が、無人称文としても用いられる。この文型の過去形・未来形の作り方は上記の述語的副詞による無人称文の場合と同じである。

(15) Студентам   объявлено   об   отмене   экзаменов.
     student   informed   about   cancellation   exams
     (pl., Dat.) (part., past, pass.)   (f., sing., Prep.,) (pl., Gen.)
     学生たちに試験の中止が伝えられた。

　無人称文はさらに、存在の否定を表すとき（物・人の存在が否定されるとき）にも使われる。その際、否定されるものは生格に置かれる。その現在形、過去形、未来形の形は、上記の述語的副詞による無人称文の場合と同じである。

(16) Сына   не   было   дома.
     son (Gen.)   not   be (n., past) home (adv.)
     息子は家にいなかった。

　疑問詞、否定代名詞、関係代名詞をともなう無人称文では、述語として動詞の不定形が用いられる。疑問詞で始まる場合は、「～すべきか？」という意味をもち、否定代名詞（疑問代名詞に否定辞がつくもの）で始まる場合は、「～すべきことがない」といった意味になる。

(17) a. Что   нам   делать?
        what   we (Dat.)   to do
        わたしたちは何をすればよいのか。
     b. Мне   нечего   сказать.
        I (Dat.) nothing (Gen.) to say
        わたしには言うべきことはない。

　以上のように、無人称文は、状況をその場から描きだしたり、体験者の気持ちを表したりすることが多いうえ、構造的に虚辞が不要であるという点で、主観的性の度合い（Iモード性）が強いといえる。

同じことは不定人称文についてもいえる。不定人称文も主語のない文であるが、無人称文と違って、動作主の存在が想定され、動作主を特定できない場合や、特定する必要のない場合に用いられる。これに対応する英語の文では虚辞 they が使われるが、ロシア語では主語が現れない。ただし、英語と同様、動詞は 3 人称複数の形で用いられる。不定人称文では、焦点は動作自体にある。

(18)　(…) ей　　ни разу не разрешили　　　выйти　　из　дома.
　　　she (Dat.)　not once not allowed (3rd p. pl.)　exit (inf.)　out　house (Gen.)
　　　(…) she (Nom.) was never allowed out.　（英語原文）

　不定人称文は、実際の会話では、話し手自身の動作を表すために使われることがある。その際、話し手の強い要請や命令を伝える目的、あるいは、すでに相手に伝えた意図をくり返す目的で用いられる。

(19)　Тебе же　　　русским　языком　говорят,　　　не хочу!
　　　you [particle]　Russian　language　say　　　　not want
　　　(Dat.) (emph.)　(m., Instr.)　(m., Instr.)　(3rd p. pl., present)　(1st p. sing., present)
　　　（おまえにロシア語で）言っているだろう、（わたしは）いやだって！

　名前を尋ねる慣用表現も不定人称文を利用する。

(20)　Как　Вас　　　зовут?
　　　how　you (Acc.)　call (3rd p. pl., present)
　　　お名前は何ですか？　（あなたを（彼ら＝人々は）どう呼びますか？）

　主語のない文としてさらに、普遍人称文（一般人称文）というものがある。これは、一般的に誰にでもあてはまる事柄を表す文である。主語は現れないが、動詞は 2 人称単数形である。ことわざで多く用いられる。

(21) Никогда не знаешь, где найдёшь, где потеряешь.
　　　never　　not　know　　　where　find　　　where　lose
　　　　　　　　　　(2ⁿᵈ p. sing.)　　(2ⁿᵈ p. sing.)　(2ⁿᵈ p. sing.)
　　　　　　　　　　(imperf., present)　(perf., future)　(perf., future)
　　一寸先は闇（どこで見つけ、どこで失うかは、決してわからない）。

同様の意味は、命令形、1人称複数形、3人称複数形で表すことができる。

4.3　語順

　ロシア語の語順がある程度自由であることは、名詞の格の説明の際にも述べた。このことは、ロシア語におけるテーマ theme とレーマ rheme の表し方にも関わってくる。theme/rheme は、プラハ学派のマテジウスが提唱した actual division of sentence の考え方で用いられる概念である。この理論では、文のなかの旧情報が theme（topic）と呼ばれ、新情報が rheme（comment）と呼ばれる[2]。会話においては、rheme はイントネーションで示されることが多い。ロシア語では、書き言葉においては、通常、theme が文頭にきて、rheme が文末にくる。したがって、ロシア語の語順は、談話の文脈から切り離した抽象的な文では SVO が基本だといえるが、実際の使用においては、それ以外の語順が用いられる頻度が高い。

(22) a.　Мальчик　　　　вошёл　　　　　　в комнату.
　　　　 boy (m., Nom.)　entered (m., past)　in room (f., Acc.)
　　　　 男の子は部屋に入った。
　　 b.　В　　комнату　вошёл　　мальчик.
　　　　 in　　room　　 entered　 boy
　　　　 部屋に男の子が入ってきた。

ここで(22a)と(22b)は、主語、述語、間接目的語が同じで、異なるのはそれらの配置である。どちらの文も文法的で、違いは意味上の焦点にある。

(22a)はどこかを歩いていた男の子の着いた場所を示す文である。それに対して(22b)は、すでに話題になっている部屋に入ってきたのが男の子だったということを伝える。つまり、(22a)では、男の子がtheme、部屋がrhemeであるが、(22b)では、部屋がtheme、男の子がrhemeである。動詞はその中間に置かれるとされる[3]。同じ違いを英語で表そうとすれば、(22b)において虚辞を使わなければならない(It was a boy who entered the room.)

『エミリー』では、英語原文(...) yet a queen might have gladly given a crown for her visions (「女王であっても、そんな夢をもらえるなら、喜んで冠を譲る」) にこめられた強調のニュアンスは以下のような語順で表される。

(23)　　(...) за её чудесные мечты (...)　охотно　отдала бы　корону
　　　　　 for　her　wonderful　dreams (Acc.)　willingly　gave (subjun.)　crown (Acc.)
　　　　　　　　　　　　　　　　　　　　　　　　　　　　　　любая　королева
　　　　　　　　　　　　　　　　　　　　　　　　　　　　　　any　　queen (Nom.)
　　　　A (of purpose, Acc.)　　　　　　　　　　　V　　　　O　　　　S

以上をまとめると、ロシア語の語順は、名詞に格標識があるため、ある程度自由である。典型的語順はSVOだということはできるが、情報の質(新・旧)などによって構成要素の位置は動く。その際、虚辞は使われない。虚辞が使われないことは無人称文、不定人称文、普遍人称文においても同様である。

5　ロシア語における事態把握の客観性と主観性

最後にロシア語における状況把握の特徴を中村(2009: 371–372)の論じるIモード的・Dモード的な特徴に基づいて考察したい。この論文では、状況把握の特徴を示す23の要素があげられ、それぞれについて、主観把握の度合いが高い日本語と、客観把握の高い英語が比較対照されながら分析される。ここでは、それらの指標をロシア語にあてはめて考えてみたい。また、

それぞれの要素が、Iモード性・Dモード性を測る指標となる根拠に関しては、いくつかの項目については、ここで説明を行うが、他の項目については、あてはまる要素をあげるにとどめる。以上をもって、第2部での具体的な分析のための予備的考察としたい。

まず、中村（2009: 371–372）が示す23の要素による各モードの日英語対照表に、ロシア語の特徴をくわえたものを示しておく。わかりやすくするため、各項目において言語のあいだで一致する部分に下線を引いた。

表1　認知モードと日本語・英語・ロシア語対照

		Iモード言語（日本語）	Dモード言語（英語）	中間（ロシア語）
[a]	人称代名詞	多様	一定	一定
[b]	主観述語	あり	なし	なし
[c]	オノマトペ	多い	少ない	多くも少なくもない
[d]	主体移動表現	通行可能経路のみ	通行不可能経路も可	通行不可能経路も可
[e]	間接受け身	あり	なし	あり
[f]	与格か間接目的語か	与格（利害の与格）	間接目的語（受け手）	与格（利害の与格）
[g]	難易中間構文と対応表現	直接経験表現	特性表現	直接経験表現
[h]	過去時物語中の現在時制	多い	まれ	多い
[i]	題目か主語か	題目優先	主語優先	主語優先
[j]	かきまぜ	あり	なし	あり
[k]	代名詞省略	多い	まれ	多い
[l]	語順	SOV	SVO	SVO
[m]	R/Tかtr/lmか	R/T	tr/lm	どちらもあり
[n]	be言語かhave言語か	be言語	have言語	be言語

[o] 「する」と「なる」	「なる」	「する」	「する」
[p] 非人称文	あり	なし	あり
[q] 虚辞	なし	あり	なし
[r] 終わり志向性	なし	あり	あり
[s] アスペクト（進行形 vs.「ている」）	始まり志向	終わり志向	終わり志向
[t] 動詞 vs. 衛星枠付け	動詞枠付け	衛星枠付け	どちらもあり
[u] 冠詞の有無	なし	あり	なし
[v] 話法	ほぼ直接話法のみ	直接、間接話法	直接、間接話法
[w] 従位性の度合	低い	高い	高い

　以上をもとに、まず、ロシア語における D モード的特徴の考察を行う。

　まず、[a] 人称代名詞は、他のインド・ヨーロッパ諸語と同様に人称・数ごとに1つであり、多様な形が存在しない。[b] 主観述語は存在しない。[d] 主体移動表現は通行不可能経路でも可能である。たとえば、Провода бежали вдоль железной дороги（電線が鉄道沿いに走っていた）。また [e] 間接受け身文（「雨に降られた」のような文）はない。そして、通常は、[i] 題目よりも主語が優先される。

　[o]「する」と「なる」（池上 1981 の類型論）については、ロシア語は英語と同じく、「する」言語だといえる。（ロシア語母語話者である筆者からすると、「結婚することになりました」という日本語の表現はとても不思議な文である。結婚という行為は、現代社会においては、結婚する二人の意思表示であるはずなのに…）。中村（2009）のいう意味でのアスペクトの観点からすると、ロシア語は [r]「終わり志向」の言語である。（筆者は、数か月見つかっていない殺人容疑者について、「山で自殺しているのではないか」という表現をはじめて聞いたとき、一瞬ゾッとした。数か月もかかるような自殺のしかたは想像さえしたくないと思ったものである。この背景にはつぎのようなことがある。すなわち「始まり志向」の言語である日本語では、「〜ている」という表現について「「事態の始まりの後」を表すという規定が可能」

（中村 2009: 378）である。一方ロシア語では、動詞の完了体・不完了体の使い分けは、「事態が完了しているか否かを問題にするものであり、事態の有界性を意識している」（同上）。そのため「～ている」を用いた日本語文をロシア語に置きかえようとすると、不完了体現在形を使ってしまい、動作が未完了だという理解がまず頭にうかぶわけである。）

　(v) 直接話法と間接話法に関しては、ロシア語には両者が存在する。(w) 文の従属構造の従位性に関しても、ロシア語は高い。

　以上をまとめるなら、状態把握を特徴づけるものとされる 23 の要素のなかで、英語では 23 すべてについて客観性、すなわち D モードの高さがみられるとすれば、ロシア語には 9 の要素について D モードがみられるといえる。

　他方で、主観把握の高い日本語と比べるとどうであろうか。[f] 与格か間接目的語かの選択に関していえば、ロシア語は日本語と同じく「利害の与格」を選ぶ。

(24)　Он　　　　открыл　　мне　　　　дверь.
　　　he (Nom.)　opened　　me (Dat.)　 door (Acc.)
　　　彼は、わたしにドアを開けてくれた。

　[g] 難易中間構文に関しても、ロシア語は -ся 動詞を使って、直接経験の表現ができる。日本語の「この樽は持ち上がらない」（中村 2009: 375）という文はロシア語でも同様にいえる。

(25)　Эта　　　　　　бочка　　　　　не　　поднимается.
　　　this (f., Nom.)　barrel (f., Nom.)　not　lift (itself) (3rd p. sing, present, imperf.)

ロシア語には [h] 時制の一致がなく、過去時制で基本的に語られる物語のなかに現在時制がしばしば用いられる。

　[I] 語順は、すでに述べたとおり、ロシア語では、さまざまな理由で一定

程度自由であり、場にあわせた語順移動の程度が高い言語である。
　主観把握的要素を表すもう1つの特徴は、[k] 代名詞の省略である。『エミリー』からの例をあげよう。

(26) 　(...) была　почти　без　　　ума　　　　от　　　радости.
　　　　　　 was　almost　without　wits　　　from　joy
　　　(...) that she was half crazy with the joy of it. 　（英語原文）
　　　うれしさで気が変になりそうだった。

　また、存在を表す文では、ロシア語は、have に相当する所有動詞による表現よりも例(27)(28)にみられるように、日本語と同様、[n] be動詞に相当する存在動詞を用いた表現を好む。補足すると、公式的な表現では「所有する」にあたる動詞も使われる。たとえば、「容疑者は車を所有していたことが確認された」という文はロシア語でつぎのようになる。

(27)　Было　　　установлено,　что　обвиняемый　владел　　　　　машиной.
　　　Was (n., past)　determined　　　that　defendant　　　owned (m., past)　car (Instr.)
　　　　　　　　　（passive participle）　　　　（passive participle,）
　　　　　　　　（past, n., short-ended, perf.）　（present, full-ended imperf., m., Nom.）

しかし、このような表現は一定の文体に限られている。一般的な文体では、日本語と同様に、Dモード的な所有表現ではなくて、Iモード的な存在表現が用いられる。

(28)　У　　　меня　　　была　　　　кошка／машина.
　　　by/at　me (Gen.)　was (f., past)　cat (f., Nom.)／car (f., Nom.)

　[p] 非人称構文もIモード的特徴の指標の1つだが、ロシア語においては、前述のとおり、主語がない文の種類が多く、使用頻度も高い。

また、[q] 虚辞と [u] 冠詞は、それらのない言語が主観把握の度合いが高いとされているが、ロシア語にはどちらもない。

以上、23 の要素のうち 8 つが、ロシア語においては I モード的特徴を示している。

オノマトペに関しては、英語と同様に名詞か動詞で表されることが多いが、オノマトペが少ないわけではない (гром 雷、стук たたく音、журчать 水がせせらぎの音を立てる、шипеть (蛇などについて) シューという音をたてる等)。オノマトペ的な表現が文学手法として使われることもある。『エミリー』において、原文の You are a fat old thing of no importance に対応するロシア語訳は Толстая ничтожная старрруха (太っているくだらない老婆) だが、ここで старрруха (老婆) は、オノマトペ的要素といえる。「老婆」を表すロシア語は本来 старуха で、р (巻き舌の r) が 1 つしかないが、子供の不満を表すため、р が延ばされ、犬のうなり声のように響く。日本語訳には、この部分ではオノマトペはないが、別のところで「ぶらぶら歩きまわる」等の例がみつかる。

残りの 6 つの要素では、ロシア語は英語と日本語の中間に位置すると考えられる。

[m] トラジェクター／ランドマークの認識 (tr/lm) と参照点／ターゲットの認識 (R/T) に関していうと、ロシア語はどちらかというと前者が多いことは否定できない。一方、上に述べたとおり、ロシア語では be 表現が好まれる。そして、特殊な用法になるが、以下のような [e] 間接受身表現もできなくはないので、R/T の認識が現れる程度も高めになるといえる。以下の例は無人称文で、「イワンは戦火で火傷／心の傷を負った」という意味である (「イワン」は対象を示す対格、「火」は道具を示す造格、「火傷／心の傷を負う」が無人称動詞である)。

(29)　Ивана　　　　опалило　　　　огнём　　　　войны.
　　　Ivan (m., Acc.)　burnt (n., past)　fire (m., Instr.)　war (f., Gen.)

最後に、[t] 動詞 vs. 衛星枠付けに関していうと、ロシア語では両方の表現ができる。「蹴り出す」という表現は、ロシア語にもちょうど対応する形の動詞 (выбуцать) が存在するし、ほかにも「目的地」を示さずに使う動詞がある (достать vs. take out, принести/отнести vs. bring here/there, выхватить vs. (quickly) draw out)。そうした動詞の多くは接頭辞で方向性を示す。上記の例のなかで、接頭辞 при- は「到着」、от- は「分離」、вы- は「中から外へ」という意味をもつ。

文法化と言語の進化の観点からみても、ロシア語は英語と日本語の間にあると思われる。-ся 動詞は文法化の結果そのものである。不完了体動詞の未来形も文法化の結果として分析的な作り方をする。すなわち、be 動詞に相当する繋辞 быть を主語の人称に一致させ、実質の意味を担う動詞が不定形となる。

(30) Я　буду　　　　　　　　читать.
　　　I 　be (1ˢᵗ p. sing., present)　read (inf.)

同じ東スラブ諸語でも、たとえばウクライナ語の未来表現には、分析的な表現法と総合的な表現法の両方がある (Я буду читати./Я читатиму.)。後者は接尾辞 -им- が形態レベルで未来を表し、最後の -y は１人称単数を示す。

一方、名詞・形容詞・人称代名詞・所有代名詞・指示代名詞・形動詞において格が表示され、冠詞がないうえ、этот мой дом (この私の家) のような表現も非文にならない。

以上の考察から、ロシア語は主観把握・客観把握という観点からみて、英語と日本語の中間に位置する言語ということができる。このことは、言語による状況把握が二極的な現象ではなく、漸次的連続体 (cline) であることの証明ともなっている。

注

1. -ся 動詞のさまざまな用法をここで詳述はできないが、プーリキナ、ザハワ‐ネクラソワ (1976: 121–127) の説明と豊富な例文は参考になる。より専門的な理論的解説については、ギャルド (2017) の訳注 (pp.678–686) を参照。
2. この理論は、チェコや他の地域では現在、functional sentence perspective という名称で知られている。ロシアでは現在にいたるまで actual division of sentence という名称の下に研究が進められている。なおマテジウス (1981: 93) 自身は、テーマを「陳述の基礎」、レーマを「陳述の核」と呼び、前者は「述べられるもの」を意味し、後者は「述べる部分」を意味すると説明している。また theme/rheme は、topic/comment、given/new と置きかえられることもある。reference/target は theme/rheme より広い概念であるが、ある程度までは対応する。
3. 文を theme/rheme に分けるだけでなく、その間の段階的な移行を考察に入れる communicative dynamism theory がある。

参考文献

Русская грамматика. Т.1. (1980) Русская грамматика. Т.1. Гл. ред. Н. Ю. Шведова. Москва: Наука.

Русский язык: Энциклопедия. (1997) Русский язык: Энциклопедия. Гл. ред. Ю.Н. Караулов. Изд. 2-е, перер. и доп. Москва: Научное издательство «Большая Российская энциклопедия».

池上嘉彦 (1981)『「する」と「なる」の言語学—言語と文化のタイポロジーへ試論』大修館書店.

磯谷孝 (1975)「本書を理解していただくために—体の意味、用法のまとめ」ラスードヴァ『ロシア語動詞 体の用法』磯谷孝訳編, 吾妻書房.

ギャルド, ポール (2017)『ロシア語文法—音韻論と形態論』柳沢民雄訳, ひつじ書房.

中村芳久 (2009)「認知モードの射程」坪本篤朗ほか (編)『「内」と「外」の言語学』開拓社. 353–393.

プーリキナ, イ・エム／ザハワ‐ネクラソワ, イェ・ベ (1976)『新ロシア語文典』稲垣兼一・初瀬和彦訳, 吾妻書房.

マテジウス, ヴィレーム (1981)『機能言語学——一般言語学に基づく現代英語の機能的分析』飯島周訳, 桐原書店.

例文出典（モンゴメリー『エミリー』の英語原文およびロシア語訳）

Montgomery Lucy Maud. (1989 ［1923］) *Emily of New Moon*. Toronto: McClelland and Stewart.

Монтгомэри Люси Мод.（2014）Эмили из Молодого Месяца. Перевод М.Ю.Батищевой. Москва: Эксмо.

第 3 章
認知と言語・コミュニケーションの進化

中村芳久

1 はじめに

　言語とコミュニケーションの発達と進化の問題は、いまや認知科学のほぼ全領域が考究の対象とする問題であり、認知言語学の観点からも一定の議論が期待されるところである。また認知が言語を動機づけるとする認知言語学は、どのような認知の進化が、言語進化を動機づけるのか、その究明にもっとも近いところにある研究分野でもある。

　今から丁度210年前の1809年2月12日は進化論のダーウィン（Charles Darwin）の誕生日であるが（興味深いことにリンカーン大統領（Abraham Lincoln）も同じ生年月日）、2009年には、ダーウィン生誕200周年と『種の起源』出版150周年を記念する催しが45以上の国々で750を超える数で行われたという。その学術面の総括として言われることは、多くの研究分野が、進化を説明しうるか否かを研究の重要な評価基準とするようになっているということである（Shapin 2010）。進化生物学者ドブジャンスキー（Theodosius G. Dobzhansky）の発言「進化の観点を抜きに生物学の研究は成立しない」(Nothing in biology makes sense except in the light of evolution.) に端を発し、いまでは「人間に関する研究は進化の観点抜きには成立しない」(Nothing in *humans* makes sense except in the light of evolution.) とまで言われるほどである（*ibid.*）。むろん人間を特徴づける言語についての研究は、なおのこと進化の観点抜きには成立しないだろう。

　本章では、認知からの言語の分析と解明に一定の成功をおさめているラネ

カーの認知文法理論(e.g. Langacker1987, 1991, 2008)に基づきながら、主客「未分」の認知(Iモード)から主客「対峙」の認知(Dモード)への認知の進化こそが、言語進化を動機づける認知的側面ではないかという見通しで、考察を進める。

考察にあたっては、以下のように、言語を大きく言語構造とコミュニケーションの2つの側面に分け、さらに言語構造を記号構造、単純結合(単文構造)、複雑結合(複文構造)の下位側面に分け、それぞれの側面の進化を問題にする。

I．言語構造の進化
    a. 記号構造の進化
    b. 単純結合(単文構造における語結合)の進化
    c. 複雑結合(複文構造)の進化
II．コミュニケーションの進化

議論の順序は以下の通りである。第2節：認知文法と2つの認知モード、第3節：認知モードと日英語の「内」「外」、第4節：言語構造の諸側面の進化、4.1：記号構造の進化、4.2：単純結合の進化、4.3：複雑結合あるいは再帰性の進化、4.4：文法化と言語進化、第5節：コミュニケーションと認知、第6節：利他性、協力・協調性(altruism, MACCM)の進化と認知、第7節：結び。

2 認知文法の認知モデルと2つの認知モード

主客未分の認知から、ラネカー理論の主客対峙の認知モデルへの認知展開と言っても、あまりにも漠然としているので、本節は、それぞれの細部を整えた認知モード(中村2004、2009、2016)を基に、認知の展開をより具体的に示すことになる。主客未分の認知はIモードに対応し、主客対峙の認知はDモードに対応するので、論点は、IモードからDモードへの認知的展開

が、言語進化を動機づけるという仮説の検証ということになる。

　認知言語学は、ヒトの一般的な認知能力や認知プロセス（domain-general cognition）が言語に反映し、言語を決定づけるという立場であるから、言語を決定づける中枢の認知能力と認知プロセスが特定されれば、その認知能力と認知プロセスの進化がそのまま言語進化の認知的要因の解明につながるということになる。認知言語学の中核にある認知文法理論は、下図に示されるような認知モデル（e.g. Lanagcker 2008: 260）を擁し、さまざまな言語現象の認知的分析に成功をおさめている。

（１）　認知文法の擁する認知モデル

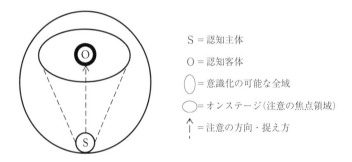

S＝認知主体
O＝認知客体
◯＝意識化の可能な全域
◯＝オンステージ（注意の焦点領域）
↑＝注意の方向・捉え方

　認知主体 S が、オンステージの認知客体 O に対峙する形で、さまざまな捉え方をするのだが、その捉え方（construal）が、言語現象全般を動機づけ、決定づける。以下の引用でラネカー自身が述べるように、適正な認知的分析が、数多くの文法標識と文法要素、文法現象に対してなされてきた。例えば名詞、動詞、主要部、補語、修飾語、等位接続、従位接続、主語、目的語、助動詞、他動性、非対格性、能格性について説得力ある認知的特徴づけがなされたというのだが、詳細に見れば、これよりずっと多くの言語現象が適切に分析されているはずである。

（２）　Reasonably precise semantic characterizations have been proposed for a large number of grammatical markers, and for such basic grammatical notions as noun, verb, head, complement, modifier, coordination, subordination, subject, object, auxiliary verb, transitivity, unaccusative, and ergativity.　　　　　　　　　　　　　　　　　（Langacker 2002: 1–2）

　認知文法理論が言語の全容を捉えるとすると、それが前提する図（１）の認知モデルの決定的な部分とはどの部分であろうか。上の図でＳ（認知・概念化の主体）からＯ（認知・概念化の客体）への矢印が示す「捉え方」(directing of attention, construal)がさまざまな言語現象を特徴づけるのであるから、ＳがＯから離れてＯを眺めるという部分（主客対峙の部分）が、「捉え方」を可能にするのであり、上の認知モデルの決定的な部分と見てよい。捉え方(construal)には、①客体をどの程度の解像度で捉えるか(specificity)、②客体のどの程度を視野に収めるか(focusing)、③対象をどの程度の際立ちで捉えるか(prominence)、④客体をどのような視点から眺めるか(perspective)、のような点から、さまざまな捉え方がなされる(e.g. Langacker 2008: ch 3)。その捉え方の反映が各々の言語現象であり、文法現象である。このような捉え方が可能であるためには、当然のことながら認知主体Ｓが客体Ｏから「離れて観る・対峙する」ということが前提となる。主客対峙つまり観る側Ｓと観られる側Ｏとが対峙する「観る・観られ関係」(viewing relationship)が上の認知モデルの決定的に重要な部分だというわけである。

　そうすると、主客対峙の認知の進化が、言語を動機づけたということになるが、主客対峙の認知は、主客未分の認知からの進化だとしてよいだろう。つまり、言語を動機づける認知的なカギは、主客未分の認知から主客対峙の認知への進化だということになる。

　さて、主客未分と主客対峙の認知、それと前者から後者への展開を、以下に示されるようなＩモードとＤモードを基に、少し具体的に見てみよう(e.g. 中村 2004、2009、2016)。Ｄモードについては、上の(1)図に示した認知文法の認知モデルと同じと考えてよい。

(3) a. Iモード　　　　　　　b. Dモード

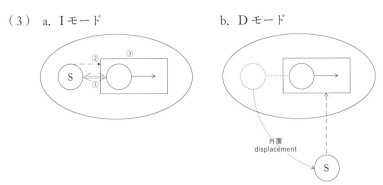

　もはや一般にも認められるようになったことだが、認知の客体（観られる側）は、観る側 S から独立して存在するのではなく、観る側 S となんらかの存在とのインタラクションによって生じるのである（e.g. 中村 2016）。例えば、太陽の上昇は、客観的に存在する事態ではなく、自転する地球上の認知主体と不動の太陽との位置的・動的インタラクションによって発現する。
　このような認知のあり方がIモード（Interactional mode of cognition）であり、図（3a）のように示される。この図では、認知主体 S（円 S）と何らかの存在（長方形③の中の円：e.g. 太陽）とのインタラクション（両向きの二重線矢印①）によって、認知の客体としての事象（③の四角の中の円と矢印：e.g. 太陽の上昇）が創発することが示されている。認知主体は、Iモードによって、例えば太陽の上昇という事態を経験するわけである（破線矢印②で表示）。
　Iモード認知で重要な点は、客体 O が認知主体 S 自身の中で創発する現象のようでもあり、自身の外に存在する実体のようでもあるという、あいまいさがあるという点である。太陽の上昇は、S の認知の場に生じる現象のようでもあり、外界の実体のようでもある。このあいまいさは、(3a) の図では、四角（太陽の上昇を示す）が、認知の場（field of cognition）を示す楕円の中にあり、同時に円 S の外にあることで示されている。認知主体 S も楕円の中に示されているが、インタラクティブなIモード認知の場に創発する認知像でもある。Iモード認知の場は、このように分析的ではなく、インタラクティブな未分性・全体性を特徴とする。
　Iモードの認知が本来の認知であるが、その一方で私たちは、確固たる観

る側 S が確固たる観られる側 O を眺めているような気分でいることもまた事実である。太陽の上昇などは、私たち人類は、ついこの間（ルネサンス期）まで、実際に太陽が昇っていると信じていた。I モードの認知の場に生じる見え（appearance）あるいは認知像を実在のものとして観てしまう認知モードが認知の D モードである。この認知モードでは、認知主体が主客未分の認知の場から出て（displace）、I モードに創発する認知像（つまり太陽の上昇）をあたかも実在するものであるかのように、対峙しながら認識するわけである。この認知モードを、displaced mode of cognition として、D モードと呼び、図 (3b) のように示す。

D モードには、もう一つ、I モードの認知の場全体を見渡すということがある。そのため、例えば、客観的存在と思われた太陽の上昇が、私たちに I モード認知でそう見えているだけで、実際には存在しない認知像だという気づきが、D モード認知によって生まれる、というわけである。*The sun rises in the east.*「明日の日の出は 5 時半」などと表現するが、太陽が（少なくとも太陽系では）不動だと知っている私たちは、主客のインタラクション（I モード認知）によって生じる認知像を（D モードで捉えて）あたかも現実であるかのように表現していることがわかっている。このことは、私たちの認知にこの 2 種類があることを、強く示唆している。

I モード認知の場から出て、その全体をも見渡せる（から認知主体が認知主体自身をも観る）ことのできる D モード認知は、メタ認知的で、仮想の認知モードだということである。この仮想の認知モードが、ラネカーの認知文法理論が擁する認知モデルであり、この理論はこの認知様式だけしか導入しないので、言語をより詳細に正確に観察・分析し、私たちの世界の有りようをより正確に知るには、I モードのような認知様式を導入する必要がある。この 2 つの認知モードを考慮することによって、言語は基本的に D モード認知を反映するが、日本語は英語より I モードを反映する言語現象が多いのではないか、D モードはおそらくヒトだけが仮想できる認知モードであるから、D モードを反映する言語は、I モードのような認知から D モードへの認知の進化に伴う進化ではないか、という言語の類型や進化の議論が可能

となる。

3　認知モードと日英語の「内」「外」

　ここで認知モードの反映としての言語という観点から、日英語をみておくと、以下のような日英語の現象から、日本語がIモード認知をより多く反映していることが観察される。

　まず、よく知られているように日本語には主観述語があり、英語にはないということがある。

（4）　a.　寒い！（cf. *彼は寒い！）
　　　b.　さみしい！（cf. *彼はさみしい！）

この例にみられるように、主観述語の現れる「寒い！」「さみしい！」の発話者は、実際に寒い、さみしいと感じている人に限定されるので、このような表現は、寒さ、さみしさを感じる認知主体の感覚の発露であるのか、認知主体が感じている寒さ、さみしさの描写であるのかの区別がなく、主客未分のIモード認知を反映する言語表現だと言える。一方、英語の *cold* は、「ある人が寒い状態にある」ことを客体として描写するDモード認知の表現であり、他者が寒いことも表現できるし（*He's cold.*）、認知主体自身が寒いことも描写的に表現する（*I'm cold.*）。

　次の日英語の対比も興味深い。

（5）　a.　このバーベルは持ち上がらない。
　　　b.　This barbell doesn't lift.

日本語の（5a）は、認知主体が持ち上げようとして持ち上げることができなかったその場で、認知主体がバーベルについてもった感触の表出であると同時に、そのバーベルの持ち上げにくさの描写にもなっているので、主客未分

のIモード認知を反映した表現である。英語の (5b) は、「持ち上がらない」ことをバーベルの特性（そのバーベルがディスプレイ用として床にくぎ付けされている場合など）を描写する場合にのみ用いられるため、バーベルの特徴を客体として捉え表現しているということで、Dモード認知の反映と言える。

　ここでは認知的に次のようなことが起きている。つまり、主体の感覚か客体の性質か区別がつかない認知内容（主客未分の認知内容）が、そのまま（Iモード認知のまま）吐露される場合と、それがあたかも客体の状態・特徴であるかのように捉え直され、表現される場合とがある。「寒さ」も「持ち上がらない」も、本来ヒトが体感するもので、客観的概念ではない。それを、Dモード認知をもつ私たちは、客観的概念であるかのように捉え、客体（対象の性質や特徴）として仕立てあげる、というわけである。Iモード認知では、認知主体との関わり（インタラクション）での存在でしかなかったものが、Dモード認知では、あたかも独立自存の存在であるかのように捉えられるということである。すでに述べたように、Dモードにはもう一つ、Iモード全体をも見渡せるメタ認知の側面があるということがある。IモードをDモードで見渡しているところを、また見渡すことができるという具合に、メタ認知を繰り返し重ねていくこともできる。これもDモード認知の重要な側面である。（こうしてIモードやDモードについていろいろ考察しているが、それができるのも、私たちにDモード認知が備わっているおかげである。）

　このように見てくると、状況「内」視点とか状況「外」ということがよく対比されるが、いわゆる同じ状況「内」視点でも、身体ごと状況内に入り込んでインタラクトする状況内視点と、いわゆる身体は抜きに単に視点のみが状況内にあるような状況内視点とがあるということになる。例えば、「家」を中から見るか、外から見るかという場合は、視点の「内」「外」でいいが、太陽の上昇の場合などは、地球から遠く離れて「外」の視点をとると太陽の上昇は存在しなくなる。「寒い！」「持ち上がらない！」の場合も、身体込みのインタラクションを通しての認知の場でしか生じない感覚であり、表

出である。この認知主体の感覚を、認知主体から切り離し、客体化するのがDモードであり、この認知モードを通すと、「寒い人は手を挙げて」「持ち上がらないバーベルはどれ」のように単なるカテゴリー化のための描写表現になる。いわゆる「視点」の「内」「外」は厳密には、いずれもDモードであり、IモードかDモードの区別ではないので注意を要する。

　次の *across* の現れる例文（across 文と呼ぼう）は、よく議論されるラネカー（Langacker 1985）の例文で、これこそ視点の「内」「外」の問題であり、認知モードの問題ではない。

（6） a. Vanessa is sitting across the table from me.
　　　b. Vanessa is sitting across the table.

from me のある (6a) は、「ヴァネッサが私から見てテーブルの向こうに座っている」という事態を「外」から視た場合の表現であり、*from me* のない (6b) は、状況内に私がいて、そこから視た場合の表現、と言われる。しかし、(6b) で、「私」は身体ごとその場にいる必要ない。次の例文はそのことを示す。

（7） a. As I remember, across the street there is a grocery.
　　　　（私の記憶では、通りの向こう側に雑貨屋がある）
　　　b. I see that across the street there is a grocery.
　　　　（通りの向こう側に雑貨屋があることはわかる）
　　　　　　　　　　　　　　　　　　　　　　（Bolinger 1977: 95）

つまり、across 文は *from me* がなくても、記憶の中の光景や頭の中の理解を描写することが可能で、発話者が状況内に身を置いている必要はない。視点が状況内にあれば十分である。さらに次の例をみよう。

（8） Jack bought a house, and Jill lives across the street.　　　（Langacker, p.c.）

Jill lives across the street. には *from me* はないが、発話者が状況内にいての描写ではない。この例の場合、*from me* のない across 文の視点は、ジャックの家である。

　ここで、身体的インタラクションを通しての認知と状況内視点の区別が必要な例を見ておこう。表現される経路（path）が、人間が通行可能かどうかに関わる現象である。松本（1996）によれば、(7a)(7b) のハイウェイのように通行可能な経路の場合は、英語も日本語も同じように主体移動表現が可能であるが、(8a)(8b) の電線（wire）のように経路が通行不可能の場合は、英語の主体移動表現はほとんど可能であるが（8a）、日本語の場合それが基本的には不可能である（8b）。

(7)　a.　The highway {goes/runs/meanders/zigzags/proceeds} through the dessert.
　　　b.　そのハイウェイは平野の真ん中を {走っている/行く/通っていく}。
(8)　a.　The wire {goes/runs/meanders/zigzags/?proceeds} through the dessert.
　　　b.　その電線は平野の真ん中を {通る/*行く/?? 通って行く}。

(Matsumoto 1996)

この場合、英語が D モードを反映する言語であり、視線であれば電線に沿って視線を走らせることができ、(8a) の英語の主体移動の表現はほとんど可能であり、一方日本語は I モード認知を反映する傾向の強い言語であるため、身体ごと通れないような通行不可能の電線だと、主体移動表現は基本、成立しない、というような説明が可能になる。

　このように、日英語などの対照で有用なのは、I モードの反映か、D モードの反映かの観点であり、より具体的には以下の認知モードの特性（9）から、いずれの認知モードを反映する言語（現象）かが、判断される（中村 2009）。

(9)　a.　身体的インタラクションの有無

b. メタ認知的か否か
  c. R/T認知（参照点を経由しての認知）か、tr/lm認知（第1焦点・第2焦点参与体認知）か
  d. 有界的か非有界的か

中村（2009）で示すように、24種の言語現象（ここでは（10）に（a）から（u）まで22種を挙げる）のうち、（10a）から（10h）までは（9a）の身体的インタラクションの有無に関わる現象で、日本語は身体的インタラクションに関わる傾向が強く、英語はその関わりが弱いと言える。

（10） a. 人称代名詞が確立しているかどうか　b. 主観述語のあるなし　c. オノマトペの多寡　d. 通行不可能経路での主体移動表現の可否　e. 間接受身の有無　f. 与格的か間接目的語か　g. 難易中間構文が直接経験を表すか否か　h. 過去時制・タ形の語りの中の現在時制・ル形の多寡　i. 題目か主語か　j. かきまぜ（scrambling）の有無　k. 代名詞省略の有無　l. SVOかSOVか　m. be言語かhave言語か　n. 「する」的か「なる」的か　o. 非人称構文の有無　p. 虚辞の有無　q. 終わり志向か始まり志向か（アスペクト）　r. 動詞vs.衛生枠付　s. 冠詞の有無　t. 話法：直接話法＋間接話法の有無　u. 節の従位性の度合

また（10i）から（10p）までの言語現象は、（9c）のR/T認知かtr/lm認知か、に関わり、ここでも日本語は参照点認知を好み、英語はトラジェクター・ランドマーク認知を好む。さらに、（10q）から（10u）までの言語現象は、（9b）のメタ認知性と（9d）の有界性に関わりのある言語現象で、ここでも日本語の言語現象は、メタ認知性が低く、有界性の度合いが低い。対して英語は、メタ認知性も有界性も高い。（9）の4種の認知モード特性は、相互に関連していて、日本語は、Iモード認知の特性を持つ言語現象が多く、英語はDモードの認知特性を持つ言語現象が多い。私たちに備わっている2種類の認知モードは、言語の類型性をとらえるのにも有用である。

4 言語構造の諸側面(記号構造、単文構造、複文構造)の進化

本節では、IモードからDモードへの認知的展開に見られる外置(displacement)と、それに伴う主客の分離・対峙、さらにはメタ認知的機能が、言語構造の諸側面の進化とどのようにかかわるかを見ていくことにする。

4.1 記号構造の進化

ヒトの記号構造の音声と意味の関係は恣意的で、必然的な結びつきではない。この特性については、認知モードの観点から次のように考えられる。

IモードからDモードへの認知の展開によって、認知主体が、Iモード認知の場から出て(displace)、認知の客体から分離し、客体と対峙することになるが、この外置(displacement)が記号の恣意性を生む。次の例文の動詞 *rise* の用法をもとに、考えてみよう。

(11) a. The balloon rose gently into the air.
  b. The hill rises gently from the bank of the river.
   (丘は川の土手のところからなだらかな上りになっている)

(11a)の *rise* は、風船の上昇を認知の客体として描写しているが、(11b)で描写されている認知の客体は丘の静的な形状・状態であり、上方へ動いているものはなにもない。なぜ上昇運動を描写するはずの *rise* が、形状の描写に用いられるのか。まずそれぞれの状況を、認知主体の認知も考慮して、認知客体と認知主体の認知に注目してみよう。そうすると、(11a)の場合、「上昇する風船(認知客体)を、認知主体は視線を上げながら捉えている」。対し(11b)の場合、「丘のなだらかな上り(認知客体)を、認知主体は下の方から視線を上げながら捉えている」。つまり、これら2つの *rise* の使用に決定的なのは、認知客体の上昇運動を描写するということではなく、認知主体が客体を視線の上昇によって捉えるという捉え方(construal)だったのであ

る。rise のいわゆる意味は、「視線の上昇によって捉えられる事態を描写する」のようにすべきであり（中村 2018）、これが認知主体の認知を導入するいわゆる意味記述である。

　このような意味記述であれば、風船の上昇も、なにも上昇するもののない丘のなだらかな上りも、視線を上昇させながら眺めるので、rise が用いられることが自然に理解される。これまでの意味記述は、認知客体のみを意味としたので、(11b) のような rise の意味説明に悪戦苦闘するがうまくいかず、最後は意味用法の1つとして挙げて終わる、ということになったのであろう。実際、「視線の上昇によって捉えられる」というような認知主体の捉え方（construal）を導入し、そこから意味記述をする辞書を寡聞にして知らない。

　このような意味のとらえ方の裏では、認知的に何が起きているだろうか。rise の場合、「視線の上昇で捉えられる事態を描写する」のだから、視線の上昇で捉えられるものはなんでも（少なくとも上昇運動と丘のようなものの形状は）表せるということがある、つまり多義的になる、ということである。さらにこの多義性が生じる裏では、認知客体と認知主体との融合・未分状態が解かれて、両者が分離するということが起きている。rise の場合、客体の上昇運動とそれを捉える主体の「視線の上昇」とは、本来一体化・融合していて、不可分・未分のものであるが、その両者が分離・対峙（displace）して、視線の上昇という認知主体の捉え方（construal）が、本来の上昇運動以外のもの（認知客体）を捉え、それを描写するのに用いられると、rise は様々な事態を描写することになり、多義的な記号（語彙）となる、というわけである。したがって、言語記号の多義性の裏には、本来融合している認知客体と認知主体とに分離・対峙（displacement）が生じている、つまり I モードから D モードへの展開があるということである。そして記号がいろいろな事態（認知客体）を描写し指示するということは、いわゆる記号と意味（それが描写する事態）が一対一の必然的（obligatory）な関係でなく、記号と意味とが恣意的関係にあるということにほかならない。ということは、記号の恣意性も、もとをただせば、認知主体と認知客体の分離（displacement）という認知的要因に起因するということである。（恣意性に関わる他の言語記

号・現象については、中村 (2018) を参照。)

　以上のように、いわゆる記号の多義性と恣意性は、認知的には、ＩモードからＤモードへの展開に起因するということであるが、記号の恣意性について少し細かく見ておくと、記号が恣意的だというのは、記号と認知客体との関係であって、記号と認知主体（の捉え方）とは結びつきが強く、一定の義務性・有契性があると言える。先に rise を「視線の上昇（認知主体）によって捉えられる事態（認知客体）を描写する」としたが、rise と「視線の上昇（認知主体）」とは一定の必然的な関係がある。

　ヒト以外の動物の鳴き声や警戒声 (call) では、その主体面と客体面とは基本、一対一対応で、恣意的ではない。たとえばサバンナ・モンキーの警戒声は、空からのワシやタカのような天敵、ヒョウのような地上の天敵、ヘビのよう地面を這う天敵で、それぞれ異なり、天敵が来ないのに、（オオカミ少年よろしく）それぞれの警戒声を出すことはない（餌を使う実験では、動物は餌欲しさになんでもやってみせるので、天敵が来ないのに偶然その警戒声を出し餌をもらえて、その行動が常習化することはある）。それぞれの天敵の形状・現れ方（認知客体）とそのそれぞれに異なる捉え方・恐怖感・避難行動（認知主体の諸側面）と警戒声（これも認知主体の反射的行動の一部かもしれない）とは一体化しているため、その一体化した場から離れて (displace)、警戒声だけを出すことはないのである。ヒトの子供が図鑑を見て「タカだ」「ヒョウだ」と言うのとは大違いである。そこでは、サバンナ・モンキーのようなＩモード認知の場から、天敵の色や形状だけが外置されて（もちろん認知主体も外置されて）、その形状が「タカ」や「ヒョウ」の認知客体となっているということであろう。（このように認知客体全体からその形状、動きを分析的に外置し（て真似し）たりするのもＤモード認知を持つヒトの特徴であり、Ｄモード認知がない動物はこれができない。）この点でも、ヒトの言語記号使用においては、単なる主客の分離・対峙を超えて、多くの側面でＤモード化 (displacement) が進んでいると言える。

　さて、このように記号が恣意的であるにもかかわらず、なぜその記号の使

用が一定の意味を伝え、一定のコミュニケーションが成立するのかということがあるが、そのメカニズムについては、次の点を指摘しておく。音声と意味のペアリングで最も重要な点は、ヒトの用いる記号には、音声によって相手の注意を意味に導こうという話し手の意図が伴っているという点である。指差しにも、相手の注意をあるものに向けようという意図があり、相手はその意図を読んで指差しの方向を見るのだが、意図を読まないヒト以外の動物は、指差しをしない。音声は一種の指差しで、音声という指差しによってある種の概念に相手の注意を向けようという意図を伴っている。したがって記号構造は、相手の心を読むというメタ認知の能力（と、後で議論するように、コミュニケーションの認知的インフラとしての、情報を共有しようとする利他性）を前提に進化する、ということである。そのため、ヒトの記号は恣意的であってもよいのである。

前節の第3節で、日本語は主客未分のIモード認知の反映の言語現象が多いことを見たが、この4.1節の考察をもとにすると、日本語の表現は、単に認知主体と認知客体が未分であるというだけでなく、全体として一体化しているIモード認知の場全体を含み伝えるようである。ちょうどサバンナ・モンキーの警戒声で、認知客体も認知主体の捉え方も恐怖心もその採るべき避難行動も込みで一体化しているような側面が、日本語には英語よりは多く残っているように思われる。日本語の短詩型が、十七音や三十一音で豊かな情景と情緒をかもしだす所以でもある。中村（2016：39–49）では、このような日本語のIモード認知の側面を、「無限定の認知主体がくっついている」という言い方で具体例を用いて議論している。

4.2　単純結合（単文構造における語結合）の進化

Hauser (2009) は "humaniquneness"（ヒト特有の認知特性）として概念結合能力をあげ（おそらくこれを syntax の認知基盤とす）るが、本章では、ヒトが概念を結びつけるのではなく、概念自体に結びつく性質があると考える。すなわち、概念には、自律概念（モノ）と依存概念（関係）(e.g. 名詞概念

vs. 動詞・形容詞等概念）の 2 種類しかないのだから、前者は後者に任意に結合して（A/D alignment）、結合概念が生じる。したがってヒトは、結合させる必要はなく、ただ自然に結合して生じる複合概念を拾い上げ、当該の言語共同体で受け入れられ、定着するものを共有すればよい。ちょうど構文がそうであるように、一定の文法としての結合形式は、自由で多様な結合形式の中から、社会的な淘汰・選択を経て、使用頻度を高め、定着し慣習化していく（cf. 文化進化）。ただし、概念の「切り出し」（displacement）はヒトがやる必要がある。〈イマ・ココ〉のⅠモード認知の場から「私」（認知主体）や事態認知客体を外置（displace）し、切り出だすように、例えば、「鳥飛ぶ」「魚泳ぐ」などの未分化の概念の塊から、「鳥」「飛ぶ」「魚」「泳ぐ」のような概念を切り出すこと（displacement）は必要である。概念の塊から切り出される自律概念と依存概念が自由に結合して、「鳥泳ぐ」「魚飛ぶ」のような変な結合も生じるが、これにどう対処するかはヒト次第である。ダ・ヴィンチのような人はおそらく「ヒト飛ぶ」という概念結合に着目し、ヘリコプターのような乗り物の原型を着想した。「切り出し」（displacement, D モード認知）があれば、切り出された概念が自由に結びつくので、結びつけ能力は要らない。（アイデアは、ひねり出すのではなく、浮かぶのである。「何かをしよう」と意図する、その数秒前に意図を引き起こすニューロン活動が始まっているようだから（cf. Soon *et al.* 2008）、自分の意志で概念を結合させているのだという自由意志の感覚だってあやしいのである。したがって、概念や記号構造を結合しようという意図が働いている実感があるとしても、その実感が幻想である可能性が高い。

4.3　複雑結合（複文構造）あるいは再帰性の進化

　認知文法では、複文構造あるいは再帰性は、自律構造・依存構造の結合（A/D alignment）とモノ化（reification）によって捉えられる。認知文法の概念はモノと関係の 2 種類しかなく、自律要素としてのモノ（e.g. *Jack, a houce*）が、依存要素としての関係（e.g. *build*）のスキーマ項（e-site）を精緻化することによって（A/D alignment）、要素結合（e.g. *Jack built a house.*）が生じる。こ

うして生じた関係（事態）が、モノ化（reification）によってモノ（e.g. *that Jack built a house.*）として捉えられ、より上位の関係（*Jill knows* 〜）に組み込まれると、さらに複雑な結合（e.g. *Jill knows that Jack bailt a house.*）が生じる。これがまたモノ化され（e.g. *that Jill kuows that Jack built a house.*）、上位の関係（の項）に組み込まれると、一段と複雑な結合が生じる（e.g. *Alice guesses that Jill knows that Jack built a house.*）。関係のモノ化と、それを上位の関係に組み込む操作（A/D alignment）の繰り返しが、再帰性の認知的原理である。複雑結合と再帰性の更なる考察は、次節の補文標識・関係詞の進化を参照。

4.4　文法進化と言語進化

さて Heine and Kuteva（2007）の文法進化の 6 層説によると文法的要素は、次のように第 1 層から順に第 6 層へと進化する。

(12)　6 層から成る文法進化のシナリオ（Heine and Kuteva 2007: 111）

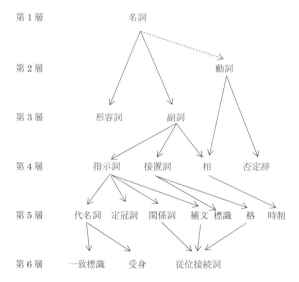

すなわち、第 1 層の名詞から順次、第 2 層の動詞、第 3 層の形容詞、副詞、第 4 層の指示詞、接置詞、相、否定辞、第 5 層の人称代名詞、定冠詞、関

係詞、補文標識、格標識、時制へ、そして最後の第6層の一致標識、受身、従属節標識へと文法化を深めながら進化する。

　この文法進化の第5層は、ヒトの言語を特徴づける文法要素群の層で、外置（displacement）の特性を共通にもつとされる。Heine and Kuteva は外置について詳しく語らないが、第5層の文法的要素の進化には、外置とその内部特性（メタ認知など）が深く関与している。

　第5層の文法要素のうち、最初の人称代名詞、例えば1人称代名詞 *I* は、話し手が話し手自身を眺めて自身について語る場合に用いられるので、メタ認知的である。また相手が自分を見たときに自分は *you* で指示されるのだということの理解には、自分を相手の視点において、そこから自分を眺めるという外置（displacement）の認知操作が前提となる。

　2番目の定冠詞の場合、その多くが指示代名詞（英語の場合は *that*）からの文法化であり、〈イマ・ココ〉での指示から、心の中のモノへの指示になっている（displacement）。またその使用には、談話情報のような自分が意図している指示物を相手が分かってくれているという具合に、つまりは自分の心を相手が理解するという相手の心を、また自分が読むという具合に、メタ認知的な理解プロセスが関与している（cf. 心の理論）。

　3番目と4番目の補文標識と関係詞では、英語の補分標識 *that* と関係詞 *that* のいずれもが指示代名詞 *that* からの文法化である。OED はいずれの場合も、以下のような文脈で意味用法の展開が生じると解説している（s.v. *that*、例文は改変）。

(13)　a.　I know that; the river is frozen.（*that* は指示代名詞）
　　　　　（そのことなら知っているよ。その川は凍ってるんだよね。）
　　　b.　I know that the river is frozen.（*that* は補文標識）
(14)　a.　I know the river; that is frozen.（*that* は指示代名詞）
　　　　　（その川なら知ってるよ。それって凍ってるんだよね）
　　　b.　I know the river that is frozen.（*that* は関係代名詞）

(13a)(14a)のような並置された2つの文が、(13b)(14b)のような複文構造になるが、そこでは、指示代名詞 that が、補文標識と関係代名詞へ文法化している。いずれの文法化にも、事態(客体)を捉える認知(主体)が、事態から離れ(displace)、その事態をモノ認知のプロセスでモノとして捉えるという、Dモード認知の関与がある。少し詳しくみてみよう。

　(13a)(14a)の並置構造(parataxis)から(13b)(14b)の複文構造(補文をとる複文構造と関係節をとる複文構造)への表現の転換では、認知的にはいずれの場合も、事態(process)がモノ(thing)として捉えられ、そのモノが別の文構造(主節)の表す認知構造に組み込まれる。

　補文を取る複文構造への変化の場合には、補文標識の文法化で触れたように、まず、事態(例えば、*Jack built a house.*)がモノとして捉えられる。事態がモノとして捉えられるというのは、事態としてのプロファイルからモノとしてのプロファイルへシフトする、つまり認知的には、プロファイル・シフトが生じるということである。次の(15a)は、*Jack built a house.* が事態としてプロファイルされる認知構造図であり、(15b)は(補文化詞 that が付けられて)、モノ(*that Jack built a house* = ジャックが家を作ったこと)としてプロファイルされる認知構造図である。

(15)　a.　Jack built a house.　事態としての認知構造

　　　b.　that Jack built a house. モノとしての認知構造

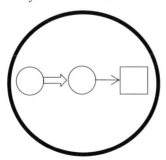

プロファイルは太線で表示されるが、(15a) の図は作成に関わる行為連鎖 (action chain) で、左端の円（ジャック）が次の円（建築材料）に働きかけて（二重線矢印で表示）、材料を四角（家）に変化させる事態（変化は単線矢印で表示）がプロファイルされている（太線で表示）。一方 (15b) の図は、本来時間経過とともに進行・展開する事態が、全体的にモノとしてプロファイルされるところを表している。モノは基本的に円で表示される（(15a) の家は四角で表示されているが、これは材料（モノ）が変化して家（変化後のモノ）になったことを示している）。時間経過とともに客体を（事態として）捉える認知プロセスは、順次スキャニング (sequential scanning) であり、モノとして捉える認知プロセスは、一括スキャニング (summary scanning) である。したがって、客観的に事態とモノが存在するのではなく、事態かモノかは、私たちの認知の仕方 (construal) 次第で、つまりスキャニングのあり方で決まる、ということである。（したがって、名詞や動詞の認知的規定は、「一括スキャニングで捉えられる存在体を描写する」のが名詞で、「順次スキャニングで捉えられる存在体を描写する」のが動詞、という具合である。）

　こうして事態 (*Jack built a house.*) がモノ (*that Jack built a house*) として捉えられ（円で表示され）ると、Jill knows X. のような「ジルが X（モノ）を知っている」という事態の X（モノ、円で表示）の部分に入り込むことができる（意味が特定されていない不定項 X の部分に、*that Jack built a house* というが具体的な意味をもつモノが入り込む）。そうすると *Jill knows that Jack built a house.* という複文構造ができる、というわけである。これがまたモノ (*that Jill knows that Jack built a house*) として捉えられ、別の事態 (*Alice guesses X*) の X の中に入り込むと、さらなる複文構造 *Alice guesses that Jill knows that Jack built a house.* ができる、という具合である。この繰り返しがいわゆる再帰性 (recursion) であるが、補文をとる複文構造の再帰性では、事態をモノとして捉えられるということが決定的に重要で、それによって別の事態のモノの部分に入り込むということの繰り返し（再帰性）が可能になるということである。

　事態がモノとして捉えられるということには、認知的には主客の分離・対峙 (displacement) が関与している。本来、事態（認知客体）とそれを捉える順

次スキャニング（認知主体）は、相即不離で未分であるが、その事態から順次スキャニングが分離（displace）して、新たに一括スキャニングで捉え直されるのだが、ここにDモード認知の働きをみることができる。再帰性は、事態がモノとして捉え直される点が重要であるが、そのためにはまずもって、事態とそれを捉える認知（順次スキャニング）が分離しなければならない。再帰性の根本のところで、Dモード認知が私たちに備わっているということが関係している、というわけである。

　関係節の場合も、事態がモノとして捉え直され、別の事態に入り込んで、関係節をとる複文構造が出来るが、事態がモノとして捉え直される仕組みは、補文節の場合とは異なっている。(15a)の事態を関係節でモノとして捉えた表現（*the house that Jack built*）の認知構造図を(16)で見てみよう。

(16)　the house that Jack built の認知構造

ここでは、(15a)の事態全体のプロファイルから、そこに関与するモノ（ジャック、材料、家）のうちの家（モノ）のみへプロファイルがシフトしている。このように事態全体からその事態に関与するモノへのプロファイルの移行が関係節化の背後にある認知操作であるが、この場合も、本来一体である事態（認知客体）と順次スキャニング（認知主体）が分離（displace）していて、Dモードの関与がある。

　こうしてモノ化された *the house that Jack built* が、別の事態 *The malt lay in X.* のモノ項Xに入り込むと、複文 *The malt lay in the house that Jack built.* が出来る。その認知構造図は、(17)のように表示される。

(18)　The malt lay in the house that Jack built. の認知構造

四角の中の小円が麦芽 (malt) で、それが四角の中にあり、麦芽がジャックが建てた家の中にあるという事態をプロファイルしている。円と四角を結ぶ線は、麦芽と家が IN の関係にあることを示し、この線が太線であることが、モノではなく事態のプロファイルを示す。

この事態の中の麦芽のみをプロファイルすると (*the malt that lay in the house that Jack built*)、(18a) のように表示され、それが *The rat ate X.* の X に入ると、更なる複文 *The rat ate the malt that lay in the house that Jack.* ができる。その図が (18b) である。

(18) a. the malt that lay in the house that Jack built の認知構造

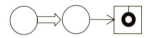

b. The rat ate the malt that lay in the house that Jack built. の認知構造

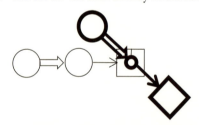

(18a) では、(17) の事態からプロファイルがシフトし、麦芽のみがプロファイルされる。(18b) では右下方向への行為連鎖が加わっている。これは、ネズミが麦芽に働きかけて、その麦芽を体内に取り込み消化する（変化させる）、という行為連鎖である。その行為連鎖の全体がプロファイルされ（太線で表示され）、事態であることを示している。

さらにこの事態からそのネズミへプロファイルがシフトし (*the rat that ate the malt that lay in the house that Jack built*)、それが *The cat killed X.* という事態に入り込むとさらなる複文構造 *The cat killed the rat that ate the malt that lay in the house that Jack built.* が生じる。それぞれの認知構造は (19a) (19b) のようになる。

(19) a. the rat that ate the malt that lay in the house that Jack built の認知構造

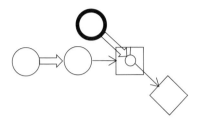

b. The cat killed the rat that ate the malt that lay in the house that Jack built の認知構造

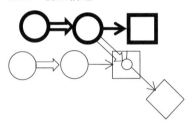

(19a)では、関係詞化によって、事態からその中のモノとしてのネズミのみがプロファイルされる。(19b)では、そのプロファイル(ネズミ)が、*The cat killed X.* の中に入り(つまり、猫がなにかに働きかけ、そのモノを生きている状態から死んでいる状態に変化させる、という上段の水平の行為連鎖の二番目の円に入り)、猫がそのネズミを殺したという事態がプロファイルされることになる。そしてこの操作の繰り返しが言語の再帰性である。

　関係節化は、事態(認知客体)とそれを捉える認知(認知主体)とが一体化している状態から、その認知(順次スキャニング)を引き離し(displace)、新たにその事態の中の参与体をプロファイルするのであるか、認知の引き離しにDモードが関わっている。新たなモノのプロファイル(プロファイル・シフト)通して、再帰的な表現が可能になるが、それも、元の認知プロセスを切り離すことができるためであり、再帰性の根底にはDモードが関与しているということである。これは、指示詞(例えば *that*)からの補文化詞や関

係詞への文法化に、Ｄモード認知が根本のところで関与しているということでもある。

　文法進化の第5層の5番目の文法要素は、格である。主格や対格、主語や直接目的語の参与体としては、際立ちの強さの順でトラジェクターやランドマークが選択される。際立ちの一番強い参与体（トラジェクター）と二番目に強い参与体（ランドマーク）を決めるためには、叙述内容の全体を眺める必要があるから、主客未分の認知モード（Ｉモード）ではなく、主客が対峙し、距離をとる認知モード（Ｄモード）で全体を眺めることになる。格の進化も、Ｄモード認知の進化と相関する。

　最後の6番目の文法要素は時制である。時制は、事態の時間と発話・認知の時間との分離だから、時制はＤモード認知がもっとも反映する文法要素だと言ってよい。

　認知モードの諸特性に関して、言語を認知的に類型化しようとする際には、以下の特性（第3節の（9））が有効であった。

（9）　a.　身体的インタラクションの有無
　　　b.　メタ認知的か否か
　　　c.　R/T認知（参照点を経由しての認知）か、*tr/lm*認知（第1焦点・第2焦点参与体認知）か
　　　d.　有界的か非有界的か

本節の言語構造の進化では、認知モードの特性のうち、以下のような側面が深く関わっている。

（20）　a.　認知対象と認知主体の分離（言語記号の恣意性、複文構造／再帰性／事態のモノ化）
　　　 b.　概念の塊からの諸概念の切り出し・抽出（単文構造）
　　　 c.　（代名詞／冠詞使用に見られるような）心の理論

d. （格標示の進化に関わる）*tr/lm* 認知
e. （時制の進化に関わる）〈イマ・ココ〉から離れた事態認識

このように見ると、すべてのものが相互作用するようなＩモード認知の場から、認知主体が出て行うＤモード認知は、①主体と客体が分離し（これが概念の塊から諸概念を抽出し、有界的カテゴリー化の観点をとる認知機能につながる）、②Ｉモード認知の場の全体を分析的に眺め（これが *tr/lm* 認知、メタ認知、心の理論につながる）、というような大きな２の認知的特性をもち、これがヒトの認知を特徴づけ、言語進化を決定づける認知的要因ではないか、ということである。次節で見るヒトのコミュニケーションの進化にも、Ｄモード認知が、深く関与している。

5　コミュニケーションと認知

　Tomasello（2008）の論点は明解である。ヒトの言語のコミュニケーションへのターニングポイントは、指差しとパントマイムだとする。このような動作や行為は他の霊長類はしないから、妥当な指摘である。指差しは、モノや事態のプロファイリングに近く、他者の注意をそこに導く（cf. 図（１）のＳからＯへの directing of attention）。またパントマイムは、真似る動物や人の特徴部分をプロファイリングし、その部分を身に纏うことだから、これも外置（displacement）のもつ「切り出し」の機能である。

　もっとも重要な点は、指差しやパントマイムの背後に認知的支えがなければコミュニケーションは成立しないということである。２人の女子学生が図書館に向かっていて、一方が自転車置き場を指差す。その指差しから「あなたが最近別れた元彼の自転車があるから、図書館に行くのはよしましょう」という意味が読み取れるが、指差しの動作だけではあまりにも無力で、これだけのことは伝わらない。恋愛についての文化的・社会的・心情的コンテクストを互いに知っているということは無論だが、なによりも最近自分が彼と別れたということを相手が知っていることを自分が知っていること（を

さらに相手が知っていること）が不可欠である。これが、mutually shared common conceptual ground（MSCCG）である。彼と別れたことを相手が知らないと思うなら、上の意味は読み取れないし、相手が知っていることを自分が知っていると相手が思わないなら、そもそも相手は指差しで上の意味を伝えようとしない。指差しで上記の意味が伝わるには、MSCCG が認知的インフラとして不可欠である。この概念基盤を共有していることの相互理解は、Dモードのメタ認知的側面で問題なく捉えることができる。

もう1つ、コミュニケーション成立のためのインフラとして、mutually assumed cooperative communicative motives（MACCM）がある。つまり、指差しで上のような意味が伝わるためには、互いに相手のためになるよう意図して伝達し合っているという相互理解が必要である。指差しから「図書館に行くのはよそう」という意味を汲み取るのは、相手が自分のためを思って伝達しているという理解がなければ、その読み取りはできない。これを利他主義（altruism）と言ってもよいが、これがヒトにのみ芽生えた要因を見つけるのは容易ではない。

とりあえず、ヒトのコミュニケーションの進化は、指差しとパントマイムに始まり、それらは、MSCCG と MACCM（利他性）という認知的支えの上で伝達手段として成立する、これが Tomasello（2008）の要点である。指差しは、ある部分に注意を向け前景化させるという点で、またパントマイムや（動物の）物まねは、対象からある側面を切り出してそれを身に纏うという点で、両者とも概念の「切り出し」と同じ認知操作を行っている。先に述べたように、DモードのDは Hocket（196）の挙げる言語特性（displacement）の頭文字であるが、その特性には、「メタ認知」や「切り出し」などの特性があり、「架空の事物の創造（切り出した概念の結合）」にも繋がる。これからすると、コミュニケーション進化の形態的側面（指差し、パントマイム）や相手の心を読むという認知的側面（MSCCG）にも一定の説明力をDモード認知は持つことになる。問題は、協力・協調性（MACCM）、利他性（altruism）の進化と外置の関係である。Dモード認知は、一体化していた対象や他者から離れて眺めることが基本だが、そうした他者に対してどうして

利を配慮するのだろうか。

6 　利他性・協力・協調性（altruism, MACCM）の進化と認知

　これには、トマセロ自身の観点よりも、Nowak（2012）の観点から始めるのがよい。Nowakは、いわゆる生存競争だけでなく、協力をも生物進化の立役者と見做す。例えば、細胞レヴェルでは、がんの発生を防ぐために細胞が自分の分裂を制限することで利他的であり、ハキリアリは文字通り協力して葉を巣に持ち帰る。雌ライオンは協力して自分たちの子を育て、ニホンザルは毛づくろいをし合うことで仲間内での評判を高め生き残りを図るという具合である。その点、ヒトの利他性は無限の拡がりがあり、自然界全般を思い遣るところがある。その進化の動因はNowak（2012）の言うところとは違って、「情けは他人のためならず」という程度の間接互恵性（indirect reciprocity）ではないように思われる。おそらく、他の生物が協力し協調するドメインが厳しく限定されているのに対して、ヒトの協力と協調は1つのドメインから出て（displacement）、いわば無限のドメインで機能するということだろう。つまりここでも、Dモード認知がいったん働くのである。利他性が無限の広がりを見せるにはいったんは距離をとるということが必要なのである。固定的な関係での利他性であったものが、その関係がいったん切れることによって、さまざまな関係にある他者への利他性へと変貌するということである。

　次のように言うこともできる。母と子のようないわば癒着的な関係の中で機能していた利他性が（cf. primary intersubjectivity, Traverthen 1979）、そのような癒着的な関係から離脱（displace）し、互いを他者として認めあう関係になっても、その当初の他利性が機能する、そういう状況からさらに、まったくの他者同士の間でも利他性が機能するようになる（cf. secondary intersubjectivity）というわけである。Iacoboni（2009: 155–6）によると、母子、あるいは父子の癒着的な関係でのインタラクションの長い期間の間に（during the months and years of such interactions）、ミラーニューロンが増強

し、自然な協働・協調関係が生まれる、とする。スーパー・ミラーニューロンによって自己意識が生まれ、自他の区別が生じた後でも (Iacoboni 2009: 201–3)、長いインタラクションで育まれた協働・強調関係（利他性）が機能するということである。密着・癒着からの解放が、他のさまざまな他者とのつながりを生むということであろう。

7　結び

　以上、多様な内容の、足早の議論ではあるが、外置（displacement）あるいは（IモードからD）モードへの認知的展開が、言語とコミュニケーションの進化に深く関与していることが示されたのではないかと思う。

　ズデンドルフ（T. Suddendorf）の近著『現実を生きるサル・空想を語るヒト』（邦訳 2015 年）は、類人猿からヒトの心へのギャップをまたぐ、2 つの根本的な能力をそれぞれ「入れ子構造を持つシナリオの構築能力」と「心を他者の心と結びつけたいという衝動」としているが、前者の再帰性に関わる能力は D モード認知にその基盤があり、後者は、癒着的な関係から D モード認知の主客分離の特性より生じる、自律した各々の個が、癒着時のつながりを求める衝動や利他心だと言える。ヒトの進化のカギは I モード認知の場からの離脱であり、癒着的な関係（すなわち主客未分、自他未分の認知）からの D モード認知の展開が、ヒトの進化、言語の進化のカギであろう。

参考文献

Boeckx, C. (2012) The emergence of language, from a biolinguistic point of view. In M. Tallerman and K.R. Gibson (eds.), *The Oxford Handbook of Language Evolution*. OUP. 492–501.

Bolinger, D. (1977) *Meaning and Form*. Longman.

Fitch, W.T. (2010) *The Evolution of Language*. Cambridge UP.

Gallagher, S. (2010) Phenomenology and non-reductionist cognitive science. In S. Gallagher and D. Schmicking (eds.), *Handbook of Phenomenology and Cognitive*

Science. Springer. 21–34.
Hauser, M. (2009) Origin of the mind. *Scientific American*, September 2009. 44–53.
Heine, B. and T. Kuteva. (2007) *The Genesis of Grammar*. OUP.
Hocket, C. (1960) Origin of speech. *Scientific American*, March 1960, 89–96.
Hrdy, S.B. (2009) *Mothers and Others*. Harvard UP.
Iacoboni, M. (2009) *Mirroring People: The Science of Empathy and How We Connect with Others*. Picador.
Langacker, R.W. (1985) Observations and speculations on subjectivity. In J. Haiman (ed.), *Iconicity in Syntax*, John Benjamins, 109–150.
Langacker, R.W. (1987/1991) *Foundations of Cognitive Grammar*, 2 vols. Stanford UP.
Langacker, R.W. (2002) Deixis and subjectivity. In F. Brisard (ed.), *Grounding: The Epistemic Footing of Deixis and Reference*. Mouton. 1–28.
Langacker, R.W. (2008) *Cognitive Grammar: A Basic Introduction*. OUP.
Matsumoto, Y. (1996) Subjective motion in English and Japanese verbs. *Cognitive Linguistics* 7. 183–226.
Nowak, A. M. (2012) Why we help. *Scientific American*, July 2012. 34–39.
Shapin, S. (2010) The Darwin show. *London Review of Books*, vol. 32 No.1 (7 January 2010), 2–9.
Soon, C.S, Brass M., Heintz, H.J., and J.D. Hayues. (2008) Unconscious determinants of free decisions in the human brain. *Nature Neuroscience* 11–5, 543–545.
Tomasello, M. (2008) *Origins of Human Communication*. MIT.
Traverthen, C. (1979) Communication and cooperation in early infancy: A description of primary intersubjectivity, In M. Bullowa (ed.), *Before Speech: The Beginning of Human Communication*. Cambridge UP. 99–136.
ズデンドルフ，トーマス（寺町朋子訳）(2015)『現実を生きるサル・空想を語るヒト』白陽社．(Suddendorf, Thomas. 2013. *The Gap: The Science of What Separates Us from Other Animals*. Basic Books.)
長谷部陽一郎 (2016)「言語における再帰と自他認識の構造―認知文法の観点から」中村芳久・上原聡（編）『ラネカーの（間）主観性とその展開』開拓社．369–304．
中村芳久 (2004)「第1章　主観性の言語学―主観性と文法構造・構文」中村芳久（編）『認知文法論Ⅱ』大修館書店．3–51．
中村芳久 (2006)「言語における主観性・客観性の認知メカニズム」月刊『言語』5月号，74–81．
中村芳久 (2009)「認知モードの射程」坪本篤郎・早瀬尚子・和田尚明（編）『「内」と「外」の言語学』開拓社．353–391．

中村芳久 (2016)「Langacker の視点構図と (間) 主観性」中村芳久・上原聡 (編)『ラネカーの (間) 主観性とその展開』開拓社. 1–51.

中村芳久 (2018)「認知から言語をとらえる―超入門・認知言語学」米倉綽・中村芳久 (編)『英語学が語るもの』くろしお出版. 221–248.

中村芳久 (近刊)『認知文法研究―主観性の言語学』くろしお出版.

第 4 章
語りと声
文学的観点から
郡伸哉

1　視点と声

　本章は、「語り」と「視点」の問題を、言語学的観点も念頭におきながら文学的に考察することを課題とする。その際、「視点」の問題を「声」の問題へと引き寄せて考えてみたい。

　物語研究においては、ジュネットが、語りにおける「視点」という言葉の曖昧性を指摘し、「焦点化」という用語を提唱して以来、「誰が見ているか」（焦点化）と「誰が話しているか」との区別がしばしば問題にされる。ジュネット (1985: 217–221) の枠組みでは、前者は「叙法」の問題であり、後者は「声」[1] の問題である。その後、多くの研究者が、「視点」（焦点化）と「声」の区別を物語研究の基本事項とみなしている。一方、これから問題にする「声」は、ある意味で「視点」よりも大きな役割を担うものである。

　リクールは『時間と物語 II』(1988) の第 3 章で、視点と声をめぐるジュネットやウスペンスキーなどの議論を検討したあと、視点と声は「密接に連繋していて、両者は区別しがたくなっている」と書いている。そして問題にできる違いとして、視点が「どこから人は語るのか」に答えるものなら、声は「誰がここで語っているのか」に答えるものだと述べている (1988: 165)。「見る／話す」の対比ではなく、「どこから／誰が」の対比であることに注目したい。リクールはこれを「制作 (composition)／読者とのコミュニケーション」の対比として位置づけるが、われわれにとって重要なのは、ここで「声」が「誰」すなわち主体を指示するものとして扱われ、読者には

たらきかけるものと捉えられていることである。そしてつぎの指摘にも注目したい。「声の概念は、まさにその重要な時間的含意のゆえに、とりわけ貴重である」(1988: 163、傍点は引用元)。物語を時間経験の観点から追究するリクールにとって、「声」は固有の時間をもった主体を指示するものなのである。

リクールは、「声」の概念の重要性を示す議論の1つとして、バフチンの「ポリフォニー小説」という概念をとりあげているが、その構成要素である「声」にも、基本的に同じことが認められる。バフチン(1995)のおもな主張の1つは、言語は「対話的関係」から捉えなければならないというものである。そしてそれは、「論理的関係や対象指示的な意味関係」には還元されない。後者が「対話的関係」になるには、「異なった存在圏」に入って「言葉」に「受肉」し、「言表」となり、「自らの立場を表現するようなその言表の創造主」を獲得しなければならない(1995: 172)。バフチンにおいては、そうした受肉し、創造主をもった言葉が「声」とも呼ばれ、その「声」たちが、現実世界においても小説においても、相互に対話的関係をもつのである(ポリフォニー小説であれば、登場人物どうしでも、登場人物と語り手のあいだでも)。リクールの指摘とつきあわせるなら、こうした受肉し、創造主をもった「声」、したがって固有の時間をもった「声」を聴くことをとおして、人は虚構の時間(テクスト世界)のなかに入りこむことができるのである。

他方、物語研究に認知科学をとりいれる Palmer (2004) は、「見る」と「話す」は分離しきれず、この区分けによって覆い隠されるものが多いと主張する。そして、「視点」や「焦点化」にかえて、(言語学用語とは異なる意味での)「アスペクチュアリティ」(aspectuality)という概念を提唱する(2004: 48–52)。その要点は、心はすべて特定のアスペクト(面、相)から捉えられ、出来事はすべて特定のアスペクトから体験されるということである(2004: 194)。これは用語の代案ではなく、物語に対するアプローチの見直しの提案といえる。この概念を支えるのは、物語とは知覚・思考・感情・行動を含めた心(mind)のはたらきの総体を示すものだという認識であり、それにみ

あった物語へのアプローチが必要だという考えである。

そして Palmer もまた、自らの理論の支えの1つをバフチンの「声」の概念にみいだす。バフチン（1995）によれば、「言葉」、「声」は、おのれの「視野」をもつ。つまり限定された立ち位置から世界に向きあう。世界は、個々の個人的志向・社会的立場・世界観を体現する「声」たちが、それぞれの「視野」から「対話的」に関わりあう場となる。物語の世界を「アスペクチュアリティ」から捉えようという考えは、語りを知覚の視点や言語表現だけからみるのではなく、それぞれの立場から価値を志向し、かつ社会的であるような心のはたらきの総体としてみようという姿勢である。

本章がめざすのは、こうした固有の時間をもつ声たち、あるいはアスペクト的な（それぞれの固有の位置から世界と関わる）声たち——それらのありようと、それら相互の関わりようから語りにせまる足場を探ることである。それは文学の読解の立場からのアプローチではあるが、言語学的アプローチとも深く関わる部分があると考える。

本章の構成を示しておくと、まず西洋文学の語りを意識しながら緻密な語りを作りあげている日本の小説、遠藤周作の『沈黙』を例に、思考描写の工夫を観察し（第2節）、つぎに語りの主体と対象の関係をめぐる理論的・歴史的考察に目をむけ（第3節）、虚構世界の独自のありかたをめぐる議論の一部を概観し（第4節）、語りの諸相を「媒介」という観点から一瞥し（第5節）、最後に虚構の「心」と「声」の問題を考察したうえで（第6節）、『沈黙』における「声」の表れ方をみる（第7節）。以上をとおして、人間の「心」が、「語り」によってどう媒介され、どんな「声」として響いてくるのかを、「内の視点と外の視点」ということを念頭におきながら考えたい。

2　『沈黙』の思考描写

2.1　思考の描写法

遠藤周作『沈黙』（1966年刊行）の「まえがき」は、「ローマ教会に一つの報告がもたらされた」という文で始まり、小説の出来事の前史が3人称で

客観的に叙述される。第Ⅰ章から第Ⅳ章までは、主人公の手紙が掲げられる。そこでは、日本に潜入して布教を企てるポルトガル人宣教師セバスチャン・ロドリゴの身におこる出来事と彼の考えや感情が１人称で語られる。第Ⅴ章以降は一転して３人称で語られる。そこは日本の当局に主人公が捕らえられ、棄教をせまられ、ついに踏み絵を踏むにいたる、小説の山となる部分であるが、終始、主人公によりそった３人称の語りで伝えられる。主人公が踏み絵を踏んだあとのなりゆきを語る第Ⅸ章には、主人公の行動を伝えるオランダ商館員の日記も挟みこまれている。第Ⅸ章のあとには、さらにその後の消息を伝える切支丹屋敷役人の日記が掲げられて小説は終わる。

このように、この小説には、主人公が布教に来た日本で踏み絵を踏むにいたる経緯をめぐって、さまざまな視点から情報が示される。語りの人称についていえば、手紙の部分では主人公の考えや感情が１人称で詳細に語られるが、小説の中心部分では、主人公の行動や周囲の状況を報告する３人称の語りのなかに１人称的な心内発話ないし心内思考を自由に織りこむことで、主人公の内面にいっそう深く入りこんでいく。こうした３人称を基調とする語りのなかには、日本語の独自の現象としてよりも、むしろ西洋語の文体を意識したものとして理解できるものが観察されるように思われる。

たとえば西洋文学では、３人称による登場人物の思考の報告（語り手の視点からの提示）が、同じく３人称による自由間接話法（登場人物の視点からの提示）へと自然に移っては戻るし、モダニズム以降の西洋文学であれば、同じ登場人物の視点からの報告が、３人称の自由間接話法から１人称による内的独白（自由直接話法）へと移行していくこともしばしばある。

話法に関しては、当面の考察に必要なことだけ述べておく。発話の伝え方について、英語など西洋諸語では、直接話法と間接話法が基本的なものとしてあり、さらに自由間接話法、自由直接話法が存在し、さらには語り手が発話行為を報告する方法がある。発話ではなく、思考の描写についても同様の方法が存在する。ここでは思考描写の例をリーチ／ショート（2003: 235–272）から挙げておく（同書では「話法」と「思考」を区別しているが、ここでは両者をまとめて「話法」とし、「思考」をカッコにいれて付しておく）。

直接話法（思考）	He wondered, 'Does she still love me?'
間接話法（思考）	He wondered if she still loved him.
自由間接話法（思考）	Did she still love him?
自由直接話法（思考）	Does she still love me?
思考行為の語り手による伝達	He wondered about her love for him.

　このうち自由間接話法は、人物の内面を描写するための方法として19世紀以降の西洋文学でよく用いられるものである。これについては、物語研究においても言語学においても、多くの議論がなされてきた。その概要については、リーチ／ショート、その他の適切な書物に譲りたい[2]。

　つぎに「思考行為の語り手による伝達」（思考の報告）についていうと、他の描写法（話法）にくらべて直接性の印象はないが、内面を伝える手段として昔から用いられてきた重要な方法である。Palmer (2004: 57) の言を借りれば、自由間接話法や内的独白に関しては多くの考察がなされているが、思考の報告はわずかしか考察されていない。しかし思考の報告は、「その使用量からいって、もっとも重要な叙法」なのである。さらにPalmerの指摘をつけ加えると、外面、つまり行動の報告もそれに劣らず重要である。行動の描写は筋の展開を示すだけではなく、人物の内面を伝えるはたらきもするからである。

　つぎに自由直接話法だが、これも20世紀以降の文学では重要である。リーチ／ショート 2003: 267）が挙げるヘミングウェイの例をみてみよう。

　　'I'll kill him though,' he said. 'In all his greatness and his glory.'
　　Although it is unjust, he thought. But I will show him what a man can do and what a man endures.　　　　　（Hemingway. *The Old Man and the Sea.*）

1行目は直接話法である。2行目の最初の文は、時制は現在なので、自由直接話法といえるが、1人称代名詞はでてこず、最後に he thought という伝達節がつけられている。最後の文になると1人称もでてきて　伝達節も存在

しない、より明確な自由直接話法である。このように、話法の工夫によって、段階的に内省的な思考の直接的描写へと移っていく。

　自由直接話法の文は、直接話法から引用符を外すか、伝達節をなくすか、またはその両方を行うことで得られる。最後のケース（例文：Does she still love me?）は、思考をもっとも生の形で提示することになる。周辺のテクストがないとわかりにくいが、このような1人称を含む現在時制の文が、3人称過去時制の語りのなかにいきなり現れればインパクトは強い。

　自由直接話法を長くつづけると「内的独白」と呼ばれるものとなる。ただしジュネット（1985: 202）の説明を借りれば、内的独白とは、「その独白が内的であるということではなくて、それが一挙に（「冒頭の何行かを読めばただちに」）語りによる一切の後見から解放され、最初から「舞台(情景)」の前面を占めているということ」である。いいかえれば、内的独白は、思考・体験・記憶想起の同時的な言語化であって、回顧的な性格をもつ1人称の語りとは区別される（Cohn 1978, Tumanov 1997 ほか）[3]。

　Sotirova（2013: 9–48）によれば、小説の歴史的発展のなかでみると、内的独白は、独白形式での思考の引用や、独り言を示す形式のものから発展したと考えるよりも、自由間接話法から発展したものと考える方が妥当だという。すなわち近代以降の小説には、登場人物の内面を描きだそうとする方向性が存在し、それが自由間接話法の発展を促した。そうした内面への接近をさらに進めるなかで、思考の無秩序で組織されない本質を表すために（裏返せば、制御する語り手の声を聞こえなくするために）、自由間接話法が崩壊して内的独白という形が生まれたのだという。

　実際、自由間接話法と内的独白はしばしば共起する。そうしたテクストでは、3人称過去時制による自由間接話法の文からしばしば主語が省かれ、動詞も省かれる。それによって思考の非組織性・カオス性が伝えられる。そうすると人称と時制が失われ、内的独白——それは1人称現在であるが、人称・時制の標識がないことが多く、やはり思考の非組織性・カオス性を反映する——へと自然に移行していくというわけである。こうした共起ないし移行の例は、マンスフィールド、ジョイス、ウルフなど、モダニズム文学に観

察され、さらにそこでは、複数の登場人物のあいだの視点の移行が、短い間隔で（1文のなかでも）行われることもあるという。

2.2　複眼的な思考描写

　日本語では、人称や時制という文法カテゴリーが明確でなく、登場人物の内面の1人称の描写を3人称の語りのなかにそのまま織りこむような心内表現がしばしばなされるが、『沈黙』の場合、その伝統とは別に、西洋語の手法を意識した文体的工夫と思われるものがいたるところに観察される。たとえば、囚われの身となった主人公が、不快ないびきと思って聞いていた音が、拷問で苦しむ信徒たちの呻き声だと知ったときの描写をみてみよう。

> 　だが自分よりももっとあの人のために苦痛を受けている者がすぐそばにいたのである。（どうしてこんな馬鹿なことが）頭のなかで、自分のではない別の声が呟きつづけている。（それでもお前は司祭か。他人の苦しみを引きうける司祭か）主よ、なぜ、この瞬間まであなたは私をからかわれるのですかと彼は叫びたかった。　（遠藤周作『沈黙』1999: 309）

　この小説には、「司祭」や「彼」を主語とする文が多くでてくる（通常の3人称の語り）。また「私」を主語とする文が、引用符などで周囲と区別されずにでてくることもある（西洋語式にいうなら自由直接話法）。しかし上の引用では、主体をさす言葉として「自分」が使われている。もし「自分は…だと司祭は思った」と、「司祭」を主語とする文のなかに「自分は」があれば3人称文となる（間接話法）。しかし上の引用では、伝達節なしに「自分」を主語にした文を使っている。このように「私」と区別した「自分」の直接的な使用は、（自由）直接話法でも間接話法でもない自由間接話法的な感覚をだすための1つの方法として意識的に用いられていると推測される。

　3人称の自由間接話法で書かれた欧文を日本語に訳すとき、人称詞を用いるかどうかは別として、1人称文と理解されるような表現を用いることで、内面から発せられる感覚をだすことが多い。これは日本語の心内文に対応す

るが、欧文との対比でみると、それは自由直接話法（拡大すると内的独白）を和訳したものと同じとなり、欧文の自由間接話法（人称と時制によって語りの地の文と連続する）と自由直接話法（人称と時制によって語りの地の文との断絶がある）の差は和訳のなかではでてこない。この差をいくらかでもだすには、直接話法および自由直接話法に対しては１人称（「私」など）を用いる一方、自由間接話法には、１人称にも３人称にも使える「自分」を（可能な限りで）用いるというのは１つの選択である。和文の語りのなかで、欧文の自由間接話法が担う感覚、つまり内面の直接性の感覚をだしながらも、それを語りの回路に収めるような目的に、「自分」はある程度まで使えるということである。実際、遠藤はモーリヤックの『テレーズ・デスケルー』を翻訳している（モーリヤック 1983）が、そこには、いま述べたような区別がかなり明瞭に観察される[4]。

　『沈黙』において、そうやって伝えられる主人公の内面では、しかし、異なる２つの声が響いている。そしてそれぞれの声を示すために、カッコにくくられた直接話法的な文が突然入りこんでくる。さらに、それが心内の２つの声だと主人公が認識することを伝える文も挿入されている。そして最後の文はというと、カッコを外した１人称の文として始まるとみえながら、末尾で「彼は」を用いた３人称文で終わっている。これは欧文式にみるなら、直接話法から引用符をはずしたもの（自由直接話法の一形態）とも説明できるが、読み手の感覚としては、主人公の独白のように始まりながら、途中で急転換して語り手の声でしめくくられるといった方がよいだろう。

　結局、上の５行の引用のなかでは、（１）自由間接話法的に伝えられる「自分」の声、（２）直接話法的に伝えられる内面の２つの声、（３）「私」の生の声、（４）そこに途中で入りこんでしめくくる語り手の声、というぐあいに、１つの内面から発せられる声が、いくつかの通路をへて伝えられ、最後には外側からの３人称の語りでまとめられる。複雑な心中を複眼的・重層的に伝えるこうした語りは、自然に流れでる心内表現とは違って、語彙、構文、表記の工夫をとおしてなされたものである。

　こうした語りのありかたは、小説では３人称の語りである第Ⅴ章から第

IX章にかけて頻繁にみられる。それらにおいても、主人公の内面の表出は、最後には3人称の地の文へ収められていく。ただし第IX章の最後では、主体を示す言葉が「司祭」から「自分」へと移行し、そのあと「私」による文が数行続いて終わる。つまり、最後に掲げられた役人の日記を除けば、主人公の内面を伝えるテクストは、1人称による直接的な思考表出で終わるのである。

> 自分は不遜にも今、聖職者しか与えることのできぬ秘蹟をあの男に与えた。聖職者たちはこの冒瀆の行為を烈しく責めるだろうが、自分は彼等を裏切ってもあの人を決して裏切ってはいない。今までとはもっと違った形であの人を愛している。私がその愛を知るためには、今日までのすべてが必要だったのだ。私はこの国で今でも最後の切支丹司祭なのだ。そしてあの人は沈黙していたのではなかった。たとえあの人は沈黙していたとしても、私の今日までの人生があの人について語っていた。
>
> （遠藤周作『沈黙』1999: 325）

　これは、自由間接話法的な「自分」が自由直接話法（内的独白）的な「私」へと移行する過程とみることができるだろう [5]。このように、小説のしめくくり（日記資料を除いた最後）が、明確に「私」を用いた文を重ねる形で終わっていることは、読者に強いインパクトをあたえる。しかも、「私の今日までの人生が」と、冷静に自己の人生を総括して終わるところは、語りのしめくくりの効果をだしている。とはいえ、それまで通路と程度を変えながら響かせてきた主人公の声の提示法の1つであることもたしかで、第V章以下の語りの姿勢を根本的に変えるものではない。

　以上のように、この小説は、局外の視点からの語りで始まり、やがて主人公の1人称の語りに移り、さらに主人公に焦点をあてた3人称の語りによって、より内面に入りこみ、（日記資料を除いた）最後においては、自由間接話法から内的独白へと、いっそう内面に踏みこんだ形式に移行して終わる。このように『沈黙』の後半の語りの特徴は、語り手が登場人物を作品世界の

外の視点から描きだす語りとは違い、また登場人物の一人が主人公について報告する語りとも違い、世界を知覚し反応する登場人物の内面がじかに描きだされるような効果を狙った語りである。こうした語りで描きだされる人物を「映し手」(reflector: ヘンリー・ジェームズが使って広まった用語)と呼ぶことがあるが、『沈黙』の主人公は、まさにこうした映し手である。

しかしこの小説は、主人公の内面を彼の立場に沿って伝えることに終始しているわけではない。それを相対化する外の視線が示されていることも重要である。いまみたなかにも、主人公の内部に聞こえる2つの声の描写があったが、主人公の内部および外部のさまざまな声の存在は、主人公の心の理解にとって不可欠である。「声」の問題についてはあとで改めて考えたい。

3 語りの主体と対象

3.1 境界の消滅

シュタンツェルは『物語の構造』(1989)のなかで、「構想的モノローグ」という概念を提示している。すなわち、ジョイスの『ユリシーズ』の語りのありかたを、「語り手の作中人物化」と捉えたうえで、この作品は「1904年6月16日のダブリンという観念複合体に携わりつつ、作者もしくは語り手的媒体が紡ぎ出した一種の構想的モノローグ Konzeptionsmonolog として解釈されうる」(1989: 178)という考えを述べている。

他方でシュタンツェルは、トーマス・マン『魔の山』に関してブルホーフという研究者が用いた「人格転移現象」(Transpersonalismus)という概念にも触れている。それは「諸々の意見とか動機、特徴的な表現、あるいは紋切り型の会話の言い回しなどが、ある人物から別の人物へ、ないしは語り手から作中人物へと（その逆も含め）飛び火する現象」(1989: 178)である。

シュタンツェルによれば、前者では語り手が姿を隠し、後者には語り手が現れているという違いがあるが、両者には共通点がある。すなわちこれらの現象は、「個々の作中人物間の意識の境界が消滅すること、あるいは個々の人物が一個の人格転移的・超個人的・集合意識の中へ潜入することの表れ」

であり、他方でそれは、「執筆過程における作中人物の不完全な個別化の結果もしくは痕跡」(1989: 179) と解することもできる[6]。そして「遠近法主義と非遠近法主義とを同等の様式として区別する考え方は、今日ではわれわれに、作中人物のそのような不完全な客観化を芸術的な欠陥と呼ぶことをためらわせる」(1989: 179) と述べている。

これをいいかえるなら、小説世界の登場人物どうしが、たがいの姿を分有しあっているということであり、それはつまるところ、彼らと語り手がたがいの姿を分有しあっていること(語り手が「作中人物化」している場合は、そのときどきで同化していること)、語る主体にとって、語る対象が他者でありながら自己の一部をなすということである。こうした「非遠近法主義」の現象は、20世紀の欧米文学から範囲をひろげて探ってみることができるのではないか。以下、この観点からすこし考えてみたい。

3.2 語りとペルソナ

ラテン語の persona(ペルソナ)は、仮面、登場人物、人物、人格、地位、個性、そして文法用語の人称などの意味をもつ。それは、同様の意味をもつ英語 person、フランス語 personne やドイツ語 Person などの語源でもある。この「ペルソナ」の多義性をもとに、人格、仮面、そして語りをめぐる独自の哲学的考察を行ったのが坂部恵である。坂部は『ペルソナの詩学』(1989: 27) でこう書く。「〈人格〉は、その〈よそおい〉と〈ふるまい〉において、まさに、他者との距離・分裂をみずからのうちにとりこみつつみずからを一個の〈ひと〉として統合することによって〈仮面〉と基本的な構造を分ちもつ。ちょうどそれとおなじように、〈かたり〉についていえば、〈かたり〉は、まさに〈かたり〉の行為のなかにはらまれた他者との距離・分裂をみずからのうちに統合する内的緊張(intension)のなかで、かたりまたかたられる主体を一個の〈心むき〉ないし〈志向性〉(intention, intentionality)として構成するのである。」このなかの、「他者との距離・分裂をみずからのうちにとりこみつつみずからを一個の〈ひと〉として統合する」という表現は、さきほど触れた、語り手と登場人物がたがいの姿を分有する現象に対しても、

それが生じる根拠を説明するものとなっているように思われる。

また坂部によれば、平家物語やホメロスの叙事詩など、語り伝えられてきたものが語られるときには、「〈かたり〉本来の主体は〈かたり〉そのものにほかならぬという事態」があり、「集合的ないし個人的主体の心向きないし志向性 (intention, intentionality) をくりかえし（再-）構成し、養うという事態」(1989: 29) があるという。ここにみられる「〈かたり〉の本来の主体は〈かたり〉そのもの」という表現は、あとでみるバンヴェニストの言説を想起させるが、内容は異なる。しばらくあとに坂部はこう書く。「右に見たような、かたり手なき非人称の〈かたり〉、あるいはより適切には、むしろそこからさまざまな人称、人格を出現せしめる原-人称の〈かたり〉として、一つの集団の文化のかたどりを深層において素描しあるいは図式化する〈ミュートス〉こそ、古来、われわれが〈ものがたり〉と呼びならわしてきたもののもとの姿ではなかったか。〈ものがたり〉の〈もの〉は、元来、土地の精霊、もののけ、などに通う意味をもつこと、また〈むかし〉をかたることにまつわるさまざまなタブーが今日なお日本列島の各地に残存していることをここで想起してみるのも無駄ではないだろう」(1989: 30)。

共同体のなかでくり返されるような「かたり」は、たしかに「非人称」的といえそうだが、そうした「かたり」の主体は、特定の人格となる以前のもの、そこから「さまざまな人称、人格を出現せしめる」ものだから、「非人称」というより、「原-人称」と呼ぶのがふさわしいというわけである。坂部は『仮面の解釈学』(1976: 82) でこう書いている。「仮面としてのペルソナは、いってみれば、一人称、二人称、三人称などと、特定の位格や人称 (personne!) としての限定を受ける前の、またそれらをはじめて可能ならしめるものとしての、いわば原-人称 (archi-personne) として、それ自体その社会の人間の生存の場の分節の体系、いいかえれば〈関係の束〉や〈柄の束〉の構成のかたどりを、いわば人称や数の限定を受けぬ動詞の不定法のごとくに示すものにほかならない、ということができるかもしれない。」

ここで動詞の不定法との比較がなされているが、動詞に人称や時制の限定を受けない形態は考えられるし、実際に存在する。それに対して、人称自体

に未限定な形態が考えられるだろうか。「原 - 人称」は、バンヴェニストの「非 - 人称」(non-personne)をモデルに発想した言葉であろう[7]。「非 - 人称」とは、通常 3 人称とされるものが厳密な意味での人称ではないこと(厳密な意味での人称は、談話の参与者を指示する 1、2 人称のみであること)を示すために、人称ならざるものという意味で用いられた言葉である(「非人称文」というときの impersonal とは別である)。それに対して坂部の「原 - 人称」は、言語学的な人称概念に沿うかのように説明されながら、「人称」という関係概念から談話の場という前提を抜きとり、ひろく人と人、人と世界の関係一般という場に移しかえ、「原」をつけることで、そうした関係の中で個別化される以前の人のありかたといった意味をこめたものと理解される[8]。

　坂部の「かたり」の議論は、その原理的・原初的な側面を解明するものであって、現実の語りの諸相を説明するものではない。現実の語りにおいて、語る主体は、語られる対象に感情移入もすれば、つき放しもする。対象の動きをなぞりながら、対象を分析し、評価もする。近代以降の文学の語りはまさにそのようなものである。われわれとしては、坂部のいうような語りの根源的なありかたを念頭におきながら、語りの現実態をみていくことになる。

3.3　浄瑠璃の場合

　それに先立って、原初的な語りの性格を残したような語りについてすこしみておきたい。野口武彦『三人称の発見まで』(1994)が述べる浄瑠璃の語りの構造からみよう。浄瑠璃の語りは、実際に声にだして語る義太夫が一人ですべて受けもつ。そして義太夫の語りの声は人格的なものではなく、「天来の、他域からの、異界からの「声」であった」(1994: 48)。そして近松門左衛門は『曽根崎心中』において、「市井の痴情事件を劇化するために観音信仰の枠組みを導入し」、それによって「過去と現在との区別など根本的に意に介さない視座、無差別平等に見渡す位置」(1994: 59)が確保されていたという。

　たとえば『曽根崎心中』の最後の場面では、男女の心中の断末魔の苦しみ

が淡々と語られたうえで、「未来成仏疑いなき。恋の手本となりにけり」としめくくられる。他方、作品の冒頭には観音めぐりの場面があり、そこで観音を拝むのは、心中を遂げるヒロインお初である。そこからお初は、観音の化身として「衆生救済のための菩薩遊行」をしていたと理解される。とすれば、そうした語りを行う語り手は、「未来」と「娑婆」という時空の異なる場所、つまり「いくつもの島宇宙を見渡せる次元に属していた」ことになる。こうした語りのありかたを野口は、「超越的一人称」と呼ぶ（1994: 60-61）。

野口の著書全体の中心命題は、日本語においては、明治時代の言文一致運動のなかで、文末詞「た」とともに「三人称が発見された」というものである。しかし、そこでいう「三人称」とは、本来の意味の「人称」ではなく、（3人称叙述をモデルとすることはできるが）叙述の人称にかかわらず、体験を外の視点から客観的に伝えるスタイルと考えた方がよい。したがって「た」を「人称詞」と称するのも誤解を招く。著書自身、最後の方で、「人称性が問題なのではなく、人称操作者（作者）の作中人物に対するスタンスが問題なのである」（1994: 265）と、事の本質を書いている。

それはともかく、ここにはわれわれにとって有益な観点が示されている。すなわち、説教節や浄瑠璃といった、日本の語り物文芸は、「聖句あるいは呪句を語って聞かせるものだという形質遺伝的な記憶」（1994: 37）を受けついでおり、その語りは、時空を自在に横断しながら、それを超えた地点から語っていること、そして近松の浄瑠璃にいたって、聖なる世界を中心におく語りから離れ、「摂理的大宇宙と人間界という島宇宙の間に新しい世界像関係ができあがろうとしていた」（1994: 54）というのである。

野口の捉える全体的流れは、聖なるものが中心を占める古い語りから、聖なるものの光のもとに俗なるものを描きだす語りへ、さらにそのあとには、散文による俗なるものの語り——これを野口は「世俗的一人称」と名づけて井原西鶴を分析する——をへて、西洋の影響のもとに客観性の印象をうちだす「一種仮有の時空点から発話する」（1994: 234）語り——これが野口のいう「三人称」である——が成立するというものである。語り一般を考える際

に、こうした大きな流れを念頭におくことは有益だと思われる。その際、様式の変遷には積み上げの側面があることを考えるならば、基層の語りが保ちつづけているかもしれない力を視野にいれることができる。

　そしてそれは日本だけでのことはないだろう。時空超越的な語りといえば、神の世界と人間の世界をともに対象とする古代の叙事詩（それらは元来、口承のものだった）などもそうであるが、近代以降の文学もそうした語りに無縁だとはいえないだろう。近代以降の西洋文学といえば、現実的時空を描くリアリズムが主流にみえるが、異界的なものが出現したり、異次元空間へ往復したりする幻想文学も多数存在する。マジックリアリズムなら異なる次元の時空自体が交差する。第2部でみるブルガーコフ『巨匠とマルガリータ』でも、20世紀のモスクワと2000年前のエルサレムがそれぞれに語られると同時に、両世界を自在に行き来する存在もいて、最後には、両世界の住人が地球外らしきところで出会い、主人公たちは「永遠の棲み処」にむかう[9]。

　こうした通常の時空観念を意識的に破壊する物語の語り手が、野口のいう「超越的一人称」、すなわち「天来の、他域からの、異界からの「声」」の媒体であるとまではいえないだろう。しかし近現代の文学が、現実世界と並行して異世界・夢・幻想といったものを語りの対象にするとき、日常的なものをとおして超越的なものに触れる体験が得られることもある。第2部で検討する夏目漱石『夢十夜』などもそうした例の1つであろう。

3.4　能の場合

　つぎに能の語りをみてみよう。木下順二（2004）は「複式夢幻能をめぐって」と題する文でこう書いている。すなわち木下が、自己の劇作品『子午線の祀り』のなかで平知盛という人物の台詞を書いたとき、知盛が最初は自分のことを「新中納言知盛の卿は」と客観的にいうが、いつのまにか、彼自身の発する言葉にかわっていくような構造を考えたという。その際、複式夢幻能の構造を参考にしたという。複式夢幻能は世阿弥が完成させたスタイルで、歴史的出来事や伝説にまつわる土地を訪れた旅の僧（ワキ）が、ある人

物（シテ）に出会い、その人物がやがて、その歴史上・伝説上の人物が自分であることを明かす（前場）。その後、シテがその人物の姿となって再登場し、出来事の一部始終を語って舞い、姿を消していく（後場）といった筋をもつ。

さて、木下が問題にする構造とは、能楽師が「舞台上の何者かから何者かへ常に移り変わりながら、しかもそのどの一つにも没入してしまうことがなく」、「一人の主人公の心理や性格を超えて世界全体を同時に描く、自在に描くということが可能な存在」(2004: 65)となるような構造である。そして木下は、謡曲『実盛』を例に、その構造を可能する1つの要因が、戯曲のなかで主語が捨象されていることにあると説明する。そこでシテが演ずる実盛の霊は、前場では「われ実盛が幽霊なり」というものの、後場では主語をまったく用いない。後場で実盛の役をするシテは、自分が200年前に死んだときのありさまをこう語りだす。すなわち、光盛という人物が実盛の首をとり、その報告を受けた木曽義仲が、実盛は老人なのに髪が黒いことを不審に思って、実盛を知る樋口の二郎という男を呼ぶ。樋口の二郎は、その首に実盛の顔を認めて涙をこぼし、これは若作りをして髪を染めているのだといって首を洗う。すると染めていた墨が流れてもとの白髪となる。

木下はこの場面で、実盛の首をもっているのは、話の筋からすれば樋口の二郎だが、それを演じているのは、そもそもこの話を語る実盛の役をしている人物であることから、ここには、あたかも実盛自身が自分の首をもっているかのような不思議な光景が現出しているという。そして実盛の語りのなかで主語が一切消されていること、おそらくは作者の世阿弥によって巧みに消されていることが、この不思議な光景を生むに役立っていると考える。

もちろん、これは演劇で、生身の肉体が語りつつ演じているから生じることである。しかしこれは、書かれた言葉のみを媒体とする文学においても、語り手が登場人物の内面に限りなく近づこうとする志向の行きつく1つの地点を示唆しているように思われる。それは、語る主体と客体を隔てる壁が廃された印象、語る主体の遍在性の印象である。そして、こうした日本の古典演劇の手法を、現代演劇に生かす試みがなされていることは興味深い[10]。

つけ加えるならば、木下は、「地謡がいつのまにかシテのことをことばを補って謡う」ことや、「シテが自分自身のことばを語る如くにしていつのまにかワキのことばを補っているという不思議な関係」も、上述の不思議な効果を生みだすことに関わっていると指摘している (2004: 69)。シテの言葉だけでなく、謡曲の言葉全体が、人物たちのあいだの境界を薄め、語る主体が溶解し拡散したかのような印象を創りだすことに奉仕していることになる。
　しかし以上の指摘は、木下の考察のまだ半分である。木下はつづけて複式夢幻能の「リアリティ」について語る。主体が消去され、自分の首を自分でみるかのような効果は、自己の客体視をひきだし、そこに写実主義とは異なるリアリティが生まれる。そしてこれをヨーロッパの演劇と対比すると、そこにも、能とは質が異なるものの、ある種の合理性を超えて現れるリアリティが認められるという。すなわち、『オイディプース』の悲劇は、「理も非もなく彼に劫罰を与えた神の視点」(2004: 81) があってこそなりたつし、『マクベス』ならば、主人公が転落していくとき、「その転落していく自分が見える」、「あるいはその自分を両側の並木が自分の目になって見ているような、そういう感覚を非常に的確に描いている」(2004: 85)。ようするに、「ドラマというのは人間と人間を超える力とが対峙しているところに漲る緊張感、それが基本」(2004: 82) なのである。
　以上の木下の考えを整理するなら、能であれ、ギリシア演劇であれ、シェークスピアであれ、演劇では、人間を描きだすだけに終わらず、それを相対化する視点を示すことが重要だということである。近松浄瑠璃ならば、「摂理的大宇宙」が語りの対象ないし前提となることで、その光のもとに人間世界が捉えられたわけだが、そうした超越的なものが語りの対象に直接上ってこなくとも、人間の生を超越する視点をあたえるしくみが物語にそなわっていること、それが木下のいう「リアリティ」の源泉だといえるだろう。
　以上のことは、さきにみた坂部の「原 - 人称」論と交わりながらも、また違った視角をあたえてくれる。すなわち、演じる者と観る者が、対象を自らのうちに統合しながら、同時にそれを相対化する視線を明確にもつこと──そのような「内と外」の視線を同時的に生みだすしくみを備えていること、

それが「リアリティ」の要件だということである[11]。

4 物語世界

4.1 疑似引用的な言説

つぎに語りを言語コミュニケーションの観点から考えてみよう。ヤコブソン (2015) は、言語コミュニケーション行為の構成要因として、発信者、受信者、接触、メッセージ、コンテクスト、コードを挙げたうえで、言語コミュニケーションの基本的機能として、主情的、動能的、指示的、詩的、交話的、メタ言語的機能を挙げる。文学の語りの機能は、このうちの詩的機能である。そして詩的コミュニケーションに付随する重要な特性が「曖昧」である。

> 曖昧〔ambiguity〕は、それ自身に焦点をあてた任意のメッセージの内在的で不可譲な特性であり、手短に言えば、詩に当然付随する特性にほかならない。エンプソンとともに、「詩の源泉には曖昧という仕掛けがはたらいているのである」と繰り返したい。メッセージそれ自体だけでなく、その送り手も受け手も、曖昧になる。作者と読者のほかにも、詩には抒情的主人公や架空の語り手の「私」、劇的独白や懇願、書簡などの受け手の「あなた」や「なんじ」も存在する。たとえば『Wrestling Jacob〔格闘するヤコブ〕』という詩は、題名となっている主人公から救世主に呼びかけられており、同時に、この叙事詩は詩人チャールズ・ウェスレー (1707–88) が読者に宛てた主観的メッセージの機能も果している。事実上、どの詩的メッセージも疑似引用的な言説〔quasi-quoted discourse〕であり、「発話〔speech〕のなかの発話」が言語学者に差し出している特殊で複雑な問題のすべてを伴っているのである。
>
> （ヤコブソン 2015: 219–220）

ここで「曖昧」と「疑似引用的な言説」という言葉に注目したい。通常の

引用は、現実世界の具体的な事象を提示するが、「疑似引用的な言説」は、想像上の世界（語られる世界、詩的世界、作品世界）を提示する。それはコミュニケーションの一種であるが、作者から読者へというレベルと、想像世界内の話し手から聞き手へのレベルという2つのレベルのコミュニケーションが重なっている（「発話のなかの発話」である）ために、メッセージが二重化される。そしてこの二重化のなかで、両レベルの送り手の区別も、受け手どうしの区別も曖昧になる。それはレベル間の境界が不明になること、あるいはレベル間の越境が行われるということである。語りに即していえば、「曖昧」とは、語りが、そして語りの送り手と受け手が、ともに二重化（場合によっては多重化）し、二重化したレベルのあいだの境界が曖昧になるということである。曖昧化の実際はあとでみるとして、ヤコブソンのこの一節には、物語を理論的に考える際の重要な事柄がつまっている。

　ところで、こうした「詩的メッセージ」の効果は、それをコミュニケーションの一種とみたうえで、そのコミュニケーションが二重化しているために生じるものだと捉えられている。そこで、この「詩的メッセージ」の効果を確認するという目的で、これを、語りをコミュニケーションとして捉えない考え方と比較してみたい。

4.2　虚構の語りの主体
4.2.1　談話と物語

　まずバンヴェニストの考えをみておこう。「フランス語時制における時称の関係」という論文でバンヴェニスト（1983）は、「言語行為」の2つの面として、discours（談話）と histoire（物語）を区別する。そして以下のように主張する（引用では、discours（談話）は「話」、histoire（物語）は「歴史」と訳されている）。すなわち、「歴史」においては、「作者がその歴史家としての意図に忠実であって、出来事の叙述に無関係なあらゆるもの（話、意見、比喩）を追放することが必要であって、またそれで十分なのである。実際、もはやこのときは語り手さえ存在してはいない。出来事は、それが歴史の視界に現われるにつれて生じたものとして提示される。ここにはだれ一人話すも

のはいないのであって、出来事自身がみずから物語るかのようである。基本的な時称は、語り手の人称の外にある出来事の時称すなわち無限定過去(アオリスト)である」(1983: 222–223)。

　無限定過去とは、フランス語で書き言葉にしか用いない単純過去のことである。さらにバンヴェニストはこう述べる。「歴史叙述の最中に話(わ)が現われるとき、たとえば歴史家が作中人物のことばをそのまま再現するとか、みずから介入して報告された出来事の是非を判断するとかの場合には、必ず別の時称体系、すなわち話の時称体系に移行する。この瞬間的な移行を可能にするのがことばの特性なのである」(1983: 223)。

　こうした「歴史」の見方は、時制だけでなく、人称の問題と深く関わっている。「言語行為の歴史の面がそれと認められるのは、動詞の時称と人称の二つの範疇を同時にとらえて、それぞれに特殊な限定を加えていることによる。」「歴史家は決してわたしともあなたとも、ここでもいまとも言わない。」「したがって、厳密に一貫して続けられる歴時叙述のなかでは、ただ《三人称》の形しか認められないであろう」(1983: 219、下線は引用元。以下同様)。

　第3節で述べたように、バンヴェニストは3人称を、「話」(談話)の参与者つまり人称ではなく、その場から外れた「非＝人称」(non-personne)だとする。そして「話」(談話)においては、「語り手は非＝人称のかれを、人称のわたし／あなたに対立させる」が、「歴史」(物語)においては、「語り手は介入しないのだから、三人称は他のどんな人称とも対立せず、実のところこの三人称は、人称の不在である」(1983: 224)と述べる。以上のように、バンヴェニストにおいて「物語」は、非談話的時制と人称の不在(人称の対立自体がないこと)によって「談話」から切り離されている。

4.2.2　語り手の存在問題

　このバンヴェニストの捉え方をさらに展開したといえるのがBanfield (1982)である。彼女は、語りの文や自由間接話法の文を「口にすることのできない文」(unspeakable sentences)と呼び、そこに語り手はいないと主張す

る。したがってそこに「二重の声」(dual voice) を認める考えをも斥ける。この主張は大きな論争をひきおこした。ここでは「語り手」と「声」を問題にする根拠を明確にする目的で、この論争の一部だけを覗いてみる。

Banfield は当時のチョムスキー理論に依拠した言語学的考察（彼女のいう言語学的とは統語論的のこと）を行う。まず談話 (discourse) においては、1つの E (Expression) のなかに（さらには1つの TEXT に）SPEAKER は最大1人だという（それぞれの用語には独自の定義があるが、ここでは触れない）。それに対して語り (narration) には SPEAKER はいない。したがって語り手 (narrator) はいない。1人称の語りも、語り (narration) である限り（スカース［2部6章で詳述］を除き）、3人称の語りと同様、語り手はいないという。

Banfield は一方で、語り (narration) には、SPEAKER はいなくても、ダイクシス（直示：「いま」「ここ」「わたし」等、文脈で指示対象が決まるもの）の基点となる主観 (subjectivity) 存在しうるという。そこでそのような主観を SELF で表す。自由間接話法はそのような SELF が現れる形態である。そして、さきほどの SPEAKER をめぐる命題と同様、SELF もまた、1つの Expression において最大1つだという。立論の詳細は省くが、このような命題が、語り手不在論と「二重の声」否定論を支えている。

「二重の声」否定論に対しては、分析単位が文である点に問題があることはつとに指摘されている。すなわちテクスト、コンテクスト、あるいは読者の役割の観点が必要だということである。たとえば Banfield は、"Yes, she could hear his poor child crying now" (Banfield 1982: 94) という例文について、「Yes が彼女の視点で、poor が彼の視点である」という考えを否定する。これに対して McHale (1983: 35, 36) は、この文に、「自分の娘を poor child だといって嘆く「彼」にうんざりしている「彼女」」というコンテクストを想定して、ここには2つの声が存在すると主張する。

これに対してつぎのような反論もなりたつ。poor に表れた「彼」の主観は、この文全体を支配する「彼女」の主観のなかにはめこまれたものであり、この文に表れた SELF は、あくまで「彼女」のそれである。Galbraith

(1995: 39) はこの観点から、かりにここに声が複数あるとしても、SELF は 1 つしかないという。たしかに SELF の定義からすれば、1 つの SELF だけを認めるのは正しいだろう。しかしそれならば逆に、SELF が 1 つでも声は複数あると主張することもできる。こうした行き違いの背後には、「視点」、「声」、"SELF" それぞれの定義の違いと、それによって光をあてる側面の違いがあるといえそうだが、われわれの観点から重要なのは、語りには、ある主観＝声が別の主観＝声を、それを生かしたまま自分の主観＝声のなかにとりこんでいるという事態が存在しうることである。

　文の統語的産出の観点から主観＝ SELF が 1 つだという主張が正しいとしても（そのような意味での「視点」ないし「声」も 1 つだという主張がなりたつとしても）、他方で、統語論に反映されない主観＝声の並存はたしかにみとめられる。そして人間の言語活動を複数の主観の網目のなかで捉える観点はきわめて重要である。この観点は最近の言語研究、さらには認知科学における人間の心のはたらきの研究において、ますます重要視されてきている。そして文学作品の読解という観点からも、複数の声を読みとることこそが重要である。

　ではその観点からみて、「語り」一般に「語り手」の存在（ひいては「語り手の声」の存在）を認める意義はどこにあるだろうか。たとえば登場人物の知覚が伝えられているときに、語りの言語（表現法）がその人物の使わないものであることが明らかな場合、二重の声説では、その言語は語り手のものだとされる。では語り手不在論なら、このようなケースはどう扱われるか。

　そもそも語りにおいては、出来事や人物の内面や行動から何かが選択され、整理され、なんらかの表現法で提示される。語り手不在論者の一人である Galbraith (1995: 41–46) は、この選択し組織する主体を作者だとし、知覚の内容と語りの言語にずれがある場合、言語を作者に帰する。もしそのとおりだとすると、虚構の語りは、語り手がいない場合は虚構の外側からなされ、語り手がいる場合は虚構の内側からなされることになる。しかし、どちらの場合も提示されるのは虚構である。言葉によって虚構を提示すること

は、言葉によって事実を提示することと同じではない。後者の場合、提示されたものが事実である保証はないが、あくまで事実が提示される形をとる。事実提示と虚構提示は、戦略として境界を曖昧にすることはあっても、原理としては区別される。そして虚構提示では、語られる内容だけでなく、語りの行為そのものが事実提示とは次元を異にしたところでなりたっていることを、読者も意識する。そこから虚構の語りを提示する主体（それ自体が虚構であるような主体）を、作者と別に想定することには十分な根拠があることになる。

4.3　虚構世界
4.3.1　語りの主体と作者

　もっとも、その主体の設定のしかたはさまざまでありうる。リクール『時間と物語Ⅱ』(1998) は、ジュネットが「物語る声」を問題にすることについて、それは物語論が主観を扱うことを可能にし、しかもその主観が現実の作者の主観と混同されないようにしてくれるものだと評価する。そのうえで、ジュネットの理論には、読者の「生の世界」と区別された「テクスト世界」という概念が欠けているために、「虚構の経験」を正しくとらえられないと批判する (1998: 147)。他方でリクールは、語り手がいない場合には、「含意された作者」が語ると考えているようである。「つねに含意された作者がいる。話はだれかによって物語られる。つねにはっきりとわかる語り手がいるとはかぎらない。しかし何らかの語り手がいるとき、その人は含意された作者の特権を分有し、つねに全知となるとはかぎらないが、他者を内部から知り得る力をつねにもっているのである」(『時間と物語Ⅲ』1998: 295)。

　「含意された作者」は、「現実の作者」に対置される概念で、この区別はウェイン・ブース (1991) が始めたものである。しかしブースを含め、多くの論者にとって「含意された作者」は、作品から浮かびあがる作者のイメージ、テクストの源泉として想定される存在であって、語りを担う存在ではない。一方、リクールの「含意された作者」は、上記引用では、虚構世界をじかに語ることもできる（「はっきりとわかる語り手」ではない者として語る

ことができる）存在と捉えられているようである。そして「含意された作者」がじかに語らないときは、その力を「分有する」語り手が語るというわけである。リクールは、虚構には独自の時間経験があり、虚構の語りにはつねに語る主体がいると考えている（したがって虚構の語りをコミュニケーションの1つとみなす）が、語りの主体については独自の存在論があるようである。

　以上垣間みた一端からもわかるように、物語研究における（作者との関係を含む）語りの主体の捉え方は、複雑な様相を呈している。本章の立場を示すなら、4.2.2節で述べたことと、このあと4.3.2節から5.1節まででみる議論に従って、（現実の／含意された）作者とは区別される虚構の語りの主体を、（非人格的なものも含め）包括的に「語り手」と呼ぶことにしたい。

4.3.2　ごっこ遊びと可能世界

　ウォルトン（2016）の「ごっこ遊び」（make-believe）論は、現実世界と次元を異にする虚構世界という考え方を哲学的観点から裏づけると思われる。これに関しては、分析哲学の立場からさまざまなフィクション論を比較検討し、ごっこ遊び論の有効性を支持する清塚（2017: 165）の説明を引くことにする。清塚は、フィクションの本質は「作者と語り手の分離による経験の二重化」にあるとの立場からこう書く。「要するに、作者と語り手が分離するのは、フィクションを読む経験が、作者が記した文章を現実に読むという側面と、その読書行為を、架空の語りに接する架空の経験であるかのように想像するという側面とからなるごっこ遊びの構造を備えていることによるのである。」

　ライアン（2006）もまた「ごっこ遊び」論の考えにたち、同時に哲学・論理学における「可能世界論」を応用して自説を展開している。「実際の世界の《わたし》と虚構伝達行為においてテクスト宇宙に移転した《わたし》とは、指示のうえで分裂している。このことから、ふたつの主体とそのそれぞれの言説との関係という点から、虚構性の問題を再考せざるをえない。《わたし》の二重化によって層状の発話内構造が作り上げられる。」「この二重世

界・二重意図・単一テクストの構造こそが虚構伝達行為を構成するのなら、作者の AW（実際の世界 actual world—引用者）における暗黙の発話が、TRW（テクストの指示対象世界 textual reference world—引用者）における話者のものとされた言説を枠づけ、入れ子にし、中継することになる」（2006: 111）。

4.3.3　ナラティブ・スペース

　つぎに Dancygier の著書 *The Language of Stories*（2017）をみてみよう。この本は、文学的テクストにおける意味の生成過程を、認知言語学の考え方を応用して分析するものであるが、それはまた一種の「視点」論でもある。まず物語のテクストは、人の経験するもののなかからの選択と圧縮によって作られる。選択と圧縮は、なんらかの主体（主観）のなせるわざである。読者は選択と圧縮の背後に志向性（intentionality）と認識論上の地位（epistemic status）が存在するという印象をもつ。物語る行為がなんらかの内容を伝達する意図（志向）をもつ以上、そこに志向性が想定される。また、伝達される物語世界の知識の多少にかかわらず、物語世界に読者を導くのがその知識である以上、認識論上の地位が想定される。この志向性と認識論上の地位をそなえた主体として想定されるものが、一般に、語り手（narrator）と呼ばれるものである（2017: 59）。

　こうした考えにたって Dancygier は、メンタル・スペース理論をもとに「ナラティブ・スペース」の考え方を提唱する。まず語りのテクストを構成するスペースは複数あり、それらは入れ子状になっている。外側に「物語視点スペース」story-viewpoint space（SV-space）、内側に「主要ナラティブ・スペース」main narrative space（MN-space）、さらにそのなかに必要に応じてもろもろの「ナラティブ・スペース」narrative spaces（NS1, NS2,..）が想定される。最後のものは、登場人物が自らの語りを展開するような場合である。ここでいちばん外側に SV-space を設定したことによって、すべての語りに、語りの基盤となる「視点」、そしてそれを支える「志向性と認識論上の地位」、すなわち「語りの主体」たる「語り手」が想定される。

そして、語り手の存在が目にみえる場合は、語り手がオンステージの状態であり、他方、3人称の客観的叙述のように、独立した主体・主観たる語り手が現れなければ、語り手はオフステージの状態にあるとみなす。語り手がオフステージであっても（そしてそれを「ゼロの語り手」zero narrator と呼ぶとしても）、語り手は、物語を組織し、その一貫性を保つ源泉として存在していると考える。その場合、MN-space にいる登場人物の声が前面にでて、SV-space の語り手の声が最小になり、背後に退いている（物語視点を登場人物に譲っている）が、この状態を Dancygier は、SV-space への「視点圧縮」viewpoint compression と呼ぶ。そのとき SV-space と MN-space の距離は縮まることになる。さらにまた、SV-space の全知の語り手が、語りの任意の時点に、MN-space の任意の場所へアクセスするような場合もある。そして、これら異なるスペースの視点は、たがいに隔てられて存在しているのではなく、ネットワークを作り、そのなかではたらいているのである。

以上が Dancygier の理論の概要であるが、ここでは、物語が非人格的に語られ、どれほど客観性を装っていても、必ずなんらかの視点ないし主観（物語視点）をとおして提示されているという認識を基礎にすえ（したがって3人称・過去時制を、語り手の視点を示す積極的な標識として捉え）、その視点のさまざまな表れ方を、そのたびに個別の主体概念（たとえば、作者、含意された作者、その他のなんらかの主体）をたてて説明するのではなく、1つの体系のなかで統合的に捉えようとする姿勢が注目される。この体系を支える中枢が「物語視点」であり、それを担うのが「語り手」である。

5 媒介の諸相

5.1 媒介性

虚構を作者の側からみるなら、提示方法を含めた虚構世界のありように対して自由な態度をとることができる（自由を行使しない自由も含めて）。虚構物語の1人称の語り手は、スカースのように主観性を前面にうちだすこともできるし（口承文芸を模倣するスカースは、現代文学で重要な位置を占

める）、また自己を含めた対象の客観的叙述に努めることもできる。中立的な3人称叙述のなかに突然、1人称に帰せられる感情的な言葉をいれることもできる。そしてもちろん、「信頼できない語り手」を設定してもよい。

　近代以降の文学の方向性の1つとして、登場人物の主観を前面にだし、語り手の存在を消し去る志向があった。それは、「ミメーシスを極限にまで——あるいはむしろ、限界にまで——推し進めてしまう」（ジュネット 1985: 202）ことであった。これはプラトンによるミメーシス（登場人物の発話や行為の直接的提示）とディエゲーシス（語り手の言葉による間接的提示）の対比を念頭においた表現であるが、このミメーシスを「限界にまで」進めたのがモダニズム文学である。

　こうしたことを背景に、語り手不在論者の Galbraith (1995: 43–44) は、創作者が語り手から自由になったのに、批評家はまだ語り手に束縛されていると述べる。しかし語り手のみえない語りは、歴史的にみて語りの初期設定でもないし、現代においても決して標準形態ではなく、作者の自由な選択肢（歴史的に拡大してきた選択肢）の1つと考えるべきであろう。ロッジ（1992: 42–79）もいうように、ポスト・モダニズムの小説、とくにメタフィクションには、語り手が前面に出ること、すなわちディエゲーシスの復活が顕著にみられることも忘れてはならない。結局、どのような語りを選択するかは、潮流、作家、作品によって異なり、個々の作品のなかでもさまざまである。こうした語りの多様なありかたは、登場人物の要素（ミメーシス）と語り手の要素（ディエゲーシス）の組み合わせの多様性としても捉えられるだろうし、また、語りの「媒介性」の多様さとして説明することもできるだろう。

　シュタンツェル（1989）は『物語の構造』の冒頭でこう書く。「ある報告が伝えられたり、報じられたり、語られたりする場合、そこには媒介者が存在する。すなわち、われわれは語り手の声を耳にするのである。」「語りの媒介性はもっぱらこの語り手の存在によって認識される」(1989: 7)。さらにこうも書く。「物語テクストの描写の媒介性は、作者にとってむしろ一種の自由な遊戯空間であって、それぞれの物語に応じ、その都度ふさわしい物語プロセスを工夫しうる場である」(1989: 25)。シュタンツェルのいう「媒介性」

(Mittelbarkeit、英語 mediacy) とは、ヤコブソンのいう「疑似引用的な言説」の別の表現といえるだろう。「媒介性」のコミュニケーション的性格は「語り手の声」を生みだし、その「曖昧」さは「遊戯空間」をもたらす。

シュタンツェルは、つぎの3種の二項対置に基づいた分析を行う。(1) 人称：1人称の語りと3人称の語り、(2) 遠近法：外的遠近法と内的遠近法 (全知の視点と制限された視点)、(3) 叙法：語り手と映し手 (物語る者と知覚する者、媒介性の主題化と否定された媒介性)。このうち (2) についていうと、遠近法主義と非遠近法主義の2つの態度があるという指摘が重要である。「遠近法」(パースペクティブ) という概念は、「視点」と違って、「非遠近法」との比較を可能にする。それは歴史的な視野をもあたえてくれる。その際、絵画の歴史との関連で「語り」を捉えることも可能にしてくれる。

絵画における遠近法 (線遠近法) は、描く対象を外の一視点から捉え、見る者が自分に近いものを大きく描き、遠いものを小さく描くことで距離感をうちだす方法である。しかしこれは歴史的現象であり、近代以前の絵画、あるいは絵の描き方を学ぶ前の子供の絵になどは現れない。他方、20世紀のキュビズムなどでは、異なる視点からの像を並置するなど、遠近法を意図的に破る流れが生まれた。文学の語りを考える際にも、こうした絵画の流れが参考になる。古典的リアリズム小説からモダニズム小説への流れのなかで、視点の意識が先鋭化し、局外の語り手から対象によりそう語り手へ向かう趨勢がみられる、ということだけなら、「外の視点と内の視点」という二項対置で捉えられる。他方、モダニズム小説にみられるような視点の複数化、視点の転換、さらには視点の同化や差異化などは、「遠近法主義と非遠近法主義」という対置によってうまく捉えられるように思われる。

シュタンツェルの著作は、上記3つの二項対立を提示したうえで、それらを統合した類型円図表を作成し、そのなかにすべての語りを位置づけようとする。語り手の声と登場人物の声の関係に関心をもつわれわれにとっては、そうした理論的枠組みそのものより、彼が各類型の境界領域にあるものについて行う具体的な分析が有益である。第VI章 (原著第7章) では「語り手から作中人物への物語状況の移行」と「「私」の語る物語状況への移行」

のありさまが論じられるが、ここでは前者をみてみよう (1989: 189–203)。

「語り手から作中人物への物語状況の移行」にともなう変化は 3 つの傾向をもつという。（1）語り手の後退、（2）映し手の顕在化、（3）思考内容の報告に代る体験話法の前面化（語り手の視点と映し手の視点の「二重視点化」）である。そしてこの移行の第一段階として「感染」が挙げられる。これは「「局外の語り手」による報告が、作中人物の発話に「感染」させられる」ことである。さらに、作中人物の言葉の「差異化」（一種の間接引用で、軽く茶化すもの）、それと反対の「同化」の現象がある。「同化」の現象としては、語り手の言葉の口語化（作中人物の言葉に近づく）と、作中人物の文体の高尚化（語り手の言葉に近づく）が挙げられる。

言葉が語り手と作中人物のどちらに帰するかを決められない場合もある。体験話法（自由間接話法）が量的に増えていくと、語り手の視点が意識されなくなる。そのときそれは二重の声の表現であることをやめ、「作中人物に反映する物語状況」が現れる。こうした移行は「「局外の語り手」がいわば無名の媒体的人物へと徐々に変身していく過程」としてみることもできるとシュタンツェルは述べ、それを「語り手の「作中人物化」」と呼ぶ。それは語り手が「一種の擬態を取ること」、「いわば読者の前で自らをカムフラージュする」ことでもある。

さらに、視点があきらかに物語世界のなかにはあるが、どの人物にも帰すことができないような語りも、シュタンツェルは、作品世界の特定の場所に身をおく「名前のない人物」への「語り手の作中人物化」と説明する (1989: 169–172)。以上のような説明のしかたは、語りには語り手が存在するという考え方からでてくるものであるから、語り手の存在を部分的にでも否定する立場からは批判がでることになる。一方、Dancygier の「ナラティブ・スペース」の考え方からすれば、こうした「語り手の作中人物化」も、「語り手が主要ナラティブ・スペースのなかで語ること」と説明できるだろう。

5.2 冒頭の語り

語りの特徴は物語の冒頭部分にとくにはっきり表れることから、シュタン

ツェルは「物語の序幕における語り手と映し手」も詳しくとりあげる (1989: 153–168)。映し手に焦点をあてる語りでは、何者であるかが不明な 1 人称単数代名詞や、指示対象のない 3 人称代名詞が冒頭からいきなり使用されることがある。あるいは、前置き的叙述が欠如していること、動詞の進行形や、親密化冠詞(定冠詞)で物語が始まるなどの手段がとられる。こうした手段をとおして、物語状況の「作中人物化」から物語を意図的に始めるため、書き出しは書き出しらしくなくなる。シュタンツェル (1989: 161) が挙げるものから 2 例を引いておこう。いずれも作品の冒頭である。

> 彼らが運び込まれたのは真夜中ごろで、それからは夜通し、廊下沿いの病室にいる者には誰にも、ロシア語でなにか言うのが聞こえてきた。
> (E・ヘミングウェイ『賭博師と尼とラジオと』)

> そして、とうとう申し分のない天気になった。たとえ彼らがあつらえたとしても、これ以上、園遊会にもってこいの日は得られなかったであろう。
> (K・マンスフィールド『園遊会』)

こうした現代文学の語り出しの特徴は、言語圏をこえてひろがっていると思われ、日本語の文学作品をみる際にも念頭におく必要がある。そこで、言語における視点の対比として池上嘉彦 (2011: 55–57) がとりあげる『雪国』の冒頭とその英訳をみてみよう。

> 国境の長いトンネルを抜けると雪国であった。　(川端康成『雪国』)
> The train came out of the long tunnel into the snow country.
> (E. Seidensticker 訳)

池上によれば、日本語原文には「主観的把握」が表れ、英訳には「客観的把握」がみてとれる。この違いを別の言葉でいうと、「事態の内側からの視点」と「事態の外側からの視点」ということになるだろう (本書 1 章 2.2 節

参照)。こうした視点の選択は、それぞれの言語の傾向を反映したものではあるが、そこには別の要因もあるように思われる。池上によれば、『雪国』の中国語訳には、「汽車」が言語化されたものと、されないものもあるが、「特に冒頭の文であるという点からすると、〈汽車〉が言語化されている方が自然に感じられるとのことである。韓国語訳についても、同様の指摘がなされるようである」(2011: 57)。

では日本語原文はどうか。「であった」という説明的な文末表現でしめくくられるところは、小説の冒頭に適しているかもしれない。その一方で、「と」までの動作プロセスを述べる部分は、プロセスの発端に一切触れず、物語がどこから始まったか不明だという感覚が文全体を覆っている。『雪国』の冒頭はよく知られているため、冒頭らしくないとは感じにくいかもしれないが、一般的には、説明抜きで語りはじめるのは、言語を問わず、小説の冒頭らしくないと感じる人は多いだろう。他方で、不明な状況のただなかに読者を放りこむ語り出し、読者をいきなり内側の視点に沿わせる語り出しは、欧米か日本かを問わず、現代の小説には頻繁にみられるのである[12]。

他方、英訳は、the train の定冠詞がシュタンツェルのいう「親密化冠詞」として状況の内側の視点を伝えるともいえるだろうが、全体としては俯瞰的立ち位置から世界の一点へ焦点を絞る語りで、西洋文学の伝統的な語り出しの雰囲気を備えている。しかし 20 世紀以後の西洋文学には、もっと内側の視点をうちだして、物語世界の一地点から全体像がみえないままに語りはじめる作品がたくさんあるのである。そしてこのあとみるように、20 世紀以後の西洋文学のなかには、登場人物の主観への自己投入を得意とする日本語の表現に近づく部分がある。ただ、創作に比べると翻訳は保守的かもしれない[13]。

5.3　主観への接近と言語の変容

ここで、そうしたモダニズム作家たちの採用した言語的手法について、とくに英語圏の文学の事例をみておこう。以下は Adamson (1998) の説明をもとにした簡単な素描である。

18世紀以降の英文学における「革命」は、ロマン主義とモダニズムであった。18世紀には、物事を客観化する文体、一般化する文体が公的な言説においては目標とされた。すなわち、表現から主体性を消すために、科学的・客観的記述では受動態表現が使われるようになり、文学では擬人的な抽象名詞が使われるなどした。それにつづく2世紀は、科学においては客観性が重視されるが、科学と詩（文学）が対置され、詩（文学）は主観性の表現を担った。そして、主観性をうちだすジャンルや文体が詩や小説で用いられるようになる。18世紀の文学が話し言葉を避け、典型的な場面や一般的真実を語るのを好むのに対し、ロマン主義文学は、話し言葉に目を向け、また人間の個別的経験を重んじる。そこから、動詞の進行形や現在完了形を使う、あるいは会話形式や劇の独白形式を用いるようになる。そして「感情移入の語り」（自由間接話法）が用いられるようになる。

　自由間接話法は、Adamsonによれば、3人称叙述で発展するまえに、すでに17世紀に、バニヤンの「回心の語り」の1人称叙述にみられるということであるが、3人称の語りで本格的に使ったのはオースティンである。この手法は、その後も使われつづけ、たとえば20世紀後半のニュージャーナリズムといった、虚構物語とは異なるジャンルでも用いられるという。

　ロマン主義の「革命」とならぶのがモダニズムの「革命」である、こちらは、登場人物の主観に焦点をあてるという姿勢ではロマン主義と同じだが、ロマン主義の方法を壊すのではなく、それを受け継いでラディカルにすることで実現した。すなわちコンテクストのない直示語の使用、複数の視点や矛盾する視点の提示などをとおして遠近法を攪乱し、時空の一貫性や社会的アイデンティティといった幻想を崩壊させるという。

　モダニズムの言語は高尚なものとみられ、それとならんで個人の自然な声を伝える伝統的な形式の文学も続いている。しかしモダニズムの言語はさまざまなところに波及している。ニュージャーナリズムはその1つである。また俳句の一貫性を欠くシンタクスは、いまや学校の生徒たちが使用するものとなっている。こうした文体の発展の背後には、主観性志向の流れ、そしてそれと絡みあった会話志向の流れがある。

ようするに Adamson によれば、英文学では 19 世紀以降、登場人物の内面にせまることが大きな課題だったのであり、まず 19 世紀に、自由間接話法などをとおして内面に近づこうとしたが、言語的には、主観性を表す語句を用いる程度が高まる一方で、人称・時制、構文、表記における言語規範は保たれていた。しかし 20 世紀に内的独白などの方法をとおして、いっそう内面に近づこうとすると、文法規範からの逸脱も生じ、引用符の不使用、代名詞や動詞の省略による人称・時制の曖昧化、文の断片化、複数視点間の移動などが行われる。そのぶんコンテクストへの依存度が高まる、あるいはコンテクストが不明瞭になることにもなる。

こうした流れは、おそらく西洋全体にもみられることであろう。そしてこれを語り手と登場人物の関係の観点からみるなら、登場人物の内面に焦点があてられる度合いが高まることは、語り手が支配する程度が下がることでもある。それはまた、言語表現が、客観性を担保する規範の支配を破りでて、主観を表現できるように鍛えられていくことでもあったということになる。だたしそれが実際の文学活動の全体を覆うわけではないことにも留意する必要がある。

一方、日本語の表現は、明治以降、西洋語的な客観的表現に近づく努力を余儀なくされ、それまでの言語のありようが変わっていく。野口のいう「三人称の発見」もその 1 つである。他方で、その後においても、日本語が英語などと比べて主観的な表現傾向の強い言語でありつづけていることは、本書の他の諸章で考察されるとおりである。近代以降の日本語は、その意味で客観性の方向と主観性の方向の引きあいのなかで発展してきたのかもしれない。この点で日本の近代小説に関する安藤宏 (2012: 25) の指摘は興味深い。「物語世界を俯瞰する志向と、現場に密着して実況中継を行っていく志向と――この二つの相反する要素をどのように折衷するかに、おそらく近代の言文一致体小説の「写実のよそおい」の成否がかけられていたのである。」

おそらくこれは、日本の近代文学の特殊事情ではない。シュタンツェルに拠ってみてきたように、西洋の近代文学も、人間の心へのアプローチのなかで、語りの立ち位置を、語り手と登場人物、客観と主観、単純化すれば「外

と内」のあいだでさまざまに試みてきた。日本と西洋の近代文学が、用いる言語の性質も、文学的な伝統も異なりながら、近代の文学として大きな共通性をもっていることは、念頭においておく必要があるだろう。

　別の観点からいうなら、「ごっこ遊び」としての語りは、作中人物に読者が自己投入をすることと、そこから離れてみることの両方を約束事として含むものであり、したがって、語りがどのような言語によってなされても、読者は内側と外側の視点をとりあわせながら読むようにしむけられるということである。そしてそれは、おそらく人間の他者理解一般のプロセスを反映するものだろう。語りにおける内と外の視点の混交ないし移行のありかたの差は、言語によるだけでなく、文化的・時代的背景、ジャンル、作者個人のスタイルや意図などによると考えられる。

6　心と声

6.1　フィクショナル・マインド

　語る主体としての語り手を語りに認めない考え方があるなかで、虚構世界または広く詩的メッセージの独自の存在様態という観点をとりいれるなら、どのような語りにも語り手の存在を想定できることを第4節と第5節でみた。そしてそれは、第3節でみたような、語りの根源的形態、そして語りの原理そのものにも対応しうる考え方だといえる。最後に、そうした虚構の物語世界の独自のありようのなかに表れる主体＝主観の姿を、冒頭でふれた「心」および「声」という角度から考えてみたい。

　1.1節で言及した Palmer は *Fictional Mind* (2004) でこう述べる。「虚構の語りは、本質的には、虚構の心のはたらき (fictional mental functioning) を提示することである」(2004: 5)。その際、心 (mind) は、「内的生活のすべての側面」を意味し、認知や知覚だけでなく、「気質、感覚、信念、感情」(2004: 19) をも含む。そして、思考と行為は連続したものであるから、心を捉えるためには、登場人物をとりまく外的状況や、彼の行動が重要な意味をもつ。したがって、直接話法や自由間接話法をとおして提示される登場人物の意識

だけでなく、登場人物の意識や行為についての語り手による報告が重要な役割をはたす。それは、人の意識に焦点をあてるモダニズム小説を含む、あらゆる小説にとって重要なものである。

　登場人物の心を総合的に（心の内部だけでなく、外に表れた行為も含め）、かつ現実的に（間主観的に、またアスペクト的に）把握することをめざす Palmer は、虚構世界のなかに生きる人物の心の総体を「入れ子ナラティブ」（embedded narrative）と呼ぶ（枠物語〔物語内物語〕とは別の概念）。この用語は、先述のライアンから借りたものであるが、これはヴォローシノフの「言表」の概念と多くの点で共通し、とりわけバフチンの「声」の概念と共通するものだと Palmer はいう。ヴォローシノフ（Волошинов 1929）のいう「言表」は、あらゆる言葉は社会的文脈のなかにおかれ、顕在的または潜在的聞き手をもち、政治的な意味をもつことを含意する概念である。一方、バフチンの「声」は、ヴォローシノフの「言表」と同様のことを含意するが、政治的な意味よりも「世界観」を担う点が重要である。いずれの場合も、それらは単独では存在せず、バフチンのいう「対話的」な関わりのなかで存在している。

　Palmer が「入れ子ナラティブ」という用語を選ぶのは、登場人物の言行が語りの重要な要素であることを明確にするためだという。そしてこう書く。「入れ子ナラティブという用語は、ある意味、簡単にいって、すでに文芸批評家たちが実践のなかで用いていたが、学問的にまだ理論化されていないアプローチに対する呼び名である」(2004: 185)。

6.2　テクスト干渉

　文学作品が「コミュニケーション」のなかの「疑似引用的」な形態であり、「媒介性」をもつこと、したがって語り手の「声」を問題にできることをみてきた。そして登場人物に関しても、他のさまざまな主観との相互の関係のなかに存在する「声」として捉えられることをみた。以上の立場にたって具体的な分析を行うとすれば、テクストのなかで、登場人物の声からなりたつ要素と、語り手の声からなりたつ要素、いいかえれば、内側の視点と外

側の視点がどのように関わるかを考えることが重要となる。その際、Schmid (2010) の「テクスト干渉」(text interference) の考え方が参考になる。

　「テクスト干渉」の考え方は、小説の実際のテクストが「語り手のテクスト」(narrator's text) と「登場人物のテクスト」(characters' text) の「干渉」(interference) としてなりたっているというものである。ここでいう「テクスト」とは、一種の理念上の概念で、登場人物と語り手それぞれの「主観の領域」、すなわち「その知覚的、イデオロギー的、言語学的視点」を「純粋な、汚染されない形」(2010: 120) で含むもののことである。そして、語り手と登場人物の両者の「テクスト」が合わさって実際のテクストができあがっていると考える。Schmid はまた、「テクスト干渉」を、「(プラトン的な意味での) ミメーシスとディエゲーシスが混じる混淆現象」(2010: 137) とも説明している。ここでミメーシスは「登場人物のテクスト」、ディエゲーシスは「語り手のテクスト」に対応する。

　「テクスト干渉」という用語の由来は、ヴォローシノフの「ことばの干渉」である。ヴォローシノフは『マルクス主義と言語学』(Волошинов 1929) のなかで、ドストエフスキーの『いまわしい話』(1862) を例に挙げて、こう書く。「この語りのほとんどすべての言葉は、表情表現や情緒的トーン、文章内のアクセントの位置などの観点からすれば、**ふたつの交差するコンテクスト、ふたつのことば**——すなわち著者・語り手の (皮肉的、嘲笑的) ことばと、(皮肉などまったく無縁の) 主人公のことば——**のなかに同時にはいっている**」(バフチン (1989: 211) より引用。太字は引用元)[14]。

　われわれとしては、これとならんで、バフチン『小説の言葉』(1996: 91) のつぎの言葉も念頭におくことができる。「我々は混成的な構文を次のように規定しよう。すなわち、それはその文法的な (シンタックス上の)、また構成上の特徴によって判断するならば一人の話者に属するが、そこに実際には二つの言表、二つの言葉遣い、二つの文体、二つの〈言語〉、意味と価値評価の二つの視野が混ぜ合わされているような言表であると。」

　Schmid は、「ことばの干渉」の概念がイデオロギー的な確執を焦点にしているのに対し、それに限定せず広い観点から捉える意図から、「テクスト干

渉」という名称をうちだしたと述べている。「テクスト干渉」における「テクスト」(「語り手のテクスト」と「登場人物のテクスト」)は、言語学的要因(人称、時制、直示語、語彙、シンタックス等)と内容的要因(テーマ、評価)を含む。重要なのは、内容的要因が含められていることである。内容的要因は、言語学的要因を分析する際にも、実際には暗黙の前提にされていることが多いが、それに正当な地位をあたえて同等に扱うことが「テクスト干渉」理論ではめざされている。ようするに狭義の「視点」を含みこむ総合的な概念が、ここでの「テクスト」といえる。Dancygier のいう「視点」もこれに近いものであるが、この「テクスト」概念のなかのコミュニケーションの要素、あるいは主体性の要素に注目するなら、これをバフチンのいう「声」と同等のものと考えてさしつかえないだろう。「テクスト干渉」の考え方は、「声の交差」の実際を考察する際の1つの参考とすることができる。

7 『沈黙』の声

　最後に、ふたたび遠藤周作の『沈黙』に戻って、そこで「声」がどのように表れているかをみておきたい。「声」は、特定の主体を指示する一方で、テクストのなかではどのような細部にも宿りうるものであるが、『沈黙』のテクストにおいては、声は文字どおりの声としてあらわれ、集約的なイメージないし反復されるモチーフともなる。

　すでに述べたように、『沈黙』は、主人公の内面を主人公の視点から描きだす小説である。棄教をせまられた人間の内面と行動を語るという内容からして当然のことだが、主人公が見るもの、聞くものは、しばしば彼の信念を揺さぶる。そこで読者は、主人公の切実な1つの「声」を聞くだけでなく、揺さぶられるなかで分裂する2つの声を彼の内部に聞くことにもなる。本章の 2.2 節で引用した個所には、心のなかで分裂した2つの声が示されていたが、そうした描写は何度もでてくる。

　それと同時に主人公は、彼の知覚に映しだされる他者のさまざまな「声」をも聞く。まず主人公を「転ばせ」ようとする者たちの声が、主人公の知覚

をとおして鮮明に伝わってくる。権力を背後に棄教をせまる井上筑後守(ちくごのかみ)、内心がどうあれ、形だけ踏み絵を踏めばよいと勧める通詞、主人公を当局に売り渡しながら、信仰を裏切った自分の弱さを訴えるキチジロー、そして、さきに自ら「転び」、後に主人公を「転ばせる」役目を負う元神父のフェレイラ——彼らの声は、それぞれの地点から主人公を棄教の方向へと引きよせる。

　他方で信仰を貫いて死んでいく人もいる。主人公には、拷問にかけられる信者の祈りの歌声が聞こえる。「参ろうや、参ろうや／パライソ寺へ参ろうや(…)。」聞こえるのは人の声だけではない。祈りの声をかき消し、死体を呑みこんでいく海の波音に、主人公は神の沈黙を感じる。とりわけ迫真力があるのは、主人公がいびきだと思って聞いていた音が、じつは穴吊りの刑に処せられた人の呻き声だったことである。神がその呻き声に対しても黙ったままであることが主人公には耐えられない。こうした２つの方向をもつ声に挟まれて苦しむ主人公は、最後に踏み絵を踏む。そのとき彼は、キリストが自分に踏み絵を踏むよう促す声を聞いたように思う。主人公を引き裂き、行動に向かわせるのは、どれもなんらかのベクトルをもった「声」——抽象的な「視点」ではなく、人に反応をせまる力をそなえた「声」なのである。

　上述の声以外にも小説では、現地の子供たちがお盆のときに歌う歌声も聞こえる。「提燈(ちょうちん)や、バイバイバイ(…)。」正月には正月の歌が聞こえる。「もぐら打ちゃ、科(とが)なし科なし(…)。」これらの声は反復され、キリスト教の信仰とは無縁に存在する周囲の世界に視線を向けさせる役割をはたす。蝉の声も蝿の羽音も頻繁に言及される。鶏の鳴き声も聞こえる。これら生き物の声のモチーフにはシンボリックな意味も読みとれるだろうが、それらは人間を超えた地点から人間の営みを浮かびあがらせる役割をはたしているように思える。

　『沈黙』というタイトルをもちながら、この小説は「声」に満ちている。その「多声性」は、たとえばドストエフスキーの小説にみられるような、複数の声がそれぞれの世界観を十全に展開する形(バフチンが「ポリフォニー小説」と呼ぶような形)で展開されてはいない。それは、この小説が、映し手として設定した主人公にもっぱら焦点をあてているためである。ただし主

人公と井上筑紫守の対話のなかには、短いながら明示的な思想的対決が現れており、そのテーマの重さはドストエフスキーにも通じる（かつてはキリスト教に帰依し、いまや信徒を穴吊りにする井上は、かつて信仰に帰依し、いまは信徒を火あぶりにする『カラマーゾフの兄弟』の「大審問官」に比することもできよう）。しかし、主人公を唯一の映し手とする設定から、主人公以外の声の重みとその背景を十分に意識させにくい構造になっている。にもかかわらず、それらの声はたしかに示されており、それらに囲まれているからこそ、それと対置される主人公の声――信念と懐疑と逡巡の声、そして声の変容――が際立たされ、読者はそれに思いを寄せることができる。

近代の小説は、人間の内面を描きだすことをめざす過程で、自由間接話法や内的独白といった登場人物の内面に可能な限り近づく文体を作りだしてきた。物語研究はそうしたことに注目し、「内の視点」の提示の度合いや方法について議論してきた。しかしここでは、特定の人物の視点を描くことは、彼をとり巻くさまざまな人間の視点をも同時に描きだすことでもあること、そしてそれぞれの視点の背後には特定の立場をもった主体＝声があること、また、他の声があってこそ、それへの応答として特定の声がなりたつということに注目した。たとえ映し手の主観のみを伝えるようにみえる語りであっても、その映し手が社会的存在である以上、他の主観との関わりのなかで彼の思考や行動が生まれてくるのであり、それはなんらかの形でテクストに反映されている。「内の視点」にせまるためには、「外の視点」が不可欠かつ重要だということである。文学作品の実際の読解は、それら2つの視点を読者がつきあわせるところになりたつ。それはまた、本章の3.4節で触れた、木下順二が演劇に関して述べる「リアリティ」の考えにも通じるものである。

最後に、しめくくりとして、つぎのことを述べておきたい。それは、これらの声たちが、独立しながらも、多かれ少なかれ、分身（一定の要素を分有する者）どうしだということである。ドストエフスキーの『カラマーゾフの兄弟』の主要人物たちは、異なる立場と世界観をもって関わりあうからこそポリフォニー小説と呼ぶことができるが、彼らの思想と行動はどれも、あた

えられた状況や課題に対して想定される反応の1つとして構想されている。登場人物どうしのレベルで考えれば、相手は自分がなりえたかもしれない別の姿であり、作者からすれば、彼らの思想と行動は、何かをきっかけにして現れる、異なる位置からの異なる反応を実験的に展開したものである。

　この問題をここで詳述する余裕はないが、こうしたポリフォニー小説やその源流にある小説タイプの根底に、バフチンは、原始的思考に根ざした伝統をみいだしている。すなわち社会的ヒエラルヒーから人を一時的に解き放ち、常軌を逸脱させ、対極的なものを含みこみ、人を「しきい」に立たせ、思想を試練にかける「カーニバル的世界感覚」である。そしてそれは、個別の存在の壁をとりはらう想像力のはたらきという意味で、3.1節で触れたシュタンツェルのいう「非遠近法主義」（登場人物どうしの、また登場人物と語り手との未分化性）、あるいは坂部のいう「原 - 人称」の語り（およびそれを映しだす口承的あるいは伝統的な語り）とも通じることがらである。

　『沈黙』に話を戻すと、さきに「転んだ」フェレイラは、主人公がなりたくない人物だったはずだが、フェレイラが主人公を「転ばせた」あと、二人は似た者どうしの気まずさを感じる。フェレイラに加え、キチジローも、井上筑紫守も、おのれの信仰を裏切る経験をしている。彼らは、来歴や帰属の違いにもかかわらず、信仰か背教かの「しきい」に立つ経験をする者という意味で、主人公の分身たちであり、彼らの声との対比・対置のなかで、主人公は自らの行為を意義づけ、読者は彼の声の重みを受けとるのである。

　人は物語を書くとき、また読むとき、ある状況のもとでさまざまな選択をする者になってみることができる。心はアスペクト的存在である。しかしどのようなアスペクトをもつかはアプリオリに決まっていない。心はさまざまなアスペクトに開かれ、想像力によってさまざまなアスペクトをとりうる。そこにこそ、人が物語を紡ぎ、受けとることの根拠と意味があるに違いない。

注

1. 邦訳 (1985) では「態」と訳されている。「声」の原語 voix は、文法用語としては「態」を意味し、ジュネット自身が、文法用語を意識して用いたことを述べている。しかし文法との対比はあくまで比喩的なもので、「声」と訳すことで理解される部分が多い。
2. 多様な言語への言及とバランスのとれた記述という点で、平塚 (2017) が参考になる。
3. 内的独白の一般的理解はいま述べたとおりであるが、他方でさまざまな変形が可能で、一方で引用符や字体等で周囲との区別を明確にしたり、他方で時制や人称の交替や省略によって境界を不明確にしたりすることもある。また一般にいう「内的独白」を「直接的な内的独白」とし、語り手の存在が表れたもの（自由間接話法）を「間接的な内的独白」と呼ぶ立場もある。さらに、「内的独白」の隣接概念として「意識の流れ」があるが、両者の関係のとらえかたについても、明確に区別するものから、とくに区別しないものまでさまざまである。
4. この作品は、大部分がヒロインの思考を描写する自由間接話法と内的独白でなりたっている。後者は引用符で囲われ、「テレーズは考える」という伝達節もついて周囲から区別されているが、長くつづくことが多い。遠藤の訳では、基本的に、自由間接話法には「自分」を使い、内的独白の「わたし」と区別している（ただし、つねにというわけではなく、自由間接話法の訳でときに「わたし」を使っている個所もある）。
5. 英訳 (Endo 2016: 203–204) でも、前者は自由間接話法で、後者は伝達節なしで引用符をつけた一種の自由直接話法で伝えている。厳密な話法のない日本語に関しては、「自由間接話法的」、「自由直接話法的」と述べたように、もちろん、「…的」というしかない。
6. シュタンツェル (1989: 269) は「構想的モノローグ」という用語をユングに刺激されて考えたと述べている。ユング (1970: 175) は、作品に登場しない「ユリシーズ」なる存在が、『ユリシーズ』の全登場人物とジェイムズ・ジョイス氏をまとめて、統一したものの象徴」、あるいは、標本化された「ガラス板の下のあらゆる客體に従属する主體」だとの考えを述べている。なお、ブルホーフの著書 (Bulhof 1966) も、そのタイトル *Transpersonalismus und Synchronizität* がユングないしその影響を受けた流派の用語（トランスパーソナリズム、シンクロニシティ）を示唆しているようにみえるが、シュタンツェル同様、そうした理論的枠組みに依った研究ではない。
7. 『仮面の解釈学』では、「無‐人称」という訳語でバンヴェニストの non-personne に言及しながら持論を展開している (坂部 1976: 18–19)。

8. ただし、登場人物の主観をその人物の立場から伝えることを、人間の主観を3人称（他者）の位置から1人称（自己）の位置へ置き換えることだと理解するならば、語りは、テクスト上の人称移動と想像上の人称横断を含む現象といえるだろう。これは他者理解一般の問題へと広がる議論となってくる。
9. ブルガーコフの場合には、当時のロシアの哲学者フロレンスキーのユニークな時空理論の支えもあった。大森 (2014) を参照。
10. こうした手法が小説において、能を念頭において試みられたことがあるかどうかわからないが、この関連でいうと、渡部直己『小説技術論』(2015) が「移人称小説論」の章で論じる、現代日本の小説における人称移動（1人称と3人称のあいだの移動・往復、あるいは越境）の独自なありかたは興味深い。世阿弥を応用したという木下の劇作品の「人称移動」は、意識的なものとして述べられているが、そうした手法が、「形質遺伝的な記憶」として、いろいろなところに表れている可能性を想像させる。
11. この点で、佐々木重洋 (2012: 36) が坂部恵の「原 - 人称」論に触れて述べるつぎの言葉は興味深い。「アフリカや日本の仮面の事例において、仮面着用者が、えてして冷静に周囲を見ていること、彼らは仮面をはずした後でも、彼らが仮面を着けていたときのことをしっかりと覚えている。これらの仮面着用者は、坂部が解体しようとしていた近代的自我に近いものをむしろしっかりと保持し、そのうえで「素顔」とは別の存在を「演じて」いるとさえいえるかもしれない。」
12. ただし言及した欧米作家たちの冒頭叙述は、物語世界内からの視点をうちだしながらも3人称過去で叙述するという意味で、内の視線と外の視線を含んでいる。一方『雪国』の冒頭もまた、それとは異なる形で（人称の不明性や句末・文末表現を通して）内と外の視点を含んでいると思われる。『雪国』冒頭の語りに関してはさまざまな議論があるが、本章の立場からすると、安藤宏 (2012: 25) の以下の説明は適切だと思われる。安藤は後続テクスト（主人公の名前が地の文で言及される個所もある）も検討したうえでこう述べる。「冒頭の一文（国境の長いトンネルを抜けると雪国であつた）は、外から現場を俯瞰する視点でも、主人公の視点でもない。あえていえば場面に内在し、時に主人公に憑依し、時にそこから離脱して状況全体を統括する語りと見るべきなのであろう。」
13. ただし日本文学の最近の英訳などには、モダニズムの成果がとりいれられたものもみられる。たとえば第2部でとりあげる夏目漱石『夢十夜』の Trayvaud による英訳は、話法の扱いなどにそうした工夫が感じられ、日本語原文の雰囲気の伝達に貢献している (2部7章3.4節参照)。
14. 引用した邦訳では、ヴォローシノフ『マルクス主義と言語哲学』の著者をバフチンとしている（別の邦訳では、著者をバフチンとし、タイトルも変えている）。

「バフチン・サークル」に属していたヴォローシノフの著作とバフチンの主張や方法は大きく重なるが、筆者としては著者の区別は明確にしておきたい。

参考文献

Adamson, Sylvia. (1999) Literary Language. In Romaine, S. (ed.), *The Cambridge History of the English Language. Volume IV: 1776–1997*. Cambridge: Cambridge University Press. 591–690.

Banfield, Ann. (1982) *Unspeakable Sentences: Narration and Representation in the Language of Fiction*. Boston: Routledge & Kegan Paul.

Bulhof, Francis. (1966) *Transpersonalismus und Synchronizität: Untersuchungen zur Wiederholung als Strukturelement im Zauberberg von Thomas Mann*. Groningen: van Denderen.

Cohn, Dorrit. (1978) *Transparent Minds: Narrative Modes for Presenting Consciousness in Fiction*. Princeton, New Jersey: Princeton University Press.

Dancygier, Barbara. (2012) *The Language of Stories: A Cognitive Approach*. Cambridge: Cambridge University Press.

Galbraith, Mary. (1995) Deictic Shift Theory and the Poetics of Involvement in Narrative. In *Deixis in Narrative: A Cognitve Science Perspective*. Hillsdale, NJ: Lawrence Erlbaum Associates. 19–59

McHale, Brian. (1983) Unspeakable Sentences, Unnatural Acts: Linguistics and Poetics Revisited. *Poetics Today* 4 (1), 17–45.

Palmer, Alan. (2004) *Fictional Mind*. Lincoln and London: University of Nebraska Press.

Schmid, Wolf. (2010) *Narratology: An Introduction*. Berlin, New York: Walter De Gruyter Inc.

Sotirova, Violeta. (2013) *Consciousness in Modernist Fiction: A Stylistic Study*. Basingstoke: Palgrave Macmillan.

Tumanov, Vladimir. (1997) *Mind Reading: Unframed Direct Interior Monologue in European Fiction*. Amsterdam, Atlanta: Rodopi.

Волошинов, В. Н. (1929) Марксизм и философия языка: Основные проблемы социологического метода в науке о языке. Ленинград: Прибой.

安藤宏（2012）『近代小説の表現機構』岩波書店.

池上嘉彦（2011）「日本語と主観性・主体性」澤田治美（編）『主観性と主体性』ひつじ書房．49–67.

ウォルトン，ケンダル(2016)『フィクションとは何か—ごっこ遊びと芸術』田村均訳，名古屋大学出版会.
大森雅子(2014)『時空間を打破する—ミハイル・ブルガーコフ論』成文社.
木下順二(2004)「複式夢幻能をめぐって」加藤周一・木下順二・丸山真男・武田清子『日本文化のかくれた形』岩波現代文庫. 47–86.
清塚邦彦(2017)『フィクションの哲学』改訂版，勁草書房.
坂部恵(1976)『仮面の現象学』東京大学出版会.
坂部恵(1989)『ペルソナの詩学』岩波書店.
佐々木重洋(2012)「仮面と物質性—仮面論の再考に向けて」『名古屋大学文学部研究論集(哲学)』58: 31–51.
シュタンツェル，フランツ・K(1989)『物語の構造』前田彰一訳，岩波書店.
ジュネット，ジェラール(1985)『物語のディスクール—方法論の試み』花輪光・和泉涼一訳，水声社.
野口武彦(1994)『三人称の発見まで』筑摩書房.
バフチン，ミハイル(1989)『マルクス主義と言語哲学—言語学における社会学的方法の基本的問題』改訳版，桑野隆訳，未来社［ヴォローシノフ Волошинов (1929) の翻訳］.
バフチン，ミハイル(1995)『ドストエフスキーの詩学』望月哲男・鈴木淳一訳，ちくま学芸文庫.
バフチン，ミハイル(1996)『小説の言葉』伊東一郎訳，平凡社ライブラリー.
バンヴェニスト，エミール(1983)『一般言語学の諸問題』岸本通夫監訳，みすず書房.
平塚徹(2017)「自由間接話法とは何か」平塚徹編『自由間接話法とは何か』ひつじ書房. 1–48.
ブース，ウェイン(1991)『フィクションの修辞学』米本弘一・服部典之・渡辺克昭訳，水声社.
ヤコブソン，ロマン(2015)「言語学と詩学」『ヤコブソン・セレクション』桑野隆・朝妻恵理子訳，平凡社ライブラリー. 181–243.
ユング，カール・グスタフ(1970)「ユリシーズ」『ユング著作集3 こころの構造』江野専次郎訳，日本教文社. 135–178.
ライアン，マリー＝ロール(2006)『可能世界・人工知能・物語理論』水声社.
リクール，ポール(1988)『時間と物語（Ⅰ・Ⅱ・Ⅲ）』久米博訳，新曜社.
リーチ，ジェフリー・N／ショート，マイケル・H(2003)『小説の文体—英米小説のへの言語学的アプローチ』筧壽雄監修，研究社.
ロッジ，デイヴィッド(1992)『バフチン以後—〈ポリフォニー〉としての小説』伊藤誓訳，法政大学出版局.

渡部直己（2015）『小説技術論』河出書房新社.

文学作品

遠藤周作（1999［1966］）『沈黙』（『遠藤周作文学全集 第 2 巻』新潮社 所収）.

モーリヤック，フランソワ（1983）『テレーズ・デスケルー』遠藤周作訳（『モーリヤック著作集 第 2 巻』春秋社 所収）.

Endo, Shusaku. (2016 [1969]) *Silence. A Novel*. tr. by William Johnston. New York: Picador.

II　テクストの比較分析
―日本語・英語・ロシア語の語り

第5章
モンゴメリー『エミリー』

都築雅子／郡伸哉

1 はじめに

1.1 作品の概要

　ルーシー・モード・モンゴメリー Montgomery, Lucy Maud (1874–1942) はカナダの作家で、『赤毛のアン』をはじめとする「アン・ブックス」で知られる。ここにとりあげる『ニュームーンのエミリー』*Emily of New Moon* (1923) は、「エミリー3部作」Emily trilogy (*Emily of New Moon* (1923)、*Emily Climbs* (1925)、*Emily's Quest* (1927)) の第1部にあたるもので、「アン・ブックス」と同様、孤児の少女を主人公にした小説である。

　『ニュームーンのエミリー』は、母親を早くに失い、父親と2人で暮らしているエミリー（およそ11歳）が、父と死に別れ、孤児となるところから始まる。彼女は母方の伯母にひきとられ、New Moon という土地で暮らすことになる。物語は、子供を型にはめて育てようとする伯母との確執を中心に、他の親戚たち、学校の教師、友人、近隣の人々との軋轢・交友・支援のなかで展開する。そうしたなかでエミリーは、死んだ父に宛てて手紙を書き、詩や小説も書く。あるとき、自分の文章をみせた教師から書きつづけるよう励まされ、作家になる自信を得る。それと同時に伯母とのあいだにも一定の和解が訪れる。3部作の第1部である『ニュームーンのエミリー』は、このようなあらすじをもっている。以後、この『ニュームーンのエミリー』を『エミリー』と略記することにする。

1.2　本章のアプローチ

　まず第2節（担当：都築雅子）では、語り手の視点と登場人物の視点の関係を念頭におきながら、英語原文と2種の日本語訳の一部を「事態把握の主観性」の観点から比較考察する。

　第3節（担当：郡伸哉）では、作品全体に目をむけて、この作品における体験と表現の関係を考察する。具体的には、いくつかの場面を対象に「体験の言語化」のありかたを検討し、つぎに作品のテーマとしての「体験の言語化」を論じる。

　比較対照する翻訳としては、村岡花子訳『可愛いエミリー』と神鳥統夫訳『エミリー』をとりあげる。村岡は3部作すべてを訳しており、神鳥は第1部のみ訳している。ロシア語訳は本章ではとりあげないが、1部3章「事態把握の観点からみたロシア語」で、英語原文と対照しながら論じた。

2　英語原文と日本語訳の比較―事態把握の主観性の観点から

　第2節では、『エミリー』の第1章「谷あいの家」（Chap.1: "The House in the Hollow"）から3つの場面をとりだし、英語原文と2つの日本語訳を、事態把握の主観性の観点から考察する。『エミリー』は、主人公エミリーの心の動きが生き生きと臨場的に語られる部分が多い。そうした心の動きが、客観的把握の傾向の強い英語ではどのように捉えられ、描かれているのか。そして主観的把握の傾向の強い日本語ではどのように訳出されているのだろうか。比較考察をとおし、英語の語りは、たとえ登場人物の視点からの捉えになっても、外の視点である語り手の視点を維持する傾向にあるのに対し、日本語の語りは、常に語り手が登場人物の視点に重なろうとする傾向にあり、完全に登場人物視点に移行する場合もあると論じていく。

2.1　場面Ⅰ：夕食のあと

　1つ目の場面は、エミリーが食事後に父親のいる居間に戻ってきた場面である。英語原文では、語り手によるエミリーの行動の客観的描写から、エミ

リーの感情の客観的描写、そして自由間接話法によるエミリーの感情の表出の描写へと続く流れが読みとれる。

2.1.1　場面 I–1：父との話―語り手による客観的描写

事態把握の観点から、比較考察していく。

場面 I–1

① After supper Emily went in and <u>found</u> that ☐her☐ father had fallen asleep. ② ☐She☐ was very glad of this; ☐she☐ knew he had not slept much for two nights: but ☐she☐ was a little <u>disappointed</u> that they were not going to have that "real talk."　　　　　　　　　　　(*Emily* 12)

神鳥訳（[上] 14–15）	村岡訳（13）
①夕食後居間にもどる<u>と</u>、<u>お父さん</u>は<u>ぐっすり</u>眠っていた。 ②<u>この二晩、お父さんがあまり眠れなかったのを知っていた</u>エミリー<u>はほっとした</u>。ただ、＜ゆっくり＞話ができなくなったのでちょっぴり<u>残念な気がした</u>。	①夕食をすますと、エミリーは居間にもどっていったが、<u>父</u>は眠り込んでいた。②<u>彼女</u>はそのことを非常に喜んだ。父が二晩も、あまりよく眠っていないことを知っていたからだ。けれども例の『みっしり』話ができないので、少し<u>がっかりした</u>。

冒頭の 1 文目（①で表示）は、英語原文では動詞過去形 went と found を and でつなぎ、従属節（that 節）内で過去完了形を使用することで、出来事の前後関係を論理的に示し、エミリーの行動を語りの世界の外から客観的に描写している。2 文目～ 4 文目（②）は、3 つの文がセミコロンで論理的に関係づけられている。3 文目は 2 文目の記述の理由が述べられており、4 文目は 2 文目で述べられた glad と同時にエミリーが感じたもう 1 つの disappointed の気持ちが描かれている。エミリーの気持ちの描写は、これらの文に続く自由間接話法による文（次ページ場面 I–2）、すなわちエミリーの気持ちの表出の描写へ導く布石となっている。1 部 1 章 3.2 節で考察したように、感情や気持を表す表現は、英語と日本語で違いがみられ、英語ではその人の内面に立ち入ったかたちで 1 人称的に捉えるのではなく、外部から観察可能な表出を指すかたちで 3 人称的に捉えて表現される[1]。視点という観点からいえば、登場人物の内面を透視しているかのような、全知の立場から語り手がエミリーの気持ちを語っているといえる。

一方、神鳥訳は、1文目（①）で、不定方向の「と」連結が用いられ、主節では英語原文で知覚行為を表す found は訳出されず、エミリーの眼前の光景「お父さんがぐっすり眠っている」がそのまま描かれている（不定方向の「と」連結に関しては1部1章3.3節を参照）。すなわち、登場人物の視点に語り手の視点をかぶせる不定方向の「と」の用法により、主節はエミリーの視座から捉えられており、読み手をエミリーの視点へと引き込む描写になっている。従属節の主語がゼロ化されていることや、指示表現「お父さん」や擬態語「ぐっすり」も、エミリーの視点から捉えたものであり、臨場感を増している。2文目と3文目（②で表示）は英語原文と順序を変えている。非限定的修飾節「お父さんがあまり眠れてなかったのを知っていた」を用い、生じた事柄の順序のまま、単純に繋げて一文にしており、「生じた出来事の順序と連接される節の順序とが一致している」という類像性の原理に従った臨場的な語りになっている（1部1章3.3節参照）。「この二晩」の直示表現「この」、主観述語「ほっとする」「〜気がする」も、エミリーの視点に寄り添った捉えを表している。話し手の感情の直接表出に用いられる主観述語の使用は、語り手・読み手を登場人物の視点へ移行させ、登場人物の内面の世界へと引き込む語りの用法の1つである（1部1章5.2節参照）。神鳥訳は、登場人物エミリーの視点に語り手自らの視点を重ね合わせた語りになっており、3人称の語り手でありながら、1人称の語り手に近い語り方になっているといえる。

もう1つの日本語訳の村岡訳は、冒頭の文（①）では接続助詞「と」と「が」が用いられ、3つの文で構成されている。「と」は「継起」用法の「と」で、客観的な出来事連鎖を表し（継起用法に関しては坪本1998を参照）、「が」は主節に対する前置きであることを表している。神鳥訳と同様、主節はエミリーの視座から捉えた描写になっているものの、従属節の主語が明記され、指示表現「父」が使用されており、より客体的な語り手視線による捉え方になっている。村岡訳は、エミリーの心内発話などでは、「父」でなく「お父様」が用いられており、「父」の使用は語り手による外からの捉え／描写を示している。続く文においても、主観述語「がっかりする」が用

いられているものの、全体として英語原文の直訳に近いかたちで訳されており、神鳥訳に比べると、客体的な描写となっている[2]。

2.1.2　場面 I–2：散歩の楽しみ―臨場的描写

つづく場面は英語原文で自由間接話法（網掛けで表示）が用いられている。

場面 I–2

③ "Real" talks with Father were always such delightful things. ④ But next best would be a walk--a lovely all-by-your-lonesome walk through the grey evening of the young spring. ⑤ It was so long since she had had a walk. 　　　　　　　　（*Emily* 12）

神鳥訳（[上] 15）	村岡訳（13）
③お父さんとゆっくりする話は、いつもとても楽しかった。 　④けれどそれなら、次の楽しみの散歩がある――春になったばかりの、薄明かりの残る夕方、たった一人で散歩をするのはすばらしい気分だ。⑤このまえ散歩をしてから、もうずいぶんたっている。	③父と『みっしり』話をするのは、どんなときでも嬉しいことだった。④けれども、それについて楽しいのは散歩をすることだった。早春の灰色がかった夕暮れどき、たったひとりで散歩をすることだった。⑤彼女が散歩にでるのは、ずいぶんしばらくぶりのことだった。

　英語原文（③④⑤）は、自由間接話法により思考の伝達部（She thought など）がゼロ化され、またエミリー自身が父親を呼ぶときに用いる表現 Father や強調を表す主観的な表現 such, so も用いられ、エミリーの気持ちがエミリーの視点から臨場的に語られている。

　一方、神鳥訳では、1 文目（①）で、主観述語「楽しい」が用いられている。2 文目以降（④と⑤）では現在時制が用いられ、エミリーの心内発話（網掛けで表示）として、エミリーの気持ちが生の声で語られている[3]。特に、英語原文で "a lovely all-by-your-lonesome walk through the grey evening of the young spring" とモノとして捉えられている名詞句表現については、それをコトとして捉え直し、名詞修飾の lovely を述語「素晴らしい気分だ」に変え、「春になったばかりの、薄明かりの残る夕方、たった一人で散歩をするのはすばらしい気分だ」とエミリーの気持ちを内側から主観的に表現している。分析的に名詞句で表現する傾向の英語を、コト指向的な捉え方の日本語らしく訳出している[4]。

それに対して、村岡訳は、英語原文に忠実に訳そうとしているためか、「〜散歩をすることだった」「たったひとりで散歩をすることだった」「〜しばらくぶりのことだった」というように形式名詞「こと」と断定助動詞の過去形「だった」が繰り返し用いられ、客体化された説明的な描写になっている。また神鳥訳において訳で工夫がみられた lovely は訳出されていない。

　最後に、場面Ⅰ全体に関して、時制と人称代名詞といった文法的な側面から考察する。英語原文では、時制は過去時制が一貫して用いられ、人称代名詞は、最初に主人公として Emily で導入された後は、she（囲み線で表示）が一貫して使用され、語り手による客観的な描写になっている。自由間接話法の部分は、伝達部がゼロ化され、Father, such, so などの表現により、エミリーの主観的な捉えが表現される一方で、時制と人称代名詞は、語り手視点による捉えである。自由間接話法においては、登場人物と語り手の視点が重なっているというよりも、それぞれの視点に立つ両者の声が混在しているといった方がよいだろう（この議論に関しては、1部1章5.3節および4章4節–6節を参照）。英語原文は、主観的な捉えが現れた自由間接話法の文であっても、客観的な語り手の捉えが残っているといえる。

　一方、神鳥訳は、時制は半分程、現在形が混じり、また人称代名詞は、「エミリー」で主人公が導入された後、ゼロ化されている。英語の自由間接話法のほとんどは心内発話としてエミリーの生の声で表現されており、語り手の存在は感じられない。さらに過去形が用いられている語り手による語りの部分であっても、主観述語や擬態語、不定方向の「と」連結の使用などにより、エミリーの視点に寄り添った、1人称の語りに近いものになっている。

　村岡訳については、過去形の割合が非常に高くなっている。日本語の語りでは、過去形が続くと、読み手は語りの世界への臨場を拒否されているように感じると論じられるが（1部1章5.1節参照）、村岡訳は、場面Ⅰで特にそのような描き方になっている。また、囲み線に示されるように人称代名詞「彼女」も使われている。主観述語や擬態語などの使用により、主観的な捉えも現れているものの、神鳥訳に比べると、客体化された描写になっている。

2.2 場面 II：風とのたわむれ
2.2.1 臨場的描写

場面 II は、エミリーがお気に入りの荒れ地（the barrens）で、「風のおばさん（the Window Woman）」と自ら名付けた「風」と戯れる場面である。エミリーが、想像上の友である「風のおばさん」とかくれんぼや追いかけっこをして遊ぶ場面は、英語原文で自由間接話法が使われ、最も臨場的な語り方がされているところである。英語原文・日本語訳どちらにおいても、エミリー自身の感情の直接的な表出が臨場的に表現されている。一方で、人称代名詞の使用に関して、英語原文と日本語訳で違いがみられることを 2.2.2 節で指摘する。

場面 II

And the barrens were such a splendid place in which to play hide and seek with the Wind Woman. She was so very *real* there; if you could just spring quickly enough around a little cluster of spruces—only you never could—you would *see* her as well as feel her and hear her. There she was—that *was* the sweep of her grey cloak—no, she was laughing up in the very top of the taller trees—and the chase was on again—till, all at once, it seemed as if the Wind Woman were gone—and the evening was bathed in a wonderful silence—and there was a sudden rift in the curdled clouds westward, and a lovely, pale, pinky-green lake of sky with a new moon in it. (*Emily* 14)

神鳥訳（[上] 20）	村岡訳（13）
その荒れ地は、風のおばさんとかくれんぼするのにぴったりの場所だった。そこでなら、風のおばさんはちゃんと存在した。できっこないけれど、エゾ松の小さな木立のまわりをさっとまわれさえしたら――体や耳で感じるようにはっきり見ることができる。 ほら、そこにいる――灰色のマントがさっとひるがえった、と思ったら ―ちがう、ちがう、ずっと高い木の上で笑っている――もう一度追いかけよう ―けれどそのうちに、風のおばさんはふっといなくなってしまったようだった ―気がつくと、あたりはしみいるような静けさにつつまれている――と、西の空に	やせ地は、風のおばさんとかくれんぼをするには申し分のない場所だった。そこにいると、風のおばさんが本当にいるのだと思えた。もしも、えぞ松の小さな木立のまわりを、うんと速くとびはねられたら ―そんなことはでないことだけれど ――おばさんのからだに触れたり、おばさんのささやきを聴いたりするばかりでなく、おばさんの姿も見えるかもしれない。あそこにおばさんがいる。あれはおばさんのねずみ色のマントがゆれているんだわ。いいえ、もうあそこにはいない。高い木々の梢で笑っているわ。―こんなふうに追っくらが続いた。そしてとうとう、ふいに風

あった雲がふっつりちぎれてできた切れ間に、うっすらピンクがかった緑色の池のような空が見え、新月が浮かんでいた。	のおばさんはどこかに消えてしまったらしかった。夕暮れはすばらしい静けさの中にひたった。すると突然、西のほうの乳色の雲間が切れて、新月をうかべた愛らしい、ピンクがかった緑色の空の湖がのぞいた。

　英語原文は、伝達部（Emily thought など）がゼロ化された自由間接話法により、読み手はエミリーの心の中の世界（想像の世界）に引き込まれる。such, so, there などの強調や直示表現など、主観性の高い表現が用いられているが、中でも 2 文目 'She was so very *real* there' は、real がイタリックになっており、「「風のおばさん」がそこに本当にいる」というエミリーの想いが臨場的に語られている（以降の文で see, was がイタリックになっていることも、「風のおばさん」に対するエミリーの想いが強く感じられる）。セミコロンで始まる文は、前文で語られたエミリーの想いを具体的に説明している。

　それにつづく、'There she was—that *was* the sweep of her grey cloak--no, she was laughing up in the very top of the taller trees—' の記述（網かけで表示）は、「風のおばさん」とかくれんぼしているエミリーの生き生きとした様子が、'There she was' や 'no' の間投詞的な表現、there, that などの直示表現や進行形による現象文が羅列されることにより、エミリーの心内発話として、直接的に表出されており、極めて臨場的な描写となっている。

　それにつづく記述も、—and（—till, all at once も含めて）が連続して用いられることにより、「「風のおばさん」がいなくなり、夕闇の静寂が表れ、西空にあった雲に切れ間が現れ、切れ間からピンクがかった緑色の空がのぞいた」という刻一刻と変化していく光景が、エミリーの視点に寄り添う語り手により、臨場的に語られている。エミリーの眼前の見えのみが描写され、さらに seem のように日本語の主観述語に近いと思われる述語や、a lake of sky といった視覚に訴える比喩表現が用いられていることも臨場感を増している。

　日本語訳をみてみよう。神鳥訳は、英語原文の自由間接法による文のかな

りの部分が、エミリーの心内発話（網掛けで表示）として、臨場的に語られている。特に「ほら、そこにいる」「灰色のマントがさっとひるがえった」「ちがう、ちがう、ずっと高い木の上で笑っている　－もう一度追いかけよう」の部分は、聞き手の注意を引く時の間投詞「ほら」や発見を表す「いる」や「〜た」、進行形による現象文、主観述語「〜（よ）う」の使用により、エミリーが「風のおばさん」と生き生きと遊んでいる様子がエミリー自身の心内発話として表現されている。さらに、「と思ったら」「けれどそのうちに」「―気がつくと」「―と」（二重線で表示）など、語りの用法である不定方向の「と」などが連続して用いられ、かくれんぼとその後のエミリーを取り巻く光景の変化を、次々とエミリーの眼前に出来する出来事として、その場に臨場する語り手が、エミリーの視点から語っている。また「風のおばさん」が、ほとんどの部分でゼロ化されていることや、「さっと」「ふっと」などの擬態語の使用も臨場感に繋がっている。

　一方、村岡訳も、神鳥版と同じように、間接話法のかなりの部分をエミリーの心内発話（網掛けで表示）として臨場的に表現している。ただし、かくれんぼで戯れるところで、英語の her/she を「おばさんの」「おばさんが」（囲い線で表示）と一つ一つ訳出し、「あれはおばさんのねずみ色のマントがゆれているんだわ。いいえ、もうあそこにはいない」における「あれは」「もうあそこにはいない」といった説明的な語句が添えられ、さらに「いるんだわ」といった説明の「のだ」が使用されるなど、神鳥訳ほど表出的な響きが感じられない描写になっている。ほかにも「見えるかもしれない」における蓋然性の「かもしれない」、「どこか消えてしまったらしかった」における二つの過去形の使用などにより、より客体的・解説的な描写になっている。またエミリーの心内発話に、「ゆれているんだわ」「笑っているわ」といった女性語の終助詞「わ」が用いられている。表出的な心内発話の場合には、普通、女性語は使われにくいが、この場合は、エミリーという女の子のキャラクターを示すために役割語として用いられているかもしれない。

2.2.2 人称代名詞の扱い

ここでは、場面 II で下線が施されている文（英語原文で仮定法の文）の（ゼロ）人称代名詞の用い方の違いについて考察する[5]。英語原文は、「風のおばさん」を3人称代名詞 her で表し、主語を you と2人称代名詞で表している。「風のおばさん」を3人称で表すのは、人称代名詞は語り手の視点で捉える自由間接話法による当然の帰結ではあるが、主観的把握傾向の強い日本語話者にとっては、この部分がエミリーと「風のおばさん」との戯れの場面であるにしては客体化され、距離があると感じられるかもしれない。また、この文の主語の you は総称の you と考えられる。1部1章2.3節で、英語では自分自身に語りかける場合に2人称代名詞 you を用いることをみた。それは自己を他者化し、他者化した自己に語りかける構図になるからである。この場面も、エミリーが自身に語りかけていると解釈できるかもしれない。Bolinger (1979) は「総称の you は、話し手の視点が聞き手と一体化すると言う意味合いをもつ」と述べ、ピーターセン (1990: 70–71) は「英語では自分の経験から一般論を推定する場合に総称の you を用いることが多い」と指摘している。風のおばさんを3人称として捉えることや、この文における2人称代名詞主語 you の使用は、英語話者が他者化／自己分裂のプロセスに身を任せやすいこと、すなわち英語が客観的把握の傾向の強い言語であることを端的に表しているといえるであろう。

一方、神鳥訳は、「風のおばさん」を最初に固有名詞として導入した後は、ゼロ化され、またこの文の主語もゼロ化されている。ゼロ化により、エミリーと「風のおばさん」との戯れが臨場的に語られている。村岡訳は、主語については神鳥訳と同様、ゼロ化されているが、「風のおばさん」については「おばさん」が繰り返し用いられ、説明的な描写になっている。ただ日本語の普通名詞「おばさん」は、3人称とは限らず、2人称として捉えることも可能である。2人称として捉えるとしたら、「風のおばさん」と対面しながら、戯れる臨場感が感じられる。また、この文の主語に関して、ゼロ化の源は1人称のエミリーであると考えられよう。英語と同様、総称と考えることもできるが、その場合も、1人称から一般化されたものであろう。英

語と同様、自分の経験から一般論が導かれたものと考えられるが、英語と異なり、他者化のプロセスを経ない点が、主観的把握の傾向の強い日本語らしいといえる。

2.3　場面III：ひらめき―客観的描写から臨場的描写へ

3つ目の場面は、エミリーに「ひらめき」がやってきた場面である。英語原文では、場面Iと同じように、語り手による客観的な出来事描写から、語り手が透過的に認識するかのようなエミリーの気持ちの客観的描写、そして自由間接話法によるエミリーの気持ちの表出の描写へと続く流れがみられる。

場面III

① And then, for one glorious, supreme moment, came "the flash." ② Emily called it that, although she felt that the name didn't exactly describe it. ③ It couldn't be described--not even to Father, who always seemed a little puzzled by it. Emily never spoke of it to any one else. (*Emily* 14-15)

神鳥訳（[上] 20-21）	村岡訳（14）
①するとそのとき、このうえもなくすばらしい、あの＜ヒラメキ＞がやってきた。②＜ヒラメキ＞――その言い方がぴったりだとは思わなかったけれど、エミリーはそう呼んでいた。③なんとも表現できないもので――お父さんでさえ、その話をするといつもちょっぴりこまったような顔をした。もちろんほかのだれにも話したことはなかった。	①するとそのとき、とうとうすばらしい「ひらめき」がやってきた。②エミリーはその呼名があまり当たっているとは思わなかったけれど、そう呼んでいた。③誰にもそれがうまくいいあらわせなかったのだ。たとえお父様にしたところで。お父様はいつもひらめきにはすこしこまっていらっしゃるらしかった。エミリーは他の誰にもひらめきのことを話したことがなかった。

英語原文は、最初の文（①）で、直示述語 came の倒置文が用いられ、"the flash" がやってきたことを語り手がエミリーの視点から、読み手に臨場的に提示している。2つ目の文（②）で、エミリーが感じたことを外部から透過的に認識するかのように、語り手が she felt 〜といった3人称主語で客観的に描写している。つづく文（③、網掛けで表示）は、自由間接話法により、エミリーの視座から臨場的に語られ、特に語彙 couldn't, Father, seem に、エミリーの生の声がうかがえる。場面Iと同じような登場人物の出来事描写、

登場人物の感情の客観的描写、登場人物の気持ちの表出の描写の流れである。

　日本語訳をみてみよう。神鳥訳は、最初の文（①）の "the flash" について、間主観性を志向する直示表現「あの」を用い、読み手とともに物語の最初の部分で体験した「エミリーのひらめき」を回想しながら提示している。つづく文（②）は、神鳥訳も村岡訳もどちらも「〜とは思わなかったけれど」というように主観述語「思う」を用いている。主観述語の使用により、語り手視点による描写でありながら、エミリーの気持ちが内から捉えられている。3つ目の文（③）の前半は、神鳥訳は、「〜もので」という話し手の主観的・個人的な判断による原因・理由（ここでは「言い訳」）を表す接続詞節による言いさし文が用いられ、エミリーの心内発話として臨場的に表現されている。つづく文は、過去形が用いられており、語り手による語りと考えられるが、「お父さん」「ちょっぴり」などエミリーが使いそうな表現を用い、エミリーの視点に寄り添った1人称的な語り方がされている。この1人称的な語り方は、村岡訳において、さらに顕著である。村岡訳は、自由間接話法の部分すべてで過去形を用い、語り手による描写になっているが、「たとえお父様にしたところで。」といった言いさし文や、「お父様はいつもひらめきにはすこしこまっていらっしゃるらしかった」にみられる「お父様」「こまっていらっしゃる」といった美化語や尊敬語の使用は、エミリーが父親に話す際の言葉づかいそのものであり、語り手がエミリーの視点から1人称の語り手のように語っていることを示している。

　最後に、英語原文の自由間接話法の後半部 "…Father, who always seemed a little puzzled by it." にみられる感情を表す表現（下線部）に関する日英語の違いを、今一度指摘しておきたい。英語では、感情を表す述語 puzzled は、外から観察可能なものを指すというかたちで3人称的に捉えられる。したがって、Father という3人称主語で puzzled が用いられている（ここでは、主観述語に近いと思われる seemed と一緒に使われているが、seemed の代わりに was でも同じように使える。）一方、日本語では、「お父さん」といった3人称主語で主観述語「こまる」を用いることができないため、神鳥版では、

「こまったような顔をした」というように外から見える様子の表現に置き換えられ、村岡版では、「いらっしゃるらしかった」というように推定を表す助動詞「らしい」が使用されている。

2.4　まとめ：語り手／登場人物視点と事態把握の傾向の違い

　『エミリー』の英語原文と日本語訳文のテクストを一部、比較考察した。『エミリー』は感受性・想像力に富んだエミリーの内面が生き生きと描かれた物語であるが、英語原文では、エミリーにまつわる出来事の語り手による客観描写、語り手によるエミリーの内面の客観的描写、自由間接話法によるエミリーの気持ち・感情の表出の描写という3段階の流れが読みとれた。英語では、glad, felt, puzzledといった感情や気持ちを表す述語は、他者の意図や感情を透過的に認識できるかのように3人称的に捉えて表現されるため、語り手が全知の立場からエミリーの内面について客観的に描写することが可能になる。また自由間接話法の文においては、間投詞的な表現など、エミリーの感情の直接的な表出としてエミリーの生の声が感じられる一方で、分析的なモノ的捉えをする名詞句表現が用いられるなど、俯瞰的な語り手の視点もみられる。もともと時制と人称代名詞の使用のなかに、語り手の視点が入っており、最も臨場的な自由間接話法においても、語り手の視点が混在する点が、客観的把握の傾向の強い英語らしさが反映されているといえる。

　一方、日本語訳は、語り手による描写の場面においても、主観述語の使用、擬態語の使用、さらに「お父様」といったエミリーが実際に父親に対して用いる表現の使用など、エミリーの視点に寄り添った語り方がなされていることがわかった。3人称の語りでありながら、多くの部分で、1人称の語りに近い語り方がなされている。また英語原文で自由間接話法が用いられている部分の多くは、エミリーの心内発話として表現されていた。心内発話は、まさにエミリーの生の声が聞き取れ、語り手の存在は感じられない。神鳥訳にみられるこれら2つ特徴は、過去形の使用率が高いなどの点でより客体的な描写がなされている村岡訳にも当てはまる。2つの訳文に、程度差はあるものの、主観的把握傾向の強い日本語らしさが表されているといえる

であろう。

　本多 (2005: 166) は「英語は全知の神のような立場から語りを展開する傾向が比較的強いのに対して、日本語は登場人物の立場から語りを展開する傾向が比較的強い」と論じているが、それを裏付ける考察結果となった。語り手の視点と登場人物の視点というのは、語りの世界の外からの捉えと、語りの世界の中にいる登場人物からの捉えに対応している。たとえ登場人物の視点からの捉えになっても、外の視点である語り手視点も維持する傾向にある英語の語りと、常に語り手が登場人物の視点に重なろうとする傾向にある日本語の語りの違いは、英語と日本語の事態把握の傾向の違いに還元されよう。

3　英語原文における「体験の言語化」

3.1　体験を総括する語り
3.1.1　語る内容

　『エミリー』は、1つの大きなプロットで構成された作品ではなく、成長にともなうエピソードが連ねられた作品である。語りの焦点は、主人公の内面とその成長、他の人物たちの個性、彼らとの敵意ないし友情をめぐるエピソードの数々にあり、それらはしばしばアイロニーやユーモアをもって語られる。舞台となる土地の魅力も見逃せない。カナダのプリンス・エドワード島に設定されたニュームーンという架空の土地の美しい自然環境、それにたいする主人公の思いが描かれ、さらに、この地に住みついた英国からの移住者たちの歴史と現在も話題となる。

　この作品は、まずは感受性と自尊心に富む孤児の少女を主人公とした児童文学ということができる。主人公以外には、それぞれに個性をもった子供たち、保守的な価値観に支えられた親戚の大人たち、社会からはみ出したような大人たちも登場する。その際、一族（作品では「血族」clan［氏族］ともいわれる）の歴史、そして血族内部および血族間の対立が描かれる。この問題をめぐっては、ゴシック小説的な恐怖と謎で読み手をひきこむ部分もある。

小説の中心をなす葛藤は、奔放な主人公と、逸脱を許さない伯母との関係であるが、最後には双方が歩み寄る。全体としてこの作品は、現実との関わりのなかで成長していく人間を描く教養小説的な側面をもつといえるが、とりわけ主人公が作家を夢みていることから、芸術家の誕生の物語といった趣を呈し、一方で自然との深い交感、他方で周囲の人々との交流と対立、そういったもののなかで自己観察と自己表現が深まっていくさまを描いている。

死んだ父親にあてて主人公が書く手紙も挿入されている、3人称の語りに、1人称の語りが部分的に埋めこまれているわけである。そしてその手紙には、子供らしい未熟さ（綴りの間違い、表現の幼さ、認識の未熟さ）が表れていると同時に、早熟さも表れており、ここにも作者のアイロニーとユーモアがふんだんにこめられている。

以上のように、『エミリー』は、子供向けでありながら、テーマ的にも手法的にも、さまざまな小説ジャンルの要素を幅広く含みこんだ小説といえる。

以下、第3節では、英語原文における登場人物と語り手の視点ないし声の混交、あるいは「テクスト干渉」（1部4章6.2節参照）からみた「体験の言語化」、さらに小説のテーマとしての「体験の言語化」の問題に焦点を当てる。なお本節では、英語原文の引用に際して神鳥統夫による日本語訳を添える（段落改行は英語原文に合わせる）。

3.1.2　思考の伝達における2つの要素

まず語りにおける思考の伝達の基本を確認しよう。直接話法による登場人物の思考の伝達は、登場人物が使うと想定される言語を再現する形をとり、間接話法による思考の伝達では、思考を語り手が言語化する。他方、自由間接話法による思考の伝達では、3人称・過去時制が語り手による言語化を指示する一方で、語彙の選択、間投詞や感嘆文の使用などは、登場人物の言語の模倣をめざす。それによって体験者自身が言語化できない内面までも、じかに描写している感覚が出る。以上は単純化した図式だが、実際のテクストでは、登場人物の言語要素（「登場人物のテクスト」）と語り手の言語要素（「語

り手のテクスト」)がさまざまな形で混淆している。まず第 2 節でとりあげた場面 I の一部をあらためてみてみよう。

(1) "Real" talks with Father were always such delightful things. But next best would be a walk—<u>a lovely all-by-your-lonesome walk through the grey evening of the young spring.</u> It was so long since she had had a walk.

(*Emily* 12)

お父さんとゆっくりする話は、いつもとても楽しかった。けれどそれなら、次の楽しみの散歩がある——春になったばかりの、薄明かりの残る夕方、たった一人で散歩をするのはすばらしい気分だ。このまえ散歩をしてから、もうずいぶんたっている。 (神鳥訳［上］15)

　この部分は、2.1.2 節でみたとおり、エミリーの視点にたった自由間接話法の描写だが、個々の言語表現はどうだろうか。2 文目のダッシュの後(下線部)に注目したい。lovely はエミリーが使いそうな言葉だが、all-by-your-lonesome といった造語、そして 1 つの名詞 walk を中心に、前に 2 つの形容詞、後ろに前置詞句 through the grey evening of the young spring をしたがえる、長いが引き締まった名詞句表現は、子供の体験の直接的な言語化とはいえないだろう。直前までは、エミリーの知覚や思考が、彼女の視点から、彼女が使いそうな語彙や構文で伝えられてきたが、最後に、エミリーの視点に沿う姿勢を保ったまま、いつのまにか語り手による言語的コントロールが強まっている。一方、この前後(下線のない部分)の表現が、主人公の言語との隔たりをあまり感じさせないことに留意しておきたい。
　つぎに、2.2. 節でとりあげた場面 II の一部分をみてみよう。

(2) There she was—that *was* the sweep of her grey cloak—no, she was laughing up in the very top of the taller trees—<u>and the chase was on again—till, all at once, it seemed as if the Wind Woman were gone—and the evening was bathed in a wonderful silence—and there was a sudden</u>

<u>rift in the curdled clouds westward, and a lovely, pale, pinky-green lake of sky with a new moon in it.</u>　　　　　　　　　　　　　　（*Emily* 14）
ほらそこにいる——灰色のマントがさっとひるがえった、と思ったら——ちがう、ちがう、ずっと高い木の上で笑っている——もう一度追いかけよう——けれどもそのうちに、風のおばさんはふっといなくなってしまったようだった——気がつくと、あたりはしみいるような静けさにつつまれている——と、西の空にあった雲がふっつりちぎれてできた切れ間に、うっすらピンクがかった緑色の池のような空が見え、新月が浮かんでいた。　　　　　　　　　（神鳥訳［上］20）

　これは全体で一文であるが、最初の部分（下線のない部分）は明確な自由間接話法である。ではダッシュと and でつづく部分（下線部）はどうか。ここも第 1 節でみたとおり、エミリーの知覚による臨場的な描写である。その一方で、語り手による文学的な表現要素も多く感じられる。たとえば bathed in a wonderful silence といった比喩表現や、多くの情報を圧縮する名詞句（rift を核とする句と、lake of sky を核とする句）には、言語をコントロールする語り手の声が響いていて、その意味で最初の部分と様相が異なる。この長い一文もまた、全体として、登場人物の声と語り手の声が言語表現の奥深くで絡みあった「テクスト干渉」の例といえる。

3.1.3　位置づけと分析
　つぎに、語り手による言語化がさらに踏みこんで行われる例をみてみよう。まずエミリーが自分の書いた詩を友人イルゼにみせ、彼女から「詩人」として認められる場面（第 11 章「イルゼ」Chap.11: "Ilse"）である。

（3）　"Well"—Ilse drew a long breath—"I guess you *are* a poetess all right."
　　　It was a very proud moment for Emily—one of the great moments of life, in fact. Her world had conceded her standing.　　　（*Emily* 126）
　　　「それじゃあ、」——イルゼは長いため息をついた——「今だってもう

りっぱな女流詩人じゃない。」
　　　それはエミリーにとってとても誇らしい瞬間——人生で何度もやってくるわけではない、すばらしい瞬間の一つだった。詩人としてのエミリーが認められたのだ。　　　　　　　　　　　　（神鳥訳［上］254）

　ここで第2文と第3文は、エミリーの内面を語り手が説明する文である。第2文は、この時点の彼女の内面（proud という感情）を述べるだけでなく、それを彼女の人生のなかに位置づけている。とくにダッシュの後の部分には、対象を広い視野に位置づける視線があり、他の場所でもしばしば使われるダッシュの用法の効果的な事例といえる（邦訳ではこの感覚はあまり出ておらず、知覚・思考の視点だけでなく、言語もエミリーとの隔たりが少ない）。

　たとえば one of... という表現は、これまでの彼女の人生を見渡すパノラマ的視線による位置づけである。proud という言葉は、人の感情を表すために誰もが使える言葉である。それは「悲しい」「嬉しい」などと同様に、感情を表す定式化された型であり、「非言語的な心的状態」を「言語的な型」へと圧縮したものである。しかし語り手はそれにとどまらず、圧縮されたものを展開する。それが「分析」（あるいは解釈ないし判断）である。

　第3文は、その展開部分で、proud という感情を、her world と her standing の関係として分析的に説明する。

　以上のいずれも、登場人物の体験を登場人物の視点から再現するにとどまらず、そこに語り手が捉えなおしたものをつけ加えているといえる。その捉えなおしは、第1文の後半では、「位置づけ」であり、第2文では「分析」である。すなわちこれは、事態把握を含む言語表現のみならず、テーマや評価も入った「語り手のテクスト」が表れている例である。

　こうした「位置づけ」や「分析」は、比喩の形をとることもある。さらに別の章から例をとろう。エミリーが死んだ父親にあてて自分の思いをつづっていた手紙を書けなくなったことが語られる場面（第29章「侵された聖域」Chap.29: "Sacrilege"）である。

（4） But, whatever the explanation, it was not possible to write such letters any more. She missed them terribly but she could not go back to them. A certain door of life was shut behind her and could not be reopened.

(*Emily* 330)

なんにしても、もうああいう手紙を書くことはできなかった。ひどくさびしかったけれど、もはやあのころにもどることはできなかった。人生の扉が一つ、エミリーのうしろでしまって、その扉は二度と開くことはなかった。　　　　　　　　　　　　　　　　　（神鳥訳［下］200）

　最後の文は、その前に述べられているエミリーの心的変化（死んだ父親に手紙を書くことで心の癒しを得ることができなくなったこと）を「人生の一時期の終焉」として捉え、彼女の「先へと進んでいく人生の一コマ」として提示している。つまりこの時点の彼女の心的変化を、彼女の人生という時間的パースペクティブのなかに位置づけながら分析している。この一文によって読者は、エミリーの成長を確認することになる。この一文のもたらす効果は大きい。これは、「成長を描く小説」という観点から重要な役割を果たす簡潔な定式化であり、それは、エミリーの主観に沿いつつ、それに距離を置く語り手の「言語化」の作業なのである。さきほどの（3）にあった Her world had conceded her standing. という一文もまったく同じである。

　以上、内の視点と外の視点の観点――登場人物と語り手の「声の混交」ないし「テクスト干渉」の観点――から、いくつかの部分をみてきた。注目したいのは、語り手が、いったん入りこんだ主人公の主観から、いつのまにか離れて、簡潔な言葉で背景説明や分析をしながら締めくくること、すなわち、登場人物のテクストから語り手のテクストへと比重が移っていくことである。数例をみたにすぎないが、同様のことは作品のいたるところに観察される。こうした簡潔な言語化による締めくくりが、この小説が読み手をひきつける力の重要な源泉となっているのはまちがいない。一方でそれは、これまでみてきたように、登場人物の視点への同化をへたうえでなければなりたたない。もっとも、登場人物の視点に同化する際にも（つまり自由間接話法

の場合でも)、語り手による引きしまった表現への志向がみてとれる。結局、登場人物の体験を内側からじかに伝えることと、それを外側から整理すること、その2つの方向のバランスをとりながら、最終的に外枠としての明瞭なイメージを提示して総括しようとする傾向が、この小説の語りの特徴といえるだろう。

この作品が書かれた時代には、「意識の流れ」などの手法を用いたモダニズム文学が発展していたことを念頭におくなら、この作品にはとくに新しい表現をめざす意識がみられるわけではない。主人公の内面を、直接話法、自由間接話法、そして1人称の手紙をとおしてできるだけ直接的に提示しながら、他の登場人物の視点も適宜織りまぜつつ、語り手が主人公の内面を広い視野から位置づけて分析する――以前からすでに用いられていたさまざまな手法を使いわけながら、最終的には全知の語り手の立場から主人公の内面をわかりやすい形で提示する小説、それが『エミリー』ということになるだろう。

3.2 集団の声

ただしここで一点、注意を払いたいのは、家系(血族、氏族)の視点である。エミリーの父親は、エミリーの外観や行動を、自分の妻の家系の特徴と自分自身の家系の特徴のどちらに属するかという観点からみている。また、妖精は、エミリーの想像のなかに存在するだけではなく、父親自身が彼女を妖精のように捉えているのだが、その場合も、家系の特質に結びつけられている。他方で、伯母や他の親戚も、エミリーを自分たちの家系(エミリーの母親の家系)とのつながりで捉える。各人がそれぞれの視点からみているわけだが、家系の視点から人間を捉えるという点で、彼らは同類なのだ。そしてこの捉えかたを、エミリー自身が疑問もなく受けいれている。彼女も、何かをきっかけに自分の性質を考えるとき、これはスター家の血だ、ここはマレー家の血だ、と考えるのである。

結局、この作品には、主要登場人物の個別の声の背後に、集団の声が存在するといえるだろう。Palmer (2010) は、小説を理解するにおいて、個別の

人物の視点にたつ「内的アプローチ」だけでは不十分だと主張する。そこに「外的アプローチ」(行動や外面描写などの分析) をも加えながら、間主観性すなわち「社会的マインド」を捉えることが重要だと述べている。たとえばジョージ・エリオットの小説『ミドルマーチ』は、ミドルマーチという町のマインドを描きだしており、それはさらに、いくつかの階層という下位のマインド、さらに家族などのより小さな単位のマインドからなりたっているという。それにならっていえば、『エミリー』には、父の血筋であるスター家のマインドと、母の血筋であるマレー家のマインドが存在する。さらにそれらは、各地からの移住者からなりたつこの地のコミュニティのマインドの一部をなしているといえるだろう[6]。

ところで、小説のなかでこうしたコミュニティのマインドを相対化する視点が示されているかというと、そのようには思われない。抑圧的な大人の価値観に反発し、それから逃れようとするエミリーも、こうした集団的マインドにとりこまれている。語り手も、個々の人物の抑圧的言動は描きだすが、そこに集団への帰属意識にたいするアイロニーは感じられない。作品のタイトル Emily of New Moon『ニュームーンのエミリー』は、この観点から理解することもできるだろう。つまり主人公と場所が一体化しているということである。そしてマレー家の農場の名「ニュームーン」は、彼らの先祖が移住の際に乗ってきた船の名でもある。『ニュームーンのエミリー』は、場所の集団的マインドに同化した (根差した) 主人公のマインドを描いているといってよいだろう。なお同じくプリンス・エドワード島を舞台とした「アン・シリーズ」の第一作 Anne of Green Gables『グリーン・ゲイブルズのアン』のタイトルが同様の表現法をとっていることもここで想起される。

3.3 テーマとしての「体験の言語化」
3.3.1 自然の事物との対話

つぎに、以上みてきたことを踏まえて、この小説のテーマの1つといってもよい「体験の言語化という営み」について考えたい。

エミリーは、妖精 elf や風の女 Wind Woman の存在を信じている。彼女

の想像の世界はアニミズムの世界であり、自然現象が主体になりうる世界である。注目したいのは、その自然との交流は、自然との一体化というより、相互の呼びかわしという形をとっていることである。それは、彼女があるとき自然のなかで過ごしながら感じとったことを、あとでノートに書きとめようと考えるときの描写からよくわかる。

（５）　She scuttled back to the house in the hollow, through the gathering twilight, all agog to get home and write down her "description" before the memory picture of what she had seen grew a little blurred. She knew just how she would begin it—the sentence seemed to shape itself in her mind: "The hill called to me and something in me called back to it."（*Emily* 15）
今見た情景がぼやけてしまわないうちに一刻も早く書きとめておこうと、〈描写〉することばかり考えていたエミリーは、しだいに暗くなっていくなか、いそいで谷あいの家へもどっていった。書き出しは決まっていた―頭のなかで文章がどんどんできていくようだった。
「丘があたしを呼び、あたしのなかのなにかが、それにこたえた。」
（神鳥訳［上］22）

　エミリーは、自分が経験したものについての description（記述、描写）を書きとめるのだが、その内容は "The hill called to me and something in me called back to it."（丘がわたしに呼びかけ、わたしのなかの何かがそれに呼びかえした）というものである。ここで自然との交流は、主体どうしの呼びかわしとして捉えられている。ただし、自然とむきあっているのは「わたし」そのものではなく、「わたしのなかの何か」である。「わたし」という主体の一部を客体として対象化し、「わたし」自身にも明確に把握されないようなその一部として捉えているわけで、非常に高度な認識である。11歳の子供がこうした記述をするというのは、文章を書くことに喜びをみいだし、作家になりたいと考える少女という設定だからこそのことだろう。
　そしてこの自然との交感の本質を表現しようとしてでてきた言葉が、2.3

節の場面IIIでみた flash（ひらめき）である：And then, for one glorious, supreme moment, came "the flash." このときの感覚の描写を神鳥訳で引用しよう。「ものごころついて以来ずっと、エミリーは自分が不思議な美しさをもつ世界にかぎりなく近いところにいるような気がしていた。その世界とエミリーをへだてるのは一枚の薄いカーテンだけ。エミリーにはそのカーテンはあけられない——けれどときどき、風が吹いてほんの一瞬カーテンがゆらめくと、ちらっとだけだけれど、そのむこうのうっとりするような世界が見え、この世のものとは思えない音楽がきこえるような気がした」（神鳥訳［上］21）。

つまり自然との交流は、瞬間的にむこうからやってくる非意志的なものなのである。しかし、そうした不明の何かに名前をあたえることは、もはや非意志的な行為ではなく、対象化のはたらきである。エミリーは自分の経験を可能な限り対象化し、具体的に表現しようとする。それが description である。客観的に捉えられる事物だけでなく、主観的な体験を「記述」すること、文学がそうした「言語化」を志向することは、英語以外のどんな言語の場合でも同じだろう。しかし言語化の実際において、英語という言語が事態を外から対象化する程度においてきわだっていることは、本書のさまざまな個所で考察するとおりである。作家の卵であるエミリーが考えだし、気に入っている表現 "The hill called to me and something in me called back to it." は、それをよく示すものとなっている。

3.3.2　鏡像との対話

同じ観点から、エミリーが鏡に話しかける場面も興味ぶかい。以下は(2)で引用した場面（エミリーが鏡に微笑みかける描写の途中、エミリーの微笑みが母親そっくりだという父親の視点が入る個所）につづく部分である。

（6）　"I'm going for a walk with the Wind Woman, dear," said Emily. "I wish I could take you too. Do you *ever* get out of that room, I wonder. The Wind Woman is going to be out in the fields to-night. She is tall and misty, with thin, grey, silky clothes blowing all about her—and wings like a bat's–only you can see through them—and shining eyes like stars looking through her long, loose hair. She can fly—but to-night she will walk with me all over the fields. She's a *great* friend of mine—the Wind Woman is. I've known her ever since I was six. We're *old*, *old* friends—but not quite so old as you and I, little Emily-in-the-glass. We've been friends *always*, haven't we?"

With a blown kiss to little Emily-in-the-glass, Emily-out-of-the-glass was off. (*Emily* 13)

「風のおばさんと散歩してくるわね。あなたも連れていけたらいいんだけど。今まで一度もそこからでたことないんじゃない？　今夜、風のおばさんは野原にでてくるの。風のおばさんて背は高いんだけど、姿ははっきりとは見えないのよ。ばたばたはためいているグレーの薄い絹の洋服を着ていて――コウモリみたいな翼もあるわ――そのすきとおった翼をとおしてしか見ることができないの―星みたいにかがやいている目は、ぼさぼさの長い髪からすけて見えるけど。風のおばさんは飛ぶこともできるんだけど、今夜はあたしの野原じゅう歩いてくれるの。彼女、親友なの――風のおばさんよ。六歳のときから知っているんだもの。ずっと昔からの友だち――だけどあなたとはそれよりもうちょっと前から友達よね、鏡の中のエミリー。あたしたち、いっつも仲よしだものね。」

鏡の中のエミリーに投げキスをして、鏡の外のエミリーはでかけた。 (神鳥訳［上］16–17)

ここではエミリーが「鏡の中のエミリー」(Emily-in-the-glass) に語りかける言葉が直接話法で伝えられ、そのすぐあとに、そのエミリーの言葉を利用して「鏡の外のエミリー」(Emily-out-of-the-glass) と続ける言葉遊びがなされる。登場人物の言葉を利用した言葉遊びは、登場人物と語り手の「テクスト干渉」が顕在化する１つの場になる。こうした遊びは他の個所にもあり、作者は好んでいるようである。

鏡に映った自分に語りかけるということは、自己の鏡像を擬人化することである。そしてエミリーは鏡像に対して、Emily-in-the-glass という名称、つまり自己から分離して対象化した名称をあたえる。さきほどの丘と呼びかわす一文では、丘をエミリーが擬人化しつつ、それと自分との関係を対象化していた。そして、そもそも、風を含めて自然の諸物がエミリーにとって擬人化されるものであったことを思いだすならば、自然と鏡は同じ役割をはたしていることがわかる。どちらもエミリーにとって、擬人化された何かとの対話を可能にし、それと対話する自己に目をむけさせる媒体なのである。

こうした疑似的な主体との交感と、それをとおしての自己観察は、最終的にすべて「記述」の対象となる。すなわち、何かから作用を受ける体験に身を浸しながら、その事態を「記述＝言語化＝対象化」する喜びを味わう──これがエミリーの自己意識と自己表現のありかただといえる。

そしてこれは、これまでみてきたような、この作品自体の言語表現のありかた、すなわち、語り手が登場人物の内面に自己を投入しながら、最終的にそれを外の視点から、気のきいた簡潔なフレーズでまとめること、と相同的なことがらである。エミリーが自己の鏡像に「鏡の中のエミリー」と呼びかけ、その彼女を語り手が「鏡の外のエミリー」と名づけることは、結果的にこの相同関係を示すわかりやすい説明となっている。作家を夢みる主人公を描くこと──それは体験への没入とそれを対象化＝言語化することの喜びを同時に伝えることであり、「体験を言語化する営み」（とくに英語のそれ）が生まれる現場に読者をたちあわせることだといえる。

3.4　まとめ：2つの志向の交錯

最後にもう一度「血族」、さらに広く共同体の問題に戻りたい。この小説には、かつて駆け落ちしたとされる人妻が、じつは駆け落ちなどせず、井戸に落ちて死んでいたことを、エミリーが夢のお告げをもとに発見し、その結果、その夫の態度が一変するエピソードがある (Chap.30: "When the Curtain Lifted" 第 30 章「カーテンが開いたとき」)。それは、エミリーがこの土地から霊感をあたえられ、それによって人々の対立に和解をもたらす者、共同体

の仲介者の役割を果たしたということである。この作品がエミリーと自然の魂の交感を描いていることはすでに述べたが、それは、その自然の存在する土地に住みついた人々とのきずなと背中あわせになっている。妖精 elf も共同体の伝承観念であることをここに考えあわせると、自然との魂の交感と、土地の共同体との社会的紐帯は、1つのものの両面なのである。『エミリー』のなかには、こうした伝統志向社会に共通する世界観をみてとることができる。

以上をまとめるなら、子供ながらに自己の存在環境を客観視する表現傾向をもち、そこからの自立を求める主体は、同時に自然環境・社会環境との一体化をめざす傾向をもっているということになる。このように環境から分離する志向と環境と一体化する志向の織りあわさった世界——言語表現に表れた「事態把握」とも、「テクスト干渉」ともまた違ったレベルで「内と外」が交錯する世界——それが『エミリー』の精神世界だといえるだろう。

注

1. 感情を表す表現に関する英語と日本語の違いは、次の様態副詞 reluctantly の訳し方にもみられる。

    (i) Emily muttered under her breath for her own satisfaction, "You are a fat old thing of no importance!" and slipped upstairs to get her hood—rather <u>reluctantly</u>, for she loved to run bareheaded. (*Emily* 12)
    (ii) エミリーは腹いせに、声にはださずにいった。
    「どうしようもない、ふとっちょの老いぼればばあ！」
    それから二階へフードをとりにいった —ほんとうはなにもかぶらずに走るのが好きなので、<u>気がすすまなかったけれど</u>。(神鳥訳[上]15)

英語原文(i)では、エミリーが階上にフードを取りに上がった様子を 'rather reluctantly' という様態副詞で表し、エミリーの気が進まない理由をつづく等位接続文で述べている。ダッシュ後の様態副詞とそれにつづく描写は、ダッシュ前の描写と同じように、語り手による客観的描写になっている。一方、神鳥訳(ii)で

は、ダッシュ後の記述は、エミリーの気が進まない様子を語り手視点で描写するのではなく、登場人物のエミリーの視点から捉え直し、過去形を用いてはいるものの、モダリティ副詞「ほんとうは」、口語でよく使われる言いさし文「気がすすまなかったけれど」を用いて、ほぼエミリーの心内発話に近いかたちで臨場的に表現されている。
2. 「喜んだ」の述語「喜ぶ」に関しては、寺村（1982）や大曾（2001）で、「感情の表出」というより、「感情的品定め」に使われると論じられている。
3. 廣瀬・長谷川（2010）では、小説における言語使用として（A）意識描出（B）心内発話（C）会話の3種類があり、（A）より（B）、（B）より（C）の方が「公的性」が強くなり、日本語の場合、「公的性」の弱い心内発話は意識描出と区別することが難しいと論じている。ここでは、心内発話と意識描出の区別を論じることなく、「心内発話」として論考を進めている。
4. 池上（1981）では、ある出来事が表現される場合、そこに何らかの個体を取り出し、それに焦点を当てて表現する傾向にある英語のようなモノ指向的な言語と、そのような個体を特に取り出すことなく、出来事全体として捉えて表現する傾向にある日本語のようなコト指向的な言語があると論じている。
5. 本節の、「風のおばさん」との戯れ場面で、「風のおばさん」を英語原文では3人称 her/she で捉えるのに対し、日本語訳文では2人称で捉える相違点について論じていくが、同じ現象がディズニー映画 Tangled（塔の上のラプンツェル）の挿入歌「I See the Light（輝く未来）」の歌詞にもみられる。恋人のフリンが歌うパートで、英語原文ではラプンツェルを3人称代名詞 she で表しているのに対し、日本語訳文では2人称「君」で表している（下線で表示）。

    （ⅰ）Now <u>she</u>'s here shining in the starlight
        Now <u>she</u>'s here suddenly I know
        If <u>she</u>'s here it's crystal clear
        I'm where I'm meant to go
    （ⅱ）今夜は僕のそばで <u>君</u>がほほ笑んでる
        やっと見つけた 僕のいる場所

6. モンゴメリー自身の出自も、スコットランドからプリンス・エドワード島に来た移民である。「アン・ブックス」の世界も、そうしたコミュニティの性格を色濃く反映しているようである。菱田（2014）を参照。

引用文献

作品原文および翻訳のテクストは以下から引用した。引用に際しては、英語オリジナル・テクストを『*Emily*』、2つの邦訳をそれぞれ「村岡訳」、「神鳥訳」と略記し、そのあとに頁数のみを示す。引用に施した下線、囲み線、網掛けは、すべて本章筆者によるものである。

Montgomery Lucy Maud. (1989 [1923]). *Emily of New Moon*. Toronto: McClelland and Stewart.
モンゴメリー(2007 [1964])『可愛いエミリー』村岡花子訳, 新潮文庫.
モンゴメリー(2001)『エミリー』(上・中・下)神鳥統夫訳, 偕成社.

参考文献

池上嘉彦(1981)『「する」と「なる」の言語学―言語と文化のタイポロジーへの試論』大修館書店.
大曾美恵子(2001)「感情を表す動詞・形容詞に関する一考察」『言語文化論集』名古屋大学国際言語文化研究科. 21–30.
坪本篤朗(1998)「第Ⅱ部　文連結の形と意味と語用論」赤塚紀子・坪本篤朗『モダリティと発話行為』研究社出版. 100–193.
寺村秀夫(1992)『日本語のシンタクスと意味Ⅰ』くろしお出版.
菱田信彦(2014)『快読『赤毛のアン』』彩流社.
廣瀬幸生・長谷川葉子(2010)『日本語から見た日本人』開拓社.
ピーターセン・マーク(1990)『続日本人の英語』岩波書店.
本多啓(2005)『アフォーダンスの認知意味論―生体心理学から見た文法現象』東京大学出版会.
Bolinger, D. (1979) To Catch a Metaphor: *You* as Norm, *American Speech* 54: 194–209.
Palmer, Alan (2010) *Social Minds in the Novel*. Columbus: Ohio State University Press.

第6章
ブルガーコフ『巨匠とマルガリータ』

郡伸哉／ペトリシェヴァ・ニーナ

1 はじめに

1.1 作品の概要

　この章では、ミハイル・アファナーシエヴィチ・ブルガーコフ(1891–1940)の長編小説『巨匠とマルガリータ』の第2部から、いくつかの章を分析対象とする。

　この小説は、2つの時空間を舞台としている。まず1920年代から30年代のモスクワ(ソビエト時代初期のロシア)におこる出来事から始まる。その物語が展開するなかで、もう1つの時空、すなわち新約聖書時代のエルサレムを舞台とする物語が、数度にわけて挿入される。小説の記述からすると、後者は前者の物語中の人物である「巨匠」が書いたものと理解される。

　モスクワの物語では、悪魔ヴォランドとその一味が引きおこす一連の出来事、すなわち作家協会の議長がヴォランドの予言どおりに死に、ヴォランド一味がサーカスの舞台などで引きおこす不思議な出来事が語られる。一方、作家協会議長の死を目撃したイワンは、精神病院に収容され、巨匠と出会う。巨匠はイワンに、自分には秘密の妻(ヒロインのマルガリータ)がいたこと、ピラトゥスを主人公にした小説(下記のエルサレムの物語)を書いて批判され、その原稿を焼いたことを語る。一方、マルガリータは、行方をくらました巨匠を探し、魔女になって悪魔の舞踏会に出かける。

　エルサレムの物語は、ローマ総督ピラトゥス(ピラト)とヨシュア(イエス)をめぐる話である。そこではピラトゥスが、ヨシュアが無実であること

を知りつつも、彼の処刑を命じることが中心に語られる。

　小説の最後では、巨匠とマルガリータがモスクワ世界を抜けだし、そこでピラトゥスと出会って、彼を2000年間の苦悩から解放し、自分たちは「永遠の隠れ家」に去っていく。エピローグではモスクワでの後日譚が語られる。

　この小説は1928年から1940年までのあいだに書かれた。1966–1967年に雑誌に発表され、1967年に単行本として刊行されるが、多くの削除・修正箇所があった。単行本としては、同じ1967年にフランスで出版され、その後、削除されていた箇所を含めたものが1969年にドイツで出版され、1973年にいたってロシアで出版された（その後のテクスト校訂については、水野忠夫訳の解説を参照）。

　つぎに、分析対象とする第2部の4つの章の内容を簡単に述べておく。

　第19章「マルガリータ」：マルガリータが街を歩いていると、アザゼッロという男に出会う。彼は彼女をある人物のところへ招待し、そこへ行けば巨匠の行方がわかると示唆し、マルガリータに魔法のクリームを渡す。

　第20章「アザゼッロのクリーム」：マルガリータは、クリームを体に塗ると、飛べるようになる。夫に別れの手紙を書き、モップに乗って家を飛びだす。

　第21章「空を飛ぶ」：マルガリータはみえない姿となって、夜のモスクワを飛ぶ。途中、巨匠を破滅に追いやった批評家の家に入ってひと騒ぎする。郊外の川で水浴びしてからモスクワに戻ると、車が用意されており、それに乗って空を飛んでいく。つぎの22章以降では、彼女が着いた先での悪魔の舞踏会（サバト）が描写される。

　第26章「埋葬」（対象とする部分のみの内容）：ヨシュアの処刑を命じたピラトゥスは、後悔にさいなまれる。そして、ヨシュアが生きている夢をみる。夢でヨシュアはピラトゥスと一緒に月明かりの道を歩き、大切なことを話しあっている。ピラトゥスは、自分がヨシュアを許せば地位を失うことを恐れてヨシュアの処刑を命じたことを自覚している。

1.2 本章のアプローチ

　本章では、以上の4つの章について、ロシア語原文、2種の英訳、2種の邦訳を利用して、語りの文学的／言語学的特徴を論じる。
　第2節（担当：郡伸哉）では、まず作品全体の語りの特徴を概観し、スカースと呼ばれる語りの文体を紹介したうえで、4つの章のロシア語テクストから、スカースや話法の特徴が表れた部分をとりだし、英訳・邦訳とも比較しながら分析を行う。あわせて鏡のモチーフに関する文学的考察を行う。
　第3節（担当：ペトリシェヴァ・ニーナ）では、同じく4つの章を対象に、事態把握の主観性・客観性の観点から、ロシア語の特徴的表現をとりだし、英訳・邦訳と比較しながら考察する。考察は、1部2章で示した枠組みにもとづいて行う。

2　語りのテクスト分析

2.1　作品全体の語りの特徴

　この作品全体の語りのスタイルについては、レスキスの論文「ブルガーコフの『巨匠とマルガリータ』（語りの様式、ジャンル、マクロ構成）」（Лесскис 1979）がうまくまとめているので、それを参考にしながら簡単に説明したい。レスキスは、語りの特徴から、この小説を「巨匠が書いた物語」と「巨匠をめぐる物語」にわけている。
　「巨匠が書いた物語」は、エルサレムを舞台とする物語であるが、その原稿は作者自身が焼いたことになっている。小説では、この物語の内容が3つの形で示される。すなわちヴォランドの語り（第2章――ヴォランドは自らが出来事の現場にいたと述べている）、イヴァンがみる夢（第16章）、そしてヴォランドが蘇らせた原稿をマルガリータが読む場面（第25、26章）である。それらは、全32章（およびエピローグ）のうち4章を構成する。
　「巨匠の書いた物語」にはエルサレムを舞台とする物語だが、そこには、幻想、グロテスク、滑稽なものは現れず、あたかも歴史を客観的に叙述したもののようである。文体は簡潔かつエネルギッシュ、ときにリズミカルで、

人物や場面を明瞭に描きだす。語り手は、個性をもった声で読者に語りかける存在ではない（レスキスは「作者」という言葉を使うが、現在の用語でいえば「語り手」である）。

　つぎに「巨匠をめぐる物語」は、モスクワを舞台とする物語であるが、こちらは、強い個性をもった語り手によって語られる。語り手は読者に語りかけ、積極的に自分の主観を述べる。その主観は、同情、悲しみ、喜び、怒りなど、そのときどきでさまざまな色彩をもつ。そして語りは「拡散的」である。すなわち、語りに登場人物の知覚、感情、思考がたえず入りこむし、語り手の言葉には、笑劇的要素、グロテスク、劇的な要素、抒情、そしてときに恐怖の要素がふくまれ、しかもこれらが一瞬にして移行する。

　レスキスは、『巨匠とマルガリータ』でこうした拡散的・主観的な語りの対象とならないのは、ヴォランド一味と巨匠だけだという。それはしかし、「巨匠をめぐる物語」の場合であって、「巨匠の書いた物語」においては、そもそも拡散的ではなく、主観的でもないとレスキスはいう。しかし、のちにわれわれが第26章の分析でみるように、「巨匠が書いた物語」のピラトゥスに関しては、文体は荘重であるが、自由間接話法ないし自由直接話法によって彼の内面が描写され、主観的な語りがなされることは指摘しておきたい。

　「巨匠をめぐる物語」に話を戻すと、その語り手は全知ではない。彼は、「誰も知らない」、「はっきりとはわからないのだが」、「あとで知ったことだが」といった断りを入れ、ときに噂にもとづいて語る。そして自らを「真実の」語り手とよぶ。しかしこの「真実の」語りをとおして提示される内容はといえば、悪魔の活躍であり、不可思議な現象である。そのため語り手が装う「真実らしさ」は手法にすぎないという印象を読者にあたえることになる。

　この作品には、一方で悲劇的、哲学的・宗教的世界が提示され、他方で道化芝居的、風刺的世界が提示され、どちらか一方だけで全体を説明することはできないし、またその両者を1つに統合することもできない。読者は結局、重要な出来事の真相について確信をもてない。小説の最後には、巨匠と

マルガリータが月にむかって進んでいく場面があるが、二人はこの世から行方をくらましたのか、死んだのか、それがおこったのがどこなのかもわからない。

以上、レスキスによりながら小説の語りの特徴を説明したが、これにつけ加えておきたいのは、上述の2つの語りの空間を、最後にヴォランドがつなぐということである。すなわち、巨匠とマルガリータは、ヴォランドによってモスクワの現実空間を抜けだし、月にむかって進んでいく。そしてこの非現実的空間で、巨匠自身が書いた物語の主人公ピラトゥスに出会い、巨匠は彼を長年月の苦悩から解放し、ピラトゥスはエルサレムに帰っていく。主人公たちがそれぞれの空間を抜けだすこの結末を、いったいどう理解すればよいのか――それは読者しだいということになる。

2.2　スカースについて

小説のうち「巨匠をめぐる物語」の語りにはスカースの要素が認められる。プリンスの『物語論辞典』(1991: 178)はスカースをつぎのように説明している。「とりわけ話しことばの文体になるよう工夫された物語。ことばの感じが自然であるように作られた物語。ロシア語のskazat'（話す）やskazyvat'（語る）に由来するスカースは、作者(author)に対立する虚構の語り手(narrator)に典型的なことばで語られ、コミュニケーションの枠組みにしっかりと据えられている。」プリンスはスカースにあてはまる例として、マーク・トウェインの『ハックルベリ・フィンの冒険』などを挙げ、逆にあてはまらない例として、デフォーの『ロビンソン・クルーソー』やディケンズの『デイヴィッド・コパーフィールド』をあげている。この辞典には挙がってないが、サリンジャーの『ライ麦畑でつかまえて』などもスカースの例とされる。

このようにスカースは、現在の英語圏を中心とするナラトロジーにおいて、語りの1つのタイプを表す重要な概念となっているが、もともとは20世紀初めにロシア・フォルマリストやその周辺の研究者たちが論じたものである。彼らの認識では、スカースはロシア文学に特有な、口承の伝統を強く

反映する語りのスタイルである。作品分析においてスカースを扱ったものとしては、エイヘンバウムの 1918 年の論文「ゴーゴリの『外套』はいかに作られているか」をはじめ、トゥイニャーノフ、ヴィノグラードフ等が論じている。エイヘンバウム (1988: 118) によると、スカースの特徴を備えたゴーゴリのテクストは、「生きたことばの諸表象とことばのもつ諸感情」からなり、「顔の表情と声の出し方でものまねをしながら単語を再現するという傾向」をもっている。そして「調音とその音響的効果は、表現の手法として前面に押し出されてくる。それゆえゴーゴリは名称、姓、名前等を好んだ。」

スカースは、上述のプリンスの説明などをみると、作品世界内の人格をもった人物が一人称で行う語りのように思えるかもしれないが、かならずしもそうではない。エイヘンバウムは、レスコフを扱った論文で、本来のスカースと区別して「装飾的スカース」ということをいっている。ヴィノグラードフはこれを「作者によるスカース」と呼んでいる (Schmid 2010: 122-137 参照)。ゴーゴリの『外套』のように、作品世界の住人ではない局外の語り手が饒舌に語るものは、「装飾的スカース」の例ということになる。

ここではそうしたスカース的要素の 1 つとして、ゴーゴリの『外套』における名前の扱いをみておこう。『外套』の主人公の名はアカーキー・アカーキエヴィチである。ロシア人の名は、名・父称・姓の 3 つの要素からなるが、アカーキー・アカーキエヴィチは、名と父称をならべたもので、目上や初対面の人に呼びかけるときの形式である。アカーキー・アカーキエヴィチは、本人の名も父の名も同じアカーキーであることを示すが、このめずらしい、滑稽な響きをもつ名前は、『外套』では執拗にくりかえされる。それによって、滑稽さだけでなく、語り手の饒舌ぶりが強く印象づけられる。ゴーゴリは他の多くの作品でもこの手法を用いている。主人公を 3 人称で叙述しているのだから、代名詞でおきかえることが可能であるのに、あえてそうしないのは、口頭のしゃべりのスタイルを意図的にうちだしているということである[1]。

ブルガーコフの作品には、ゴーゴリの影響がいたるところにみられる。『巨匠とマルガリータ』の語りでも、あとでみる第 2 部の出だしの部分で語

り手がヒロインに言及する際、マルガリータ・ニコラーエヴナという名前（名＋父称）を何度もくりかえすが、これは、ゴーゴリ流の「装飾的スカース」の文体で語っていることを意味する。

2.3　ヒロイン登場（第19章）―スカースの手法

　第19章は第2部の最初の章である。その冒頭はつぎのとおりである。

（1）　a.　　За мной, читатель! Кто сказал тебе, что нет на свете настоящей, верной, вечной любви? Да отрежут лгуну его гнусный язык!

　　　　　　За мной, мой читатель, и только за мной, и я покажу тебе такую любовь!　　　　　　　　　　　　　　　　　　　　（ММ 209–210）

　　　b.　　私につづけ、読者よ。まぎれもない真実の永遠の恋などこの世に存在しないなどといったのはいったい誰なのか。こんな嘘つきの忌まわしい舌なんか切りとられるがよいのだ。

　　　　　　私につづけ、私の読者よ、ひたすらに私につづいてくるのだ。そうすれば、そのような恋をお見せしよう。　　　　（水野訳［下］9）

　ここで語り手は、それまでの第1部の語りのスタイル（語り手が前面に出てこない客観的な語り）とはうってかわり、直接、読者に語りかけ、自分の考えや判断を述べる。これは一見、「語り手の介入」といわれるもののように思われる。「語り手の介入」とは、作品世界の局外にいる全知の語り手が、3人称の叙述のなかで、ときに1人称でコメントを述べたりすることで、とくに18–19世紀のヨーロッパ小説によくみられる手法である。さきにも述べたように、『巨匠とマルガリータ』の語りは、場面によって変化するが、マルガリータについて語る部分では、語り手はマルガリータに深く肩入れしている。そうした肩入れを宣言するのが、この第2部の冒頭部分である。そしてここでは、疑問文、感嘆文、その他、語り手の感情を伝える要素がきわめて豊富に用いられている。そしてつぎにみるように、語り手は冷静さをとり戻すつもりもなく、さらに饒舌をつづけ、慨嘆の言葉を吐き、つ

いには、自分は全知ではないと告白する。もはや「介入」とはいえなくなってくる。

(2) a. <u>Маргарита Николаевна</u> не нуждалась в деньгах. <u>Маргарита Николаевна</u> могла купить все, что ей понравится. Среди знакомых ее мужа попадались интересные люди. <u>Маргарита Николаевна</u> никогда не прикасалась к примусу. <u>Маргарита Николаевна</u> не знала ужасов житья в совместной квартире. Словом... Она была счастлива? Ни одной минуты! С тех пор, как девятнадцатилетней она вышла замуж и попала в особняк, она не знала счастья. Боги, боги мои! Что же нужно было этой женщине?! Что нужно было этой женщине, в глазах которой всегда горел какой-то непонятный огонечек? Что нужно было этой чуть косящей на один глаз ведьме, украсившей себя тогда весною мимозами? Не знаю. Мне неизвестно. (ММ 210)

b. マルガリータは金銭に不自由しなかった。マルガリータは気に入ったものならなんでも書くことができた。夫の知合いのなかには魅力のある人々もいた。マルガリータは石油こんろに一度も触れたことがなかった。マルガリータは共同住宅の暮らしのみじめさを知らなかった。要するに……幸福だったのだろうか。いや、かたときも幸福ではなかった。十九歳で結婚し、その邸宅に住むようになって以来、幸福というものを知らなかったのだ。ああ、神よ、なんということか。いったい何が必要だったのだろうか。なにかしら理解しがたい炎が絶えず目に燃えていたこの女に何が必要だったのか。あの春の日にミモザの花で身を飾り立てていた、片方の目がいくぶん斜視ぎみのこの魔女に何が必要だったのか。それは知らない。私にはわからない。　（水野訳［下］10–11）

下線部の Маргарита Николаевна（マルガリータ・ニコラーエヴナ）は、さきほどスカースの説明で述べたように、名前のあとに父称を加えた、敬意を

こめた呼びかたで、この引用では4回、直前の段落では3回も出てくる。こうした口頭の語りを模倣した饒舌なスカースの語り口は、翻訳ではどう扱われるだろうか。名前以外の点でいうと、(1b)と(2b)の水野訳には、「こんな嘘つきの」や「舌なんか」の部分に口語的な響きがある。他方で、「まぎれもない真実の」や「ひたすらに」、「かたときも」などには荘重な響きが出ている。ロシア語原文は、基本的に口頭の語りのスタイルである。ただし、ふつうでない言いまわし（あとで述べる「神々よ！」）や、古風な表現法（3.2節で述べる造格の使用）も、ときにみられるので、訳の全体としては、硬軟おりまぜた原文の語りを反映しているといえるかもしれない。

　名前の扱いをみると、マルガリータ・ニコラーエヴナ（名＋父称）を、水野訳はマルガリータ（名だけ）で示している。たしかに、翻訳で名＋父称をくりかえしてもわずらわしく感じられるので、この選択は理解できる。他方、もう1つの邦訳である法木訳では、マルガリータ・ニコラーエヴナをくりかえしている。(2a)に対応する部分（途中まで）の訳を以下に掲げる。

（2）c.　マルガリータ・ニコラエヴナは金に不自由しなかった。マルガリータ・ニコラエヴナは自分が気に入ったものは何でも買うことができた。夫の知人の間には面白い人間もいた。マルガリータ・ニコラエヴナは一度も石油こんろに手を触れたことはなかった。マルガリータ・ニコラエヴナは共同アパートの生活のひどさを知らなかった。つまり……彼女は幸福だったか？　一分たりとも！　十九で嫁いでその邸宅に入ってこの方、彼女は幸福を知らなかった。神々よ、我が神々よ！　この女性には何が必要だったのか?!
　　　　　　　　　　　　　　　　　　　　　　　（法木訳［下］12）

　この訳からは、「神」が原文で複数形であること、つまり異教的雰囲気を漂わせていることもわかる。ロシア語の慣用としては、唯一の神への呼びかけを使うのがふつうであること（書かれた時期が無神論的な社会主義の時代だとしても）を考えると、これも語りの性格をとらえるうえで重要な情報で

あろう(エルサレムの物語でも「神々」と複数形で呼びかける場面が出てくるが、そちらは歴史的にみて自然なことである)。

　名前の問題に戻ると、2つの日本語訳を比べる読者は、もしかすると、法木訳は機械的に訳して読みやすさを損なっていると受けとるかもしれない。しかし、ロシア語原文がスカースの文体によって名前を意図的に反復していること、そしてロシア語では、人を「名＋父称」で名ざすと、敬意をもって扱うことになるため、「名」だけで名ざすよりも生の声を伝えうることを念頭におけば、名前を原文に忠実に再現することは無意味とはいえないことになる。原文の文体と日本語の読みやすさのどちらを生かすのかという、翻訳がつねに直面する問題の一例であろう。

2.4　変身(第20章)―鏡のモチーフ

　この章は、マルガリータが魔法のクリームを塗る場面である。まず彼女は、鏡に映った自分の姿をみる。

(3)　a.　На тридцатилетнюю Маргариту из зеркала глядела от природы кудрявая черноволосая женщина лет двадцати, безудержно хохочущая, скалящая зубы. 　　　　　　　　(MM 223)

　　　b.　三十歳のマルガリータを鏡のなかから眺めていたのは、こらえきれずに白い歯を見せて笑っている自然にウェーブのかかった黒髪の二十歳くらいの女であった。　　　(水野訳［下］38)

　このあとの彼女の心境の描写については、邦訳のみ引用しておこう。「クリームを塗りつけることで変わったのは外見だけではなかった。いまや内側にあるすべてのものに、身体のどの部分にも、まるで全身を刺激する泡のような喜びがわきあがってくるのを覚えた。誰にも束縛されず、いっさいのものから自由になったことをマルガリータは感じた」(水野訳［下］38)。

　鏡に映った自分を眺める行為は、あと戻りできない状況に進んでいく人間が、いまの自分を確認する行為であると同時に、未来の自分を先どりする行

為でもあり、行動に踏みきる意志的／非意志的な心のプロセスを映しだす。

ところで、モンゴメリーの『エミリー』にも鏡のモチーフが出てきた。一般に鏡をみるしぐさには自己愛が潜んでいることが多いようである（このあとの章で検討する漱石『夢十夜』にも鏡のモチーフがでてくるが、そこに読みとれるのは、自己愛ではなく、自分のすべてが見透かされている恐怖である。第7章を参照）。

第5章でみた、エミリーが「鏡の中のエミリー」に話しかける場面には、子供の自己愛をみることができるかもしれない。他方でエミリーは、鏡のなかに分身を残して、これから「風のおばさん」のいる外の世界に出ていくわけであるから、そこにはシャーマン的な霊魂離脱の契機があるかもしれない（エミリーが霊感につき動かされる少女で、ときに超能力を発揮するかのように描かれることも述べておいた）。文学において鏡が異世界への入り口の役割をはたす例は、枚挙の暇がない。

ブルガーコフのマルガリータも、まさにこれから魔女に変身してサバトに出かけようとしている。マルガリータが鏡をみることは、変身と異世界への旅のための儀式と考えることもできそうである。しかしその一方で、この場面には、もっと日常的な自己確認の欲求、さらにはエロティックな感覚を伴う自己愛も現れているように思える。たとえばフローベール『ボヴァリー夫人』で主人公エンマが鏡をみる有名な場面と比べてみよう。「しかし、鏡に映る自分を見て、彼女はその顔に驚いた。こんなにも大きく、こんなにも黒く、こんなにも奥深い目をしていたことはなかった。口では言えないほど微妙な何かが全身を駆けめぐり、彼女を一変させたのだった」（フローベール 2015: 290）。そしてエンマは、「わたしには恋人ができた」という喜びを感じ、彼女の思いは空へと飛翔する。マルガリータの場合は、このあと魔女に変身し、サバトへ向けて実際に空を飛ぶ。マルガリータが夫を捨てるのは、愛人である「巨匠」を救うためではあるが、それはまた、満たされない日常を捨て、世間の規範を破ることでもある。そしてそこには、ひそかな自己陶酔以上に、束縛からの解放の感覚が表れているようである。

鏡をみる描写では、こちらからの視線（内からの視線）と向こうからの視

線(外からの視線)の相互作用のなかで心がはたらいていることが浮き彫りになる。そして、心がどこまで自己のなかに閉じているのか、いないのか、ということも、鏡の場面とその後の前後をとおして明らかにされていく。

マルガリータに関していえば、自己愛は他者へ無償の愛とないまぜになっている。他者への愛についていえば、権力によって葬り去られようとする巨匠とその作品を救うために魔女になるという、そもそもの動機だけでなく、サバトの後で彼女が示す他者への同情(良心の呵責に苦しむ女フリーダの心の平安を願うこと)にも表れている。つまり、彼女の自己への愛と他者への愛と同情は、何らかの束縛・抑圧からの解放を求める志向と結びついているのである。こうしたことは、どうしても、ソビエト体制下という、作品の書かれた時代背景を想起させてしまうところである。

2.5　魔女の飛翔(第21章)─自由間接話法

鏡の場面のあと、マルガリータはクリームを体に塗る。体が浮遊しはじめ、あらゆるものから自由になったように感じる。つづく第21章は、魔女になったマルガリータの飛行を描く。その冒頭はつぎのとおりである。

(4)　a.　<u>Невидима и свободна! Невидима и свободна!</u> Пролетев по своему переулку, Маргарита попала в другой, пересекавший первый под прямым углом. 　　　　　　　　　　　　　　(MM 227)

　　　b.　マルガリータの姿は誰にも見えず、自由である。姿は見えず、自由なのだ。自宅の前の横町のはずれまで飛ぶと、マルガリータは最初に直角に交差する別の横町に方向を転じた。

(水野訳［下］47)

出だしの下線部は自由間接話法とみることができる。ここでロシア語原文に主語はない。しかし形容詞の形(女性形)から、省かれた主語が女性だとわかる。もし主語を補うなら、「彼女」ということになる(ここに「わたし」を補うのは文脈的に適切とは思われないが、その場合は自由直接話法とな

る)。邦訳は、(4b)の水野訳では客観的語りのように訳している(固有名詞を主語として補っている)。一方、法木訳([下] 34)は自由間接話法で訳している:「姿は見えない、自由だ！　見えない、自由だ！」(こちらはロシア語同様、主語がない)。2つの英訳も同様に自由間接話法で訳している。

2.6　夢の語り(第26章)—自在な思考伝達

　この章のうち、ここでとりあげる部分は、ヨシュアの処刑を認めたピラトゥスが後悔にさいなまれ、夢のなかで、生きているヨシュアと会話する場面である。まず総督の部屋の描写がなされ、つぎにピラトゥスが月にむかって歩いていく夢をみることが述べられる。そのつぎの段落では、夢のなかのピラトゥスの行為が3人称で語られる。ピラトゥスは犬を連れ、哲学者(ヨシュア)と議論しながら歩いている。そこまでは客観的描写だが、そのあとはピラトゥスの内面に寄りそった主観的描写になる。それが以下である。

(5)　a.　Само собою разумеется, что сегодняшняя казнь оказалась чистейшим недоразумением — ведь вот же философ, выдумавший столь невероятно нелепую вещь вроде того, что все люди добрые, <u>шёл</u> рядом, следовательно, он <u>был</u> жив. И, конечно, совершенно ужасно было бы даже помыслить о том, что такого человека можно казнить. Казни не было!　Не было!　Вот в чем прелесть этого путешествия вверх по лестнице луны.
　　　　　　　　　　　　　　　　　　　　　　　　　(MM 309–310)

　　　b.　今日の処刑は、あらためて言うまでもなく、まぎれもない誤解である。このとおり、人は誰でも善人であるなどという信じられないほど愚劣なことを考えだした哲人は、いま自分と並んで歩いているではないか、つまり生きているというわけだ。そして無論、この男を処刑できるなんて、考えただけでもまったく恐ろしいことである。処刑はなかった。そう、なかったのだ。まさしくそこに、月への階段を昇ってゆくこの旅の魅力があるのではないか。
　　　　　　　　　　　　　　　　　　　　　　　(水野訳[下] 219)

ここは、主観性を色濃く示す表現（近接の直示語、感嘆符、主観的な語彙等）がたくさん使われた自由間接話法である。英訳もそのように訳している。つづきをみてみよう。そこでもピラトゥスに寄りそった自由間接話法がつづくが、しばらくするとピラトゥスをさす1人称代名詞 я（私）が出てくる。

（6） a.　Свободного времени <u>было</u> столько, сколько надобно, а гроза будет только к вечеру, и трусость, несомненно, один из самых страшных пороков. Так говорил Иешуа Га-Ноцри. Нет, философ, <u>я тебе</u> возражаю: это самый страшный порок!　　　　（MM 310）

　　b.　自由な時間は必要なだけあり、雷雨は夕方にならなければやってこないであろう。疑いもなく、臆病はもっとも恐ろしい罪のひとつである。ナザレのヨシュアはこう語っていた。いや、哲人よ、私はおまえに反対だ、臆病こそはなによりも恐ろしい罪なのだ。

（水野訳［下］219–220）

　ここには1人称と2人称の代名詞が出てくる（3行目下線部）。1人称はピラトゥスをさし、2人称はヨシュアをさす。したがってここは自由直接話法である。引用（5a）から（6a）の最後近くまでは、自由間接話法がつづいていたが、ここで自由直接話法に転換しているわけである。そのことは英訳でも同じである。Pevear/Volokhonsky 訳を示しておこう。

（6） c.　There was as much free time as they needed, and the storm would come only towards evening, and cowardice was undoubtedly one of the most terrible vices. Thus spoke Yeshua Ha-Nozri. No, philosopher, <u>I</u> disagree with <u>you</u>: it is the most terrible vice!

（Pevear/Volokhonsky 訳 398）

　ロシア語テクストの（5a）と（6a）の自由間接話法の部分には、ピラトゥス

を指示する3人称表現が出てこなかった。通常の自由間接話法は3人称・過去時制で叙述されるから、この部分のロシア語原文で自由間接話法を示す標識は、二重線で示した動詞過去形だけということになる。そして標識となる過去形は、(5a)で2か所、(6a)で1か所（二重下線部）だけである（過去形は他にもあるが、自由間接話法を示すものではない）。他方で英訳は、自由間接話法を指示する動詞の過去形および過去完了形が、(5a)に対応する部分（引用していないが）で7か所あり、(6c)には4か所ある。ロシア語では自由間接話法と自由直接話法の差が、英語ほどにテクストの隅々を覆っていないことがわかる。

　ところで、上に示したPevear/Volokhonsky訳は、原文にかなり忠実な訳で、最初の文を、原文ロシア語と同様、1文で訳してある。しかしこの部分の内容をみると、論理的に1つのまとまりがあることを述べるものではなく、ピラトゥスの頭のなかに浮かんでくることを、整理せずにそのまま再現するものである。ここで、もう1つの英訳であるGlenny訳をみてみよう。こちらはかなり自由な訳で、1文を2文に分割している。

(6) d. They had as much time to spare as they wanted, the storm would not break until evening. Cowardice was <u>undoubtedly</u> one of the most terrible sins. Thus <u>spake</u> Yeshua Ha-Notsri. No, philosopher, I disagree—it is the most terrible sin of all!　　　　（Glenny訳 300）

　原文を2分割したことで論理的な叙述になっている。そしてつぎの文Thus spake Yeshua Ha-Notsri. に注目しよう。ここでspakeという単語が使われているが、これはspeakの古い過去形で、聖書の英訳や高尚な文体で使われ、通常の話し言葉では用いられない。これを使った結果、この英訳は、ピラトゥスが夢のなかで朦朧と考えるようすを伝える感じが薄れ、ヨシュアが述べた偉大な思想を客観的に伝える文のように響く。イエスを暗示するヨシュアが語った思想ならば、こうした扱いはふさわしいと思えるかもしれないが、そのぶんピラトゥスの生の思考の伝達という性格はみえなくなる。

この spake を使った訳文は、直前の原文の扱いにおいて、未整理の思考を整理・分割して論理的に訳したことに対応するもので、直前の（つまり 2 つ目の）Cowardice で始まる文を、ヨシュアの語った言葉として客観的に伝えるはたらきをする。その結果、同じ文の undoubtedly「間違いなく」という副詞も、ヨシュアの主観を表すものと受けとられることになる。しかし原文の流れをみると、「間違いなく」（несомненно）は、ピラトゥスの主観を表すものと考えるのが適当であろう（Pevear/Volokhonsky 訳では、ロシア語と同じに理解できる）。そもそもこの部分を含めた前後のテクストは、決して論理的に整理されていない意識の流れを、自由直接話法（内的独白）によって、登場人物自身の視点から伝えるものである。それをこのように論理性・客観性を前面に出して訳すと、朦朧とした夢を内側から伝える主観的な語りのなかに、事実を外側から客観的に伝えるスタイをはさみこむことになってしまう。

　つぎの段落でも「わたし」、「あなた」が使われた自由直接話法がつづく。夢のなかでピラトゥスは、ヨシュアにむかって、自分がユダの殺害を命じたのは怖気づいたからではないという。そしてユダヤ総督（つまりピラトゥス自身）が、そんな罪人のために自分の地位をふいにするとでもいうのかとヨシュアに問い、その問いに自ら答える。それが以下である。

（7）　a.　Неужели вы, при вашем уме, допускаете мысль, что из-за человека, совершившего преступление против кесаря, погубит свою карьеру прокуратор Иудеи?

　　　　　— Да, да, — стонал и всхлипывал во сне Пилат.

　　　　Разумеется, погубит. Утром бы еще не погубил, а теперь, ночью, взвесив все, согласен погубить. Он пойдет на все, чтобы спасти от казни решительно ни в чем не виноватого безумного мечтателя и врача! 　　　　　　　　　　　　　　　　　　　　　　(MM 310)

　　　b.　おまえの知恵をもってしても、皇帝に反逆罪を犯した者を救うために、ユダヤ総督が自分の輝かしい生涯を犠牲にするなどと考え

られるだろうか。
　「そう、そうだとも……」とピラトゥスは夢の中でうめき、すすり泣いた。
　もちろん、ユダヤ総督は輝かしい生涯を犠牲にすることであろう。午前中ならそうしなかっただろうが、いま、この深夜に、すべてを秤にかけて、身の破滅に同意しようとしている。気の狂った罪のない夢想家で医者である一人の男を処刑から救うためなら、どんなことでもやりかねないであろう。（水野訳［下］220）

　«Да, да»（そう、そうだとも）の部分は直接話法で、その伝達節は3人称による客観的な文である。そのすぐあとも3人称だが、こちらは客観的な語りの文ではない。ピラトゥスが、自分のことを「ユダヤ総督」と3人称で語っているのである。この部分は、この引用の最初からのつづき（直接話法の文をはさんでの）であり、最後に感嘆符があることからもわかるように、自由直接話法（内的独白）である。一方、水野訳は、これを客観的な3人称の語りとして訳しているように受けとれる。
　そして、このすぐあと（引用していない）には、直接話法による、夢のなかでの2人の会話がつづく。つまりこのあたりの語りは、自由間接話法と直接話法が転換しながらつづいていくわけだが、しかしそれは、あくまでピラトゥスの内面を伝えるという基本的な流れのなかでの話である。
　以上をまとめると、第26章のピラトゥスの夢の描写全体は、一人の人物の内面を、（1）自由間接話法、（2）客観的な伝達節に従属した直接話法、（3）自己を3人称でさすような自由直接話法、を駆使して伝えているわけである。（3）のような形式はやや特殊で、誤読や誤訳を招きやすいとしても、こうしたさまざまな伝達法のあいだを自在に移動することは、現代の小説において特殊なことではない（ヨーロッパだけでなく、日本文学においてもそうであることは、本書1部4章でとりあげた遠藤周作『沈黙』の例からもわかる）。
　ここでもう一度、人称の問題に触れたい。上記の引用の英訳をみてみよ

う。

（7） c. 'Yes, yes...' Pilate moaned and sobbed in his sleep. Of course <u>he</u> would. In the morning <u>he</u> still would not, but now, at night, after weighing everything, <u>he</u> would agree to ruin it. <u>He</u> would do everything to save the decidedly innocent, mad dreamer and healer from execution!

（Pevear/Volokhonsky 訳 398）

　ここで 3 人称代名詞 he が使われているのは、ピラトゥスが自分のことを 3 人称で語っているということである。ロシア語には、この部分に代名詞 он（彼）はなく、動詞が 3 人称現在形となっている（日本語訳（7b）ではここに「ユダヤ総督」という主語を補うことで、わかりやすくしているともとれるが、それは前述のように、この部分全体が客観的な語りとして訳されていることと表裏の関係にある）。そもそもロシア語原文では、代名詞 он（彼）は、（7a）の最後の 1 文に 1 回しか出てこない。一方、英訳では、2 つの訳のどちらにおいても、すべての文に he が出てくる。英語とロシア語の人称代名詞の使用頻度の違いが明瞭に表れている。あわせて、ロシア語には時制の一致がないことも、以上の引用から確認することが可能である。

　このように、ロシア語には、英語と同じく、人称と時制のカテゴリーは存在するものの、人称指示語の省略の頻度が高く、時制の一致が欠如している——これらの現象はつぎの第 3 節でくわしくみる——が、それは話法の使用の問題にもつながる。すなわち、一般的にいえば、ロシア語では、どのような話法あるいは伝達法を用いているのかは、英語ほどには明示的ではない。しかし、通常のロシア語の語りでそれらがあいまいになることはない。ブルガーコフのテクストについていえば、これまでにみたように、多面的・重層的な語りをうちだしていて、誤解を生じやすい場合はあるが、全体としては、引用符や改行などの表記の工夫も手伝って、明瞭に理解できるようになっている。

3 ロシア語原文・英訳・和訳にみる主観性と客観性

つづいて第3節では、『巨匠とマルガリータ』のロシア語原文、英語訳、日本語訳を比較しながら、それぞれに表れた主観的表現（I モード）と客観的表現（D モード）について考えてみたい（「I モード／D モード認知」については、1部1章・3章、ロシア語に関しては、2章を参照）。

3.1　省略表現

まず、省略の現象に関して述べる。以下の例では、ロシア語には動詞（命令形）がないのに対して、2つの英訳にはそれがある。

(8)　За　　　　мной,　　　　читатель!　　　　　　　　　　　（MM 209）
　　　after　　me（Dat.）　reader
　　　Follow　me,　reader!　　　　　　　　　　　　（Glenny 訳 205）
　　　Follow　me,　reader!　　　　　　　　　（Pevear/Volokhonsky 訳 269）
(9)　За　　　мной,　　　мой　　читатель（…）　　　　　　（MM 210）
　　　after　me（Dat.）　my　　reader
　　　Follow　me,　reader（…）　　　　　　　　　　　（Glenny 訳 205）
　　　Follow　me,　my reader（…）　　　　　（Pevear/Volokhonsrky 訳 269）

この2つの文は、(1)でみたように、すこしだけ間があいてつづく2つの段落の、それぞれの最初の文である。つまり、わずかな違いを伴って文がくりかえされているわけである。興味深いのは、(8)のロシア語では、читатель（reader）の前に所有代名詞 мой（my）がないことである。英語についていえば、所有代名詞があったほうがふさわしいが、それがないのは、ロシア語らしい表現（2度目の(9)）ではなく、1度目の(8)）に近づける意図からかもしれない。そして例(9)においては、ロシア語では（1度目と違って）所有代名詞が使われている。これは、読者を場面に引きこもうという意図の現れと考えることができる。ここで Pevear/Volokhonsky 訳はロシア語と同様

に所有代名詞を使っているのに対して、Glenny 訳はそれを使っていない。Pevear/Volokhonsky 訳がよりロシア語に忠実であることがわかる。他方、2つの日本語訳は、どちらも原文に忠実である。

省略の例は他にも多くみられる。以下は、主観的な I モードに特徴的な人称代名詞の省略の例である。

(10) 　(...) если　пожелает (...)　　　　　　　　　　　　(MM 210)
　　　　　　If　　wish (3rd p. sing.)
　　　(...) whenever you feel like (...)　　　　　　　　（Glenny 訳 205）
　　　(...) who wishes to visit (...)　　　　　（Pevear/Volokhonsky 訳 269）
　　　(…) と望むものなら (…)　　　　　　　　　　　　（水野訳［下］10）

3.2　無人称文・不定人称文

ロシア語で主語のない文（無人称文、不定人称文）が使われるときに、英語では他の手段を使うことが多い。つぎの例では、ロシア語の不定人称文に対して、英語では受身形か、あるいは主語のある文が使われている。主語の省略を避ける英語の傾向の現れと思われる。

(11) 　Возлюбленную　　его звали Маргаритою Николаевной.　（MM 310）
　　　Beloved (participle, f., Acc.) his called (3rd p. pl.) Margarita Nikolayevna (Instr.)
　　　His beloved mistress was called Margarita Nikolayevna.（Glenny 訳 205）
　　　His beloved's name was Margarita Nikolaevna.
　　　　　　　　　　　　　　　　　　　　　　（Pevear/Volokhonsky 訳 269）
　　　彼を愛した女の名はマルガリータ・ニコラーエヴナといった。
　　　　　　　　　　　　　　　　　　　　　　　　　　　（水野訳［下］9）

この例のロシア語は、人の名前を示すときの定型表現である。不定人称文が用いられ（「…は…と呼ばれている」式の表現）、人物をさす単語（名詞ないし代名詞）が対格に置かれてテーマとなり、名前は現代ロシア語では主格

に置かれてレーマとなる(テーマとレーマに関しては1部2章4.3節を参照)。ただし、ここではレーマが造格になっている。これは古い表現法で、高尚な文体を用いていることを示している。それに対して日本語訳では、人物を表す単語がテーマの標識(「…は」)を伴い、名前の部分がレーマとして表れている。

つぎは、事態把握の観点からみて、英語がロシア語よりも客観的で、日本語がロシア語よりも主観的であることを示す例である。

(12)　Этого　　　быть　не　　могло.　　　　　　　(MM 210)
　　　this (Gen.)　to be　not　could
　　　It was impossible.　　　　　　　　　　　　　(Glenny 訳 205)
　　　That could not be.　　　　　(Pevear/Volokhonsky 訳 269)
　　　そんなことはありえなかった。　　　　　　　(水野訳［下］9)

ここでは、ロシア語が無人称文であるのに対して、英語ではDモード性の高い虚辞または指示代名詞が使われている。日本語はというと、例(11)と同様、テーマの標識である助詞「は」が使われていて、これによって否定の度合いが強められている。

3.3　時制

主観的なIモード的要素を表す例としてさらに、過去形の文のなかに現在形が現れることが挙げられる。ロシア語にはよくみられる現象で、英語には原則的にはみられないが、日本語には頻繁に観察される。

(13)　(…) и　　узнала,　что　мастера　уже　　нет.　　(MM 211)
　　　　　and　learned　that　master　already　not
　　　(…) and found that the master was not there.　　(Glenny 訳 206)
　　　(…) and discovered that the master was no longer there.
　　　　　　　　　　　　　　　　　　　(Pevear/Volokhonsky 訳 270)

(…)すでに巨匠がいないのを知った(…)　　　　　　　（水野訳［下］11）

3.4　語順

中村（2009: 371）が主観性を高める現象として挙げる非典型的な語順（「かきまぜ」）もロシア語にはみられる。つぎの例では、ロシア語原文にそれがみられるのに対し、Glenny 訳にはみられない。Pevear/Volokhonsky 訳は、ロシア語の特徴をより生かそうとして、there 構文を使う。それによって、「場所」から始まる原文に近い文になっている。

(14)　Среди знакомых ее мужа попадались интересные люди.　（MM 210）
　　　among　acquaintances (of) her husband happened to be interesting people
　　　A (of place, Gen.)　　　　　　　　　　V　　　　　　　　S
　　　Her husband had plenty of interesting friends. (S V O)
　　　　　　　　　　　　　　　　　　　　　　　　　　　（Glenny 訳 205）
　　　Among her husband's acquaintances there were some interesting people.
　　　　　　　　　　　　　　　　　　　　（Pevear/Volokhonsky 訳 269–270）
　　　夫の知合いの中には魅力のある人々もいた。　　　（水野訳［下］10）

ロシア語の場合、テーマが主語になりやすく、文頭にくる。この例においては主語がレーマを表し、文末に置かれるという語順になっている。日本語においてもロシア語と同様、さきにくるのは主語ではなく「場所」である。また、(11)、(12) と同様、標識「は」を伴うテーマが、ロシア語のテーマと同じ位置にくるため、共通性がめだつ。

3.5　存在表現

ロシア語の存在表現も I モード的である。Glenny 訳では所有表現で訳されている。Pevear/Volokhonsky 訳では、ロシア語表現の雰囲気を伝えるかのように、所有表現が避けられ、所有代名詞を用いた表現となっている。

第 6 章　ブルガーコフ『巨匠とマルガリータ』　　219

(15)　У　вас　　　тоже　плохая　должность, Марк.　　(MM 311)
　　　at you (Gen.)　also　bad　　post　　Mark
　　　　　　A　　　　　　　　　S
　　　You too have a harsh duty, Mark.　　　　　　　　(Glenny 訳 301)
　　　Yours is also a bad job, Mark.　　　　（Pevear/Volokhonsky 訳 399）
　　　おまえの任務も、やはり、たいへんなものだな、マルク。
　　　　　　　　　　　　　　　　　　　　　　　　　　（水野訳［下］222）

　ここでは、日本語訳は Pevear/Volokhonsky 訳に近い。日本語では存在表現がふつうに使われるが、この例においては所有代名詞が使われている。

3.6　再帰動詞

　動作主と被動作主が同じである再帰動詞も、主観性の度合いを高めるとされる。ロシア語には再帰動詞が多く、『巨匠とマルガリータ』にも多くみられる。ロシア語の場合、英語の (one) self が動詞の一部になっているため（つまり目的語を動詞のなかに含んでいるため）、目的語をとることができない。Glenny 訳においては、状況をより客観的に示す英語の文法規則に従って、動詞 stopping の後に再帰代名詞 herself が直接目的語として使われている。一方、Pevear/Volokhonsky 訳では直接目的語を伴う他動詞が使われていないため、ロシア語に近い印象を作りだしている。

(16)　Только　каким-то　чудом　　　　　затормозившись (…)　(MM 227)
　　　Only　　some　　　miracle (Instr.)　having stopped (herself)
　　　Stopping herself by a miracle (…)　　　　　　　（Glenny 訳 222）
　　　Having slowed down only by some miracle (…)
　　　　　　　　　　　　　　　　　　　　（Pevear/Volokhonsky 訳 292）
　　　事実、奇蹟的な急停止をしなかったら（…）　　　（水野訳［下］47）

　例 (15) と同様、日本語訳は Pevear/Volokhonsky 訳に近い表現となっている。

3.7 まとめ

最後に、『巨匠とマルガリータ』のロシア語原文を、次章で分析する夏目漱石『夢十夜』「第3夜」のロシア語訳と比べると、それよりも主観的把握の程度が少ないことがわかる。翻訳と違って、元の言語(『夢十夜』の場合は日本語)の特徴を生かす工夫をする必要がないからである。一方、英語の本来的な表現法に従う Glenny 訳においては、ロシア語でIモード的な要素のほとんどがDモード的な要素で表されている。Pevear/Volokhonsky 訳にはロシア語の雰囲気を伝える努力が明確に表れていて、英語のなかでもIモード性の度合いが高い表現が選ばれている。それに対して日本語訳においては、ロシア語原文よりもIモード性が高い要素が多い。そして、Pevear/Volokhonsky 訳と同様に、Dモード的な表現を選ぶときも、そのなかでもIモード的要素が強いものを選んでいることがわかる。

注

1. 人物を「名+父称」で名ざすだけなら、スカース以外の語りでも、ふつうのことである。ロシア語で人を名ざすとき、名・父称・姓の3つの要素のとりあわせにくわえ、愛称形／卑小形のさまざまなバリエーションも用いられ(本書1部3章2節参照)、それらは話し手／語り手の態度ないし視点を反映する(ウスペンスキー 1986 参照)。

引用文献

『巨匠とマルガリータ』のテクストは以下から引用した。

　(4種の翻訳については、出版時期が異なるため、典拠とした版も異なる――ただし英訳は典拠を指示していない――が、本章で翻訳と対照する範囲内では、引用するロシア語原文テクストは、下記の版で問題ないと判断した。)

ロシア語原文(本文中ではMMと略記する)

　Булгаков, М. А. Мастер и Маргарита. //Собрание сочинений. В 5 т. Т.5. Москва: Художественная литература, 1990. С. 7–384.

英訳（本文中では、それぞれ「Glenny 訳」、「Pevear/Volokhonsky 訳」と略記する）
　Bulgakov, Mikhail.（2003［1967］）*The Master and Margarita*. Tr. by Michael Glenny. Vintage.
　Bulgakov.（2016［2000］）*The Master and Margarita*. Tr. by Richard Pevear and Larissa Volokhonsky. Penguin Books.
邦訳（本文中では、それぞれ「法木訳」、「水野訳」と略記する）
　ブルガーコフ（2000）『巨匠とマルガリータ』（上・下）法木綾子訳 群像社
　ブルガーコフ（2015［2008］）『巨匠とマルガリータ』（上・下）水野忠夫訳 岩波文庫

　引用に際しては、各文献の略記表示のあとに頁数のみを示す（邦訳は上・下巻の区別も示す）。例：（MM 309）。なお引用に施した下線はすべて本章の筆者によるものである。

参考文献

Schmid, Wolf.（2010）*Narratology: An Introduction*. Berlin, New York: Walter De Gruyter Inc.
Лесскис, Г. А.（1979）"Мастер и Маргарита" Булгакова（Манера Повествования, Жанр, Макрокомпозиция）. // Известия АН СССР. Отделение литературы и языка. Т. 38. Вып. 1. С. 52–59.
ウスペンスキー，ボリス（1986）『構成の詩学』川崎浹・大石雅彦訳，法政大学出版局．
エイヘンバウム，ボリス（1988）「ゴーゴリの『外套』はいかにつくられているか」桑野隆・大石雅彦編『ロシア・アヴァンギャルド 6　フォルマリズム―詩的言語論』国書刊行会．116–131．
中村芳久（2009）「認知モードの射程」坪本篤朗・早瀬尚子・和田尚明（編）『「内」と「外」の言語学』開拓社．353–393．
フローベール，ギュスターヴ（2015）『ボヴァリー夫人』芳川泰久訳，新潮文庫．
プリンス，ジェラルド（1991）『物語論辞典』遠藤健一訳，松柏社．

第7章
夏目漱石『夢十夜』より「第三夜」

都築雅子／ペトリシェヴァ・ニーナ／郡伸哉

1　はじめに

　『夢十夜』は、夏目漱石が 1908 年に発表した短編小説である。「第一夜」から「第十夜」まで、別々の夢が描かれており、本章では「第三夜」をとりあげる。その原文テクスト全文を、このあとに掲げておく。

　本章の構成を述べておくと、第 1 節（担当：都築雅子）では事態把握の主観性の観点から、日本語原文のテクストを英語訳文と比較しながら分析する。第 2 節（担当：ペトリシェヴァ・ニーナ）では、ロシア語訳にあらわれた事態把握の特徴を、日本語原文および 3 種の英語と比較しながら分析する。第 3 節（担当：郡伸哉）では、テクストにおける夢の感触の表現を文学的観点から検討する。

第三夜　（テクスト全文）

　こんな夢を見た。
　六つになる子供を負ってる。慥に自分の子である。ただ不思議な事には何時の間にか眼が潰れて、青坊主になっている。自分が御前の眼はいつ潰れたのかいと聞くと、なに昔からさと答えた。声は子供の声に相違ないが、言葉つきはまるで大人である。しかも対等だ。
　左右は青田である。路は細い。鷺の影が時々闇に差す。
　「田圃へ掛ったね」と脊中でいった。

「どうして解る」と顔を後ろへ振り向けるようにして聞いたら、
「だって鷺が鳴くじゃないか」と答えた。
すると鷺が果して二声ほど鳴いた。
自分は我子ながら少し怖くなった。こんなものを脊負っていては、この先どうなるか分らない。どこか打遣ゃる所はなかろうかと向うを見ると闇の中に大きな森が見えた。あすこならばと考え出す途端に、脊中で、
「ふふん」という声がした。
「何を笑うんだ」
子供は返事をしなかった。ただ
「御父さん、重いかい」と聞いた。
「重かあない」と答えると
「今に重くなるよ」といった。
自分は黙って森を目標にあるいて行った。田の中の路が不規則にうねってなかなか思うように出られない。しばらくすると二股になった。自分は股の根に立って、ちょっと休んだ。
「石が立ってるはずだがな」と小僧がいった。
なるほど八寸角の石が腰ほどの高さに立っている。表には左り日ケ窪、右堀田原とある。闇だのに赤い字が明かに見えた。赤い字は井守の腹のような色であった。
「左が好いだろう」と小僧が命令した。左を見ると最先の森が闇の影を、高い空から自分らの頭の上へ抛げかけていた。自分はちょっと躊躇した。
「遠慮しないでもいい」と小僧がまたいった。自分は仕方なしに森の方へ歩き出した。腹の中では、よく盲目のくせに何でも知ってるなと考えながら一筋道を森へ近づいてくると、脊中で、「どうも盲目は不自由で不可ないね」と云った。
「だから負ってやるから可いじゃないか」
「負ぶってもらって済まないが、どうも人に馬鹿にされて不可い。親にまで馬鹿にされるから不可い」
何だか厭になった。早く森へ行って捨ててしまおうと思って急いだ。
「もう少し行くと解る。——丁度こんな晩だったな」と脊中で独言のようにいっ

ている。

「何が」と際(きわ)どい声を出して聞いた。

「何がって、知ってるじゃないか」と子供は嘲(あざ)けるように答えた。すると何だか知ってるような気がし出した。けれども判然(はっきり)とは分らない。ただこんな晩であったように思える。そうしてもう少し行けば分るように思える。分っては大変だから、分らないうちに早く捨ててしまって、安心しなくってはならないように思える。自分は益(ますます)足を早めた。

雨は最先(さっき)から降っている。路はだんだん暗くなる。殆(ほと)んど夢中である。ただ背中に小さい小僧が食付(くっつ)いていて、その小僧が自分の過去、現在、未来を悉(ことごと)く照(て)らして、寸分の事実も洩(も)らさない鏡のように光っている。しかもそれが自分の子である。そうして盲目である。自分は堪(たま)らなくなった。

「此処(ここ)だ、此処だ。丁度その杉の根の処だ」

雨の中で小僧の声は判然聞えた。自分は覚えず留(とま)った。何時(いつ)しか森の中へ這入(はい)っていた。一間(けん)ばかり先にある黒いものは慥(たし)かに小僧のいう通り杉の木と見えた。

「御父さん、その杉の根の処だったね」

「うん、そうだ」と思わず答えてしまった。

「文化五年辰年(ぶんかごねんたつどし)だろう」

なるほど文化五年辰年らしく思われた。

「御前がおれを殺したのは今から丁度百年前だね」

自分はこの言葉を聞くや否や、今から百年前文化五年の辰年のこんな闇の晩に、この杉の根で、一人の盲目を殺したという自覚が、忽然(こつぜん)として頭の中に起った。おれは人殺(ひとごろし)であったんだなと始めて気が附いた途端に、背中の子が急に石地蔵(いしじぞう)のように重くなった。

2　日本語原文と英語訳文の比較―事態把握の主観性の観点から

2.1　1人称の語りと主観的把握

『第三夜』は、心の奥に追いやっていた事柄――人を殺したという記憶――が、背負っている自分の子供（眼は見えないが、あらゆることを見とお

している子供で、じつは殺された相手だったと最後にわかる）とのやり取りをとおして、徐々に暴かれ、心理的に追いつめられていく過程が、主人公の男自身の回想により、体験的・臨場的に語られている。男のせっぱつまった心の揺れ／動きが、思わず発せられた感情の吐露や心内発話を中心に、語られる。読み手は話の筋の論理展開を楽しむというより、主人公の男の追いつめられていく心の動きを、その場その場に臨場しながら、ともに味わう物語であるといえよう。物語をとおして、「自身（この物語では主人公の男のこと——引用者）のところに、コントロールできない出来事が出来する」という、自分を取り巻く状況に対する日本人の典型的な捉え方（池上 2000）が現れている。

　このような主人公の心の動き、いわば、意識の流れを主人公自ら語る1人称小説は、日本語など主観的把握の傾向の強い言語と相性がよい[1]。主観的把握とは、話し手が当該の事態の中に自ら臨場し、その事態の当事者として、自己中心的な視座から体験的に捉えることである。そのような言語では、現場で把握された「見え」や「思い」が、未分析のままに独り言的に表出される傾向にある。自分の心の動きを回想として語る1人称小説に最適な言語であるといえる。そのような言語では、読み手も無意識的に語り手と同型的なスタンスをとり、物語の中に臨場し、語り手でもある主人公に視点を重ね合わせることにより、主人公の心の動きを体験的に味わう（奥薗 2018）。日本語話者は、まさにそのように『第三夜』を読むことになろう。

　これに対して客観的把握とは、たとえ当該の事態の中に臨場していたとしても、その場から抜け出て、外から観察者として観ているかのように捉えることである。では、主観的把握の傾向の強い日本語の語りが、客観的把握の傾向の強い英語に翻訳されると、どうなるであろうか？　『夢十夜』には何種類かの英語訳があり、本章では3点をとりあげるが、本節ではその中で最も英語らしく、客観性／客体性の高い捉え方／描かれ方がされている 2000 年版と比較する。それをとおして、日本語原文が、事態把握の観点から、どの程度、主観的／主体的に捉えられ／語られているのかを明らかにする。

2.2 日本語原文と英語訳文（2000年）の比較

以下、『第三夜』から5つの場面をとりだし、事態把握の主観性の観点から、英語訳文（2000）と比較しながら、日本語原文を考察する。

2.2.1 不可思議な状況に遭遇する男─場面I

話の導入部分からすでに、日本語原文と英語訳文のさまざまな違いが集約されている。詳しくみていこう。

場面 I–1

①こんな夢を見た。②六つになる子供を負(お)ってる。③慥(たしか)に自分の子である。ただ不思議な事には何時の間にか眼が潰(つぶ)れて、青坊主(あおぼうず)になっている。	① This is the dream I dreamed. ② I was walking, with a six-year-old child on my back. ③ I was sure he was my son, but oddly enough, I didn't know why he was blind and bald-headed like a bonze priest.

　主人公の男は、自分がみた夢を想起しながら、自ら語っている。日本語原文では、最初の文①から主語がゼロ化されており、ここで読み手は、登場人物の視点に自身を重ね合わせ、語りの世界に引き込まれる。主語は主題でもあり、つづく文も含め4つの文すべてが、参照点を拠り所にターゲットを探るタイプの文、参照点・ターゲット認知による主題・題述文（1部1章3.4節を参照）で構成されている（ただしつづく3つの文もすべて、主語／主題はゼロ化されている）。2行目から夢の中の出来事の状況設定であるが、主題・題述文の連続により、自分の子供の状況を含め、主人公の男に降りかかる不可思議な状況が、つぎつぎと新情報として導入され、臨場的な語りになっている。主人公自らが認識の原点となり、ゼロ化されていることに加え、持続状態を表す補助動詞現在形の「て（い）る」（「負ってる」「なっている」））、断定判断を表す助動詞現在形「である」（「自分の子である」）が用いられ、主人公の視座からイマ・ココで体験しているかのように語られている（補助動詞「（て）いる」・形容詞の現在形が evidentiality（証拠性）を表すとする分析は1部1章5.2節を参照）。さらに、話し手の主観的な推定判断や価

値判断を表すモダリティ副詞(「慥(たし)かに」、「不思議な事には」)、そして推移表現(「いつの間にか〜なっている」)が用いられ、よくわからない状況の中、自身の判断を確認したり、子供の状況を怪訝に思ったりする男の心の微妙な揺れが臨場的に表現されている。また男の自称詞として「自分」が用いられているが、廣瀬・長谷川 (2010) によると、自称詞「自分」は「私的自己」を表し、意識の内的な（私的な）描写に現れる。そのような「自分」の使用により、読み手は男の内的な意識の世界へと引きこまれる。

　一方、英語訳文では、一部で進行形が用いられているものの、過去形が一貫して使用され、主人公の男がすべて主語Iとして訳出されており (I was walking.../I was sure.../I didn't know...)、場面の外から観察しているかのような客体的な捉え方／描かれ方がされている。またすべての文が主語・述語文で、しかも②を除いては複文が用いられ、分析的・説明的に語られている。そのぶん日本語原文ほど臨場感は感じられない。②の英語訳は、日本語の「負ぶってる」だけでは伝わりにくいと考えたのか、日本語原文にはないI was walking... が加えられ、解説的に語られる。また「慥(たし)かに」というモダリティ表現も、分析的に I was sure... で表現されている。自称詞に関して、日本語のような「自分」「私」「おれ」などの区別はないため、日本語の「自分」の使用による効果は捨象される。

　I–2 は、I–1 につづく場面である。

場面 I–2

| ④自分が御前(おまえ)の眼はいつ潰れたのかいと聞くと、なに昔からさと答えた。⑤声は子供の声に相違ないが、言葉つきはまるで大人である。しかも対等だ。 | ④ I asked him when he had become blind and he answered that he had been so for a long time. ⑤ His voice was childlike, but he spoke like a mature man with no respect for his father. |

　日本語原文では、引用符はないものの、直接引用のかたちで、主人公の男と子供の問答（網掛け）が語られる。子供の返答には、相手の気持ち、特に心配・懸念を軽く打ち消すときの間投詞「なに」や、ぞんざいで無責任なニュアンスをもつ軽い断定の終助詞「〜さ」が用いられている。どちらも男

性常体で、父親に対して相応しくない、上から目線の失礼な物言いである。つづく男の感想的な記述⑤にあるように、まるで一人前の大人のようで、男を小馬鹿にした言葉つきである。直接引用であるため、発言内容のみならず、どんな物言いをしているかがリアルにうかがえる。一方、英語訳文では、二人の問答は間接話法（網掛け）が用いられ、物言いのニュアンスは伝わってこない。そのため、そのニュアンスを with no respect for his father と、説明的に解説せざるを得ない[2]。

つづく I–3 から、夢の中の出来事が展開していく。最初は場面設定である。

場面 I–3

⑥左右は青田である。路は細い。鷺の影が時々闇に差す。 ⑦「田圃へ掛かったね」と背中でいった。	⑥ We were on a long footpath crossing a field of young rice. Sometimes a snowy heron would glance against the darkness. ⑦ "We have come to the rice field, I guess," the boy on my back said.

日本語原文では、最初の3文（⑥で表示）で、主人公の眼前に広がる風景、すなわち男の視座から捉えられた光景が、視線の動きまで感じられるように臨場的に語られる。これは、男自身が認識の原点となってゼロ化され、（助）動詞・形容詞現在形が用いられていること、さらに最初の2文（網掛け）が参照点・ターゲット認知による主題・題述文であることによる。一方、英語訳文では、男と子供を指す We を主語として訳出し、場面の外の視点から、We の位置を客体的に語っている（網掛け）。動詞も過去形が用いられる。最後の文⑦は、日本語原文では、誰が誰の背中でいったのかがゼロ化され、現場の男の視点からの描写になっている一方、英語訳文では、主語の the boy や所有格の my も訳出され、空間指示の参照点が客観的に表示され、客体的に捉えられている。

2.2.2 恐怖を感じはじめる男―場面 II

つぎは、盲目であるにもかかわらず、田圃にさしかかったことがわかり、

鷺が鳴くことを予見する子供に、男が嫌悪と恐怖を感じはじめる場面である。

場面 II

①自分は我子ながら少し怖くなった。②こんなものを背負っていては、この先どうなるか分らない。③どこか打遣る所はなかろうかと向うを見ると闇の中に大きな森が見えた。④あすこならばと考え出す途端に、背中で、 「ふふん」という声がした。 ⑤「何を笑うんだ」 ⑥子供は返事をしなかった。	① I began to feel afraid of him even though he was my son. ② With this weird creature on my back, I felt something horrible was about to happen to me. ③ I looked around for some good place to throw this creature away. There was a big wood ahead in the darkness. ④ I thought it might be a good place to do that, and then I heard a snicker from behind me. ⑤ "Why are you laughing?" I asked him. ⑥ There was no answer to my question.

　日本語原文では、②③④の網掛け部分は男の心内発話である。直接引用であるため、その物言いから男のさまざまな心情が読みとれる。まず心内発話②には「こんなものを背負っていては、大変なことになる」という男の焦り・恐怖に似た思いが吐露されている。また子供にたいする指示表現「こんなもの」には、男の嫌悪の気持ちが表れている。「こんな」は相手を自分のなわばりに取りこんで近称で指示するため、対象への強い否定の感情や不快感を表す（森田 1989; 金水他 1989）。英語訳文では、この部分は weird（気味の悪い）と creature（生き物）という語を用いて説明的に述べられている。

　つづく③と④の語りの文では、心内発話の引用の「と」、推移を表す接続詞「と」（「見ると」）や「～考え出す途端に」、さらには自発態の動詞（「見えた」、「声がした」）が使用され、男の身につぎつぎと降りかかる事態とそれに翻弄される男の心の動きが、男の視点から順次的にテンポよく語られている。出来事が生じる順序のまま、順次的に文がつなげられ（類像性の原理）、しかも不定方向の「と」連結は、つづく主節に予測できない偶発的な事態が表現されるため、臨場感が増している（類像性の原理や不定方向の「と」連

結については 1 部 1 章 3.3 節参照)。一方、英語訳文では、③の心内発話の部分が、for 句(網掛け)を用いて、語り手の視点から説明的に語られているうえ、③と④の 2 つの文が、それぞれ 2 つ、計 4 つの文に分割され、日本語原文のテンポのよさが失われている。

　④の「ふふん」という擬音語には、男の心の内を見透かしているかのような子供の冷笑が感覚的に捉えられ、表現されており、つづく⑤の「何を笑うんだ」という男の反射的な応答には、子供の冷笑に狼狽した男の気持ちが表されている。英語訳文では、Snicker というオノマトペが用いられているものの、それを目的語に、I を主語にした他動詞文で、より客体的に捉えられている。また日本語原文の⑤の発話は、英語訳文では 'I asked him.' が補われていることからわかるように、ゼロ引用表現であり、前文からのテンポのよさが引き継がれ、臨場感を増している。

2.2.3　嫌気がさす男―場面 III

　子供とのやりとりに、男がほとほとうんざりし、いやになる場面である。心内発話と二人の問答にみられる二人の関係性を中心にみていく。

場面 III

①「左が好いだろう」と小僧が命令した。 (中略) ②「遠慮しないでもいい」と小僧がまたいった。自分は仕方なしに森の方へ歩き出した。③腹の中では、<u>よく盲目のくせに何でも知ってるな</u>と考えながら一筋道を森へ近づいてくると、背中で、「<u>どうも盲目は不自由で不可ないね</u>」といった。 ④「だから負ってやるから可いじゃないか」 ⑤「負ぶってもらって済まないが、ど	① "<u>You'd better go to the left</u>," the boy told me. (…) ② "<u>What are you waiting for?</u>" The boy urged me again. I reluctantly took the way in the direction of the woods.　③ I kept walking on and on along the lane leading to the woods, wondering <u>how he could know everything in spite of his blindness</u>. "<u>I hate being blind. It's so troublesome</u>," he said at my back. ④ "<u>That's why I'm carrying you on my back. That should make you feel better</u>."

うも人に馬鹿にされていけない。　親にまで馬鹿にされるから不可い」何だか厭になった。早く森へ行って捨ててしまおうと思って急いだ。	⑤ "I'm grateful to you for carrying me on your back, but people make a fool of me for being blind. Even my father does." I became disgusted with this boy and hurried to leave him in the woods as soon as possible.

　これまでの場面でも、子供の生意気で上から目線の物言いが特徴的であったが、この場面も子供から男への指図で始まる。①②の文にみられる「〜がよい」「〜でもいい」といった表現は、上の立場の者が下の立場の者に指図したり、許可をあたえるときに用いる表現である。英語訳文でも、上から目線の had better が用いられている。さらに日本語原文では、子供の指示表現が「子供」から「小僧」に変化し、男が子供に「小僧たらしさ」を感じていることがうかがえる。また「いう」でなく「命令する」が使われており、男が子供の発言を命令行為と捉えていることがわかるが、英語訳文では told が用いられている。

　③の心内発話（網掛け）には、盲目の子供を馬鹿にしている男の本心が「盲目のくせに」という言葉づかいに表れている。「〜くせに」は、単なる逆接条件だけでなく、話し手の批判や不満の気持ちを含意する。英語訳文では、その微妙な含意は訳出されていない。つづいて子供が、男の本心を見透かしたかのように「どうも盲目は不自由で不可いね」と発言する。「どうも〜ない」は、「話し手の意志を超えた事柄を心で捉えることにより、ままならぬその対象が話し手の心理や感情を自発的に圧迫してくる」状況を表す（森田 2014: 142）。馬鹿にされるという、ままならない状況にたいする子供の不満な気持ちは、ここでは「不自由で不可い」と間接的に控えめに表現され、さらに終助詞「ね」により、その不満な気持に対する共同注意を男に求めている。英語訳文では、hate, so troublesome というように、より直接的に表現しているものの、単に気持を表現しているにすぎない。

　④に示されるように、子供の発言に対して、男は「だから負ってやるからいいじゃないか」と恩着せがましく反駁する。授益の気持ちを表す補助動詞

「〜やる」や反駁を表す疑問形式「〜じゃないか」が用いられている。それに対して、「負ってもらって済まないが、どうも人に馬鹿にされていけない。親にまで馬鹿にされるから不可い」と子供はつぶやき、謝罪の言葉を枕詞に、男に馬鹿にされていることへの不満を今度は直接的・断定的に述べる。また「馬鹿にされる」という受身表現に、子供の被害者意識も現れている。受益を表す「もらう」や相手に悪いと思う気持ちを表す「すまない」といった語を用いているものの、両方とも同等以下の者に対して用いる常体であり、ここも上から目線の物言いである。一方、英語訳文では、「父親さえ私を馬鹿にする」という事実のみを淡々と述べている。

　日本語は、授受補助動詞や敬体・常体など、さまざまな表現で、聞き手との関係性が表現されるが、英語はそのような表現が豊富でないため、英語訳文では、二人の微妙な関係性は、説明的に解説されるか、捨象されている（1部1章4.3節を参照）。最後に、日本語原文の心内発話（網掛け）は、英語訳文では間接話法／思考や不定詞節（網掛け）で、語り手の視点から捉えなおされ、説明的に語られている点を指摘しておきたい。

2.2.4　追いつめられる男―場面 IV

　子供とのやりとりをとおし、男はしだいに追いつめられていく。「もう少し行くと解る。―ちょうどこんな晩だったな」という子供の思わせぶりな言葉に男が動揺し、反射的に「何が」と答えるところから、場面 IV は始まる。

場面 IV

①「何が」と際どい声を出して聞いた。 「何がって、知ってるじゃないか」と子供は嘲けるように答えた。②すると何だか知ってるような気がし出した。けれども判然とは分らない。③ただこんな晩であったように思える。④そうしてもう少し行けば分るように思える。	① "What are you talking about?" I asked him sharply. "Why do you ask? You know very well," the child answered scornfully. ② Then I felt I knew something, though I wasn't quite sure what it was. ③ And I felt I knew it had actually happened on this sort of night. ④ A little further might lead me to

⑤分っては大変だから、分らないうちに早く捨ててしまって、安心しなくってはならないように思える。自分は益々足を早めた。	more certainty. ⑤ But something warned me that I might be better off not knowing what it was. I had to get rid of him as soon as possible before I found out. I quickened my pace still more.

　「何が」という男の反射的に表出された言葉、「際どい声を出して」(下線)と主語のゼロ化により、子供の言葉に狼狽する男の様子が、内からの視点から捉えられている。その後の②③④⑤の5つの文(網掛け)は、日本語原文では、「〜気がする」「〜ように思える」といった主観述語(しかも自発態)が連続して用いられ、せっぱつまった心理状態が、男自身の意識描出として臨場的に描かれている。話し手の感情・思いの表出に用いられる主観述語の使用は、語り手の視点を登場人物の視点にかぶせることによって、読み手を登場人物の内面世界に引き込む語りの手法の1つである(1部1章5.2節参照)。

　一方、英語訳文(下線)は、動詞の過去形の使用や1人称代名詞の訳出、②の動詞 knew の目的語としての something の訳出とつづく照応代名詞 it の使用、観察可能な表出として3人称的に捉えられる感情動詞 feel や様態副詞 sharply などの使用によって、客体的な語り方になっている(感情を表す表現における日英語の違いについては1部1章3.2節参照)。さらに④⑤の英語訳文は、モノ主語の他動詞文で訳出されており、俯瞰的な視点から捉えられた客体的・分析的な描写になっている。

2.2.5　明かされる真実—結末場面 V

　追いつめられた男が、何かに誘導されるかのように夢中に歩き、杉の根のところへたどりつく。そこで、子供によって2人の真の関係が明かされる。

場面 V

①「御父(おとっ)さん、その杉の根の処だったね」	① "Father, you did it at the bottom of that cedar; you remember?"

| ②「うん、<u>そうだ</u>」と思わず答えてしまった。
③「<ruby>文化<rt>ぶんか</rt></ruby>五年｜<ruby>辰年<rt>たつどし</rt></ruby>だろう」
④なるほど文化五年辰年らしく思われた。
⑤「御前がおれを殺したのは今から丁度百年前だね」
⑥自分はこの言葉を聞く<u>や否や</u>、今から百年前文化五年の辰年のこんな闇の晩に、この杉の根で、一人の盲目を殺した<u>という自覚が、<ruby>忽然<rt>こつぜん</rt></ruby>として頭の中に起った</u>。⑦おれは<ruby>人殺<rt>ひとごろし</rt></ruby>であったんだなと始めて気がついた<u>途端</u>に、背中の子が急に<ruby>石地蔵<rt>いしじぞう</rt></ruby>のように<u>重くなった</u>。 | ② "Yes, <u>that's where I did it.</u>" I answered in spite of myself.
③ "It was in the 5th year of Bunka (1808), the year of the Dragon, wasn't it?"   ④ I thought he was right.
⑤ "So it is just 100 years since you killed me here!"
⑥ <u>As soon as</u> I heard these words, <u>I knew suddenly I had killed a blind man on this sort of night at the bottom of that same cedar tree 100 years ago, in the 5th year of Bunka, the year of the Dragon.</u>   ⑦ And <u>when I realized for the first time that I was a murderer,</u> <u>suddenly the little one on my back became much heavier than before,</u> like a jizo stone child. |

　子供は、発言①で、男がコト（それが殺人であることは⑤で判明）を起こした場所を確認する。日本語原文では、コトを二人で共有されているコトとしてゼロ化しているのに対し、英語訳文では、'you did it …' とコトをモノと行為として分析的に捉え、言語化している。②の男の返答も同じである。

　そして子供は、発言⑤で、男が100年前に殺人を犯し、その殺された相手がじつは子供自身であったことを明かす。ここで子供は、男を指す対称詞として「<ruby>御前<rt>おまえ</rt></ruby>」を使い、自称詞として「おれ」を用いる。それまで、男の呼称表現として用いてきた「<ruby>御父さん<rt>おとっ</rt></ruby>」とは対照的であり、明らかになった二人の真の関係性を象徴している。謎が氷解し、子供の生意気な上から目線の物言いにも合点がいく。一方、男はそれまで自身の指示表現として「自分」を用いてきたが、最後の⑦の心内発話で「おれ」に変わる[3]。「自分」は自身の意識の内的な描写に用いられ、夢の中の自分と向き合っていることを示している[4]。ここでの「おれ」の使用は、直前の子供の発話における「おれ」という呼び水はあるものの、子供の発言で覚醒された主人公の心の世界

を象徴しているようにとれる。犯罪者として世間という「公的世界」に対して向き合う男の声——自分を「人殺し」として客観的に自覚したという——を表しているといえるであろう。以上論じてきたさまざまな呼称表現、自称詞、対称詞の使い分けによる効果は、そのような使い分けのない英語では捨象される。

　クライマックスの⑥⑦の文は、日本語原文では、「〜や否や」、「〜気がついた途端に」（下線）といった接続表現、心内発話の引用（網掛け）、「〜という自覚が、忽然として頭の中に起こった」「重くなった」（下線）という自発態的な動詞の使用により、つぎつぎと降りかかる事態とそれに翻弄される男の心の動きが、男の視座から順次的に、テンポよく語られて、締めくくられる。英語訳文では、⑦の主文部分（下線）は日本語原文と同じように知覚者である男は言語化されていないものの、心内発話の部分は間接話法／思考の被伝達部（網掛け）として複文を形成し説明的に述べられているうえ、1人称代名詞の訳出などにより、全体として客体的に捉えられている。

2.3　まとめ：主観的把握の体現された1人称の語り『第三夜』

　『第三夜』の日本語原文について、英語訳文と比較しながら、事態把握の主観性の観点から考察した。日本語原文では、（1）追いつめられていく主人公の男の心の動き、（2）男に次々と出来(しゅったい)する子供にまつわる不可思議な事柄の数々、（3）子供と男との微妙な関係性、の3点が、男の視点から臨場的に語られていた。これらは、主観的把握の傾向の強い日本語の特性に支えられているといえよう。以下、具体的に説明していく。

　（1）追いつめられていく男の心の動きが、意識描出および（心内）発話というかたちで、男自身の口から臨場的に語られている。このような語りが可能になるのは、日本語にさまざまな主観述語（「たまらなくなった」「〜のように思える」など）やモダリティ副詞（「たしかに」「はたして」など）が存在しているからであろう。さらに意識描出・（心内）発話が直接引用のかたちで表現されることも臨場性を増している。これらは、「事態の現場での話し手の主観的な捉え」が体現されたものといえる[5]。

（２）現場で刻一刻と更新される主人公の男の取り巻く状況の推移が、男の視点から、順次的にテンポよく語られている。これは、認識の原点としての主語のゼロ化や直示表現の使用はもちろんのこと、推移的な「なる」など自発態的な動詞の多用、そして不定方向の接続助詞「〜と」「すると」や「（〜考え出す）途端に」により、起きた出来事をなぞるように順次的に文をつなげていく手法に負うところが大きい。そのような文は参照点・ターゲット認知（1 部 1 章 3.4 節参照）が体現されたものである。これも主観的把握の特徴であるといえる。

（３）男と子供との微妙な関係性とその推移が、二人のやりとりや男の心内発話により、臨場的に表現されている。日本語には、呼称表現を含め、自称詞、対称詞、他称詞などの指示表現、敬体と常体、授受補助動詞、終助詞など、現場での聞き手との関係性により、細かく使い分けるさまざまな表現が存在する（1 部 1 章 4.3 節参照）。しかも、これらには話し手の感情が不可分に表現されている場合が多い。これらの表現も、場面に同調して変化する相手との関係性を客体化せずに、そのままのかたちで捉えて表現しているという点で、主観的把握によるものだといえよう。

以上が日本語原文の３点の特徴であるが、これに対して英語には、基本的に感情の表出を表す主観述語がそもそもなく、観察可能なものとして３人称的に捉えられた感情・思考動詞で訳出される。また、日本語原文で直接引用のかたちで語られる心内発話は、語り手の視点で捉え直され、不定詞節や間接話法／思考で訳出されている。筋の展開においても、日本語のように出来事の起こった順に文をつらねていくというより、複文、他動詞文、モノ主語構文などの主語・述語文で分析的・総括的・論理的に表現される傾向にある。さらに、日本語原文で細かく表現されていた男と子供の微妙な関係性については、現場での聞き手との関係性を捉えた表現が英語に乏しいため、説明的に解説されるか、捨象されている。英語訳文は、１人称の語りでありながら、外側の視点から捉えられた客体的な語りになっているといえる。これは、事態の現場から抜け出て、客体的・俯瞰的に捉える客観的把握の特性に帰されよう。

筋の論理展開よりも、追いつめられていく登場人物の心の動きを味わう、この語りが、これほどに日本語的な、主観的把握に支えられた表現でつらぬかれていると、その臨場感、細かな心の動き、人と人の微妙な関係性は、客観的把握傾向の強い英語に訳されることで、かなりの程度、抜けおちてしまうといえるかもしれない。この小説は、主観的把握の傾向の強い日本語の強みが十分に活かされている小説であるといえるのではないだろうか。

3　ロシア語を中心とした3言語の比較

3.1　はじめに

本節では、Ｉモード的要素がきわめて豊富な日本語の表現が、Ｄモード的とされる英語、そしてその中間にあると考えられるロシア語でどう伝えられるかを「第三夜」のテクストで分析する（「Ｉモード・Ｄモード認知」については1部1章・3章を参照。「Ｉモード・Ｄモード認知」の観点からのロシア語の位置づけについては1部2章を参照）。考察対象とするのは、「第三夜」のロシア語訳と3種の英語訳である。2000年の英訳は、より英語的なテクストであり、1974年の英訳は日本語の特徴を伝えようとしている。2015年の英訳は、翻訳者Treyvaud自身が「この翻訳は原文の構造や流れをできるだけ正確に再現しようとする」と述べている（Natsume 2015: vii）。

以下、分析内容は相互に重なる部分も多いが、便宜的に4つの項目（語りの時制の選択、構文の選択、主体・客体の表示／非表示、聞き手との場面の共有）にわけて考察していく。

3.2　語りの時制の選択

まず、冒頭部分については、1974年訳は現在形を用いている。ロシア語訳も同じである。一方、2000年訳は、一貫して過去形を用いており、2015年訳も、過去形を多く用いている。また日本語とロシア語には冠詞がなく（Ｉモード的特徴）、所有代名詞の使用頻度も英語より低い。

つぎの(1a)をみてみよう。

（1） a. 右左は青田である。路は細い。
　　　　 Вокруг зеленели　　　　　рисовые поля.　　　　Узкая тропа.
　　　　 around greened（3ʳᵈ p. pl.）　rice（adj.）fields（Nom.）.　narrow path.

日本語では、主人公の男が自分の周りの状況をそのまま述べているが、ロシア語では「青田」を主語にして、その状態を説明する。つづくロシア語の文は現在形であるが動詞がない（ロシア語では be 動詞にあたる動詞は現在形では通常、文に現れない）。一方、英語訳は (1b) である。

（1） b. We were on a long footpath crossing a field of young rice.　（2000）
　　　　 To left and right the paddy-fields lie blue. The path is narrow.　（1974）
　　　　 Green rice paddies lay to the left and right. The path was narrow.　（2015）

2000 年訳は、状況のなかにある対象を描く。1974 年訳はロシア語と同じように「青田」を主語にするが、その結果、blue という補語を使わざるをえない。つづく文は現在形である。2015 年訳は、主語と補語を使う点では同様だが、こちらは過去形を使っている。このような現象は他の個所にもみられる。

（2）　石が立ってるはずだがな。
　　　　 Тут　　　должен　　стоять　　камень
　　　　 Here　　must　　　stand　　　stone（Nom.）.
　　　　 There ought to be a signpost somewhere here　　　　　　　（1974）
　　　　 You should find a stone marker here.　　　　　　　　　　　（2000）

日本語もロシア語も、石を主語にするのに対して、1974 年訳は、石を前面には出すが、文法上、虚辞を使わざるをえず、D モードの度合いが高まる（2015 年訳もほぼ同じである）。2000 年訳は、行為者が主語になっており、行為の能動性により焦点が当たった語られ方になっている。

つぎの文は日本語でもロシア語でも、その石を見る主人公の男の視点からきわめて主観的に描かれている。

（3） a. なるほど八寸角の石が腰ほどの高さに立っている。
　　　　　　И впрямь — прямоугольный　камень в половину　человеческого
　　　　　　and indeed　rectangular　　　stone in half (Obj.)　human (adj., Gen.)
　　　　　　　　　　　　　　　　　　　　　　　　　　　　　　роста.
　　　　　　　　　　　　　　　　　　　　　　　　　　　　　　height (Gen.)

どちらの文も現在形で、石が主語になっている。一方、(3b) の 1974 年英訳（2015 年英訳も）は同じ構造を維持しながら、過去形を用いている。2000 年訳は、「なるほど」の意味を表す表現でさえ、虚辞の主語と過去形の述語を使った文形式で表されている。

（3） b. Sure enough, a stone roughly eight inches square and up to the height of my hip was standing there. 　　　　　　　　　　　　(1974)
　　　　　　It was true. I could see a square-shaped stone pillar of about eight by eight inches. 　　　　　　　　　　　　　　　　　　　　　　(2000)

日本語で現在形が使われるところが、翻訳ではどれも過去形が使われている例もある。

（4） 表には左り日ケ窪、右堀田原とある。
　　　　　На камне　　　　было　　написано:　　「Налево (…)」
　　　　　on stone (Prep.)　was　　written (pass. n.)　[to] left
　　　　　On the stone was written "To the left (…)" 　　　　　　(1974)
　　　　　It [the stone] said to go left (…). 　　　　　　　　　　(2000)

ロシア語は無人称文の直接話法を用いている。1974 年英訳は直接話法で引

用部分を主語にし、2000 年英訳は石を主語にしている（ちなみに、2015 年英訳もモノ［枝分かれの道］を主語にし、過去形を使う：the left fork led to...）。

3.3　構文の選択

ロシア語に時制の一致がないこと（I モード的特徴）は、つぎの例に現れている。

(5)　そうしてもう少し行けば分るように思える。分っては大変だから（…）
　　　Ещё чуть-чуть — и я вспомню всё. Это будет ужасно!
　　　more a little　　　and I remember (Perf., future) everything. It will　awfully
　　　(…) if I trudged a little further I would indeed understand yet more. (…)
　　　　For to understand would be disastrous.　　　　　　　（1974）
　　　A little further might lead me to more certainty. But something warned
　　　　me that I might be better off not knowing what it was.　　（2000）

ロシア語では前半は副詞句による条件の提示であるが、英訳はどれも動詞の過去形を用いている。英訳では過去における未来形（助動詞の過去形）を使うところで、ロシア語はふつうの未来形を使う。「大変だから」という部分についても、3つの訳のあいだで同じ現象がみられる。つまりロシア語は未来形を使い、1974 年訳と 2000 年訳は過去における未来形を使う。面白いことに、「分っては」を、ロシア語訳は前の文で述べられたことの「すべて」をさす「それ」という代名詞だけで表しているのに対し、1974 年訳は、大変なことが「分かる」というように動詞を用いる（2015 年訳は understanding という動名詞を使用）。2000 年訳は「もう少し」を主語とし、それが目的語の「わたし」を「連れていく」という、きわめて客観的な記述になっている。2000 年訳は後半部分も説明的で、「わかることは大変な状況をもたらす」と訳したうえで、それを「わたしが知らない方がいい」として、行為者に焦点を移している。

つぎの例の日本語には主語がなく、場所と行為しか示されていない。

（6） （…）と脊中でいった。
　　　　（…）　послышалось　　　из-за　　　спины.
　　　　　　　hear (n., past)　self　from behind　back
　　　　（…） said the creature on my back. 　　　　　　　(1974)
　　　　（…） the boy on my back said. 　　　　　　　　　(2000)

日本語では体験そのものが主観的に伝えられている。ロシア語は無人称文で、しかも再帰動詞を用いているため、日本語の「聞こえた」に対応する表現となっている。英語訳は発話者を主語にしている。1974年訳は日本語の意味あいを表そうとして、人間以外の存在も含意しうる the creature を用いる。

　同じような現象が「脊中でふふんという声がした」の訳にもみられる。ロシア語では послышалось という再帰動詞を用いた無人称文になっているのに対して、英語の翻訳は両方とも SVO 構文 I heard a snicker / jeer from behind / my back // the child sneered により、語り手が外からみて、誰が何を聞いたかを客観的に伝えている。

　再帰動詞の興味深い例が（7）である。

（7）　何時しか森の中へ這入っていた。
　　　　Мы　　незаметно　　оказались　　　в самой　чаще　леса.
　　　　We　　unnoticeably　appeared (ourselves)　in very　thicket　forest (Gen.)
　　　　I was deep in the forest and had not known it　　　　(1974)
　　　　We had entered the forest at some point.　　　　　　(2015)

日本語は「何時しか」という副詞により、自分の意志と関係なく森の中に入っていたことを表している。ロシア語は「〜にいることが判明した」という再帰動詞を用い、同様に自分の意思と関係なく森のなかにいたことを表し

ている。英語の1974年訳は自分の状態について判断する主体（I）を主語に立てて別の文で表しているが（2000年訳も同様）、2015年訳は単文にまとめている。

　つぎの例では、ロシア語で無人称文が用いられている。

（8）　自分は（…）少し怖くなった。
　　　　（...) мне　　　стало　　страшно.
　　　　　　I (Dat.)　became　fearfully
　　　　（...) I feel a trifle owed.　　　　　　　　　　　　　　　　（1974）
　　　　I begin to feel afraid of him　　　　　　　　　　　　　　　（2000）

ロシア語は、無人称文によって「怖い」という心的状態を表し、感じる主体は与格になっている。一方、英語訳はどれも感じる主体を主語で表している。2000年訳は、怖さを感じさせる対象まで言語化している。「こわい」は人の感情（emotional state）であるが、ロシア語では、感情、評価、当為等は無人称文で表すことが多く、主体は与格になる。つぎの例も同様である。

（9）　負ってもらって済まないが（…）
　　　　Мне,　　　право, неловко, что　тебе　　　приходится меня　　нести.
　　　　I (Dat.)　really　uneasily　that　you (Dat.)　have to　　I (Obj.) carry
　　　　I ought, I know, to be grateful that you carry me (...)　　　（1974）
　　　　I'm grateful to you for carrying me (...)　　　　　　　　　（2000）

子供の「済まない」という評価が、ロシア語では無人称文で述べられており、主格が避けられているため、状況にいっそう焦点が当てられ、日本語に近くなっている。さらに、「負ってもらって」という表現も、「あなたは（与格）背負わざるを得ない」という意味の文になっており、やはり状況に焦点があてられている。つまり、主観性の度合いが英語に比べ、高い。一方、英訳はどれも「済まない」気持ちを感じる主体を主格のIで表し、客体性の

高い語り方になっている。
　同様に、五感による知覚を伝えるつぎの場面も、ロシア語では、無人称文で伝えられる。

(10)　「(…)重いかい」
　　　(…) тяжело　тебе?
　　　　　 heavily　you (Dat.)
　　　(…) am I heavy　　　　　　　　　　　　　　　　　(1974, 2000, 2015)

ロシア語の文を文字通りに解釈すると、「君にとって重いか？」という意味になって、体験を直接的に捉える（例(9)と同様）。一方、英語は状況ではなく、主体の具体的な特徴（重さ）に言及している。

3.4　主体・客体の表示／非表示
　以下の例においても、ロシア語の表現が英語よりも主観性が高く、日本語ほど高くないことが確認できる。

(11)　自分は堪らなくなった。
　　　Это　было　невыносимо!
　　　It　　was　　unbearable
　　　I couldn't stand it (…)　　　　　　　　　　　　　　　(1974, 2000)
　　　It was unbearable.　　　　　　　　　　　　　　　　　　(2015)

日本語の文は、中村(2009: 371)のいうR/T（参照点／ターゲット）型の特徴をもった文で、「自分」が主語になってはいない。一方、英語はlm/tr（ランドマーク／トラジェクター）型であり、1974年と2000年の英語訳は、Iを主語とした「こんなことを我慢することはできない」という他動詞文で、客体化された語り方になっている。ロシア語訳の「それ」は前の文で伝えられる状況をさし、その状況が我慢できないという表現法をとっているが、感じ

る主体は文のなかに言語化されていない（2015年訳も、これと同じ構造をしている）。

　必要性の意味もまた、ロシア語では無人称文で表される。

（12）　（…）分らないうちに早く捨ててしまって、安心しなくってはならないように思える。

　　　Нужно　　　успокоиться и　　　поскорее бросить его,　　пока　я
　　　Necessary　calm　　　　and　　quicker　throw　he (Obj.)　while　I
　　　　　　　　　　　　　　　　　не　вспомнил,　думал　я (…).
　　　　　　　　　　　　　　　　　not remembered　thought　I

　　　I felt that I simply must ease my mind by getting rid of this burden (…)
　　　　　　　　　　　　　　　　　　　　　　　　　　　　　　　　　（1974）
　　　I had to get rid of him as soon as possible (…)　　　　　（2000）
　　　(…) so it was imperative that I dump the boy, quickly, (…)　（2015）

ロシア語訳、および2015年訳以外の英語訳では、動作の主体および必要性を感じる主体が主語になっている。1974年訳は「強い内面的な衝動」という意味あいの法助動詞mustが使われ、2000年訳は「状況の影響によって」という意味あいの助動詞have toが使われる。後者は「状況」に焦点をおき、2つの訳のなかでは、めずらしく前者より日本語に近い。ロシア語訳はmustにあたる単語もhave toにあたる単語もあるが、もっとも中立的なneedに近いものが用いられる。2015年訳は、it was imperativeという虚辞を主語に立てた文で表す。日本語と同じく、主体を言語化しないためだと考えられる。

　つぎの例では、日本語の「もの」をどのように翻訳するかの対応がわかる。

(13)　こんなものを背負っていては (…)

　　　　С　　такой　　ношей (…)
　　　　with　such　　burden
　　　(…) carrying such an object on one's back　　　　　　(1974)
　　　With this weird creature on my back.　　　　　　　　(2000)
　　　(…) carrying something like him on my back?　　　　(2015)

2015年訳以外の英語訳はいずれも、ヒトかモノかのどちらかを選択している。2015年訳は something と him の両方を使うことによって、両方の可能性を残している。ロシア語は、そもそも、どちらの解釈も可能な表現なので、2015年訳のように、より日本語に近いといえるであろう。

　つぎの (14) は (13) の続きである。

(14)　(…) この先どうなるか分らない。

　　　(…) не　　знаешь,　　что　　может　случиться　дальше.
　　　　　not　know (2nd p. sing.)　what　may　　happen　　further
　　　One cannot tell (…) what will happen next.　　　　　(1974)
　　　I felt something horrible was about to happen to me.　(2000)
　　　Who knew what lay in store for me,　　　　　　　　(2015)

ここでは、日本語が「ナル言語」で、ロシア語・英語は「スル言語」であるとわかる。また、日本語で主語が特定できない最後の部分は、ロシア語はそれに近い表現法である普遍人称文で表す。1974年訳は、それと同じ役割を果たす主語 one を使う。注意すべき点は、日本語とロシア語は文語的な表現ではないのに対して、one を用いる英語はより文語的になることである。一方、2015訳は普遍人称文の役割を果たす修辞的疑問を、過去時制で用いている。

　より英語的なテクストの 2000年訳は、主人公の人間を前面に出して、その気持ちを具体的に描く。その傾向がつぎの例にもみられる。

(15)　ただこんな晩であったように思える。
Я вспомнил　только, что был такой же　вечер.
I　remembered only　　that was　such　(emph.) evening (Nom.)
I did begin to have a feeling that, yes, it was just such an evening.　（1974）
And I felt I knew it had actually happened on this sort of night.　（2000）
(...) but I was sure it had been an evening just like this one.　　（2015）

「こんな晩であった」という部分の構造は日本語とロシア語で同じである。それに対し1974年訳と2015年訳は、虚辞を使うことで、よりDモード的になっている。2000年訳は「晩」を（テーマ／レーマ構造における）テーマにせず、出来事（it）を主語にする。そのためきわめて客観的な記述になる。

3.5　聞き手との場面の共有

オノマトペはIモード的な要素であるが、日本語の「ふふん」はその一例である。ロシア語でもХи-хи!（ヒヒ）というオノマトペ（笑い声を模倣する音）が使われている。英語では名詞が使われている。2000年訳では動作模倣に由来するとされるsnickerが、2015年訳では擬音語由来のchuckleが使われる。1974年訳では、オノマトペと関係のないjeerが使われている。

子供語も、読者を場面に引きこむIモード性の高い要素である。日本語の「御父さん」という呼びかけは、ロシア語ではПапという親称の呼びかけ形で訳されている。英語訳は3つともFatherを使う。同様に、「もう少し」という表現は、ロシア語では子供語である繰り返しのчуть-чуть（a little-a little）が用いられるが、英語訳ではすべてa littleが使われている。またロシア語では、子供は、子供がふつうに使う言葉で父親に話しかけている。ロシア語の2人称には単数形と複数形があり、単数形は親しい相手に用いる。そのためロシア語は、単数形で相手にたいする親しみ、あるいは増長した態度を伝えられるが、現代英語では2人称単数形（thou）が使われなくなったため、そのニュアンスは伝わりにくい。

話者と聴者のあいだのインタラクションを想定するモダリティ表現も、I

モード性が高い要素である。(16)の日本語では、「じゃないか」という表現で、相手の知識の推測を述べるだけでなく、挑発的な反駁が表わされている。

(16)　「何がって、知ってるじゃないか」
　　　　О　　чём?　　　　Будто　ты　не　знаешь!
　　　　about　what (Prep.)　as if　you　not　know (Ind. M.)
　　　　What was? But you know well enough.　　　　　　　　　(1974)
　　　　Why do you ask? You know very well.　　　　　　　　　(2000)
　　　　"'What was'!" the child sneered. "As if you didn't know!"　(2015)

ロシア語訳は、話者が相手の知識を推測するだけでなく、その知識を隠そうとする相手の意図も読みこんでいることを表している。Будтоという単語は相手に対する挑戦、つまりインタラクションを含意する。1974年と2000年の英訳はインタラクションを想定せず、相手の知識に関する推測を述べただけである。ただし、2015年訳では、as ifから始まる文が仮定法になっており、ロシア語と同じ意図を表している。「何がって」の訳も興味深い。また日本語もロシア語も文法的な時制を表していないが、英語では1974年訳は過去形、2000年訳は現在形を用い、2000年訳は相手の意図を問う客体性の高い文になっている。さらに、日本語とロシア語は不完全文であるが、2000年訳は完全文になっている。

　主観性・客観性という点で、ロシア語が日本語と英語の間に位置することは、以下の例からもわかる：

(17)　御父さん、その杉の根の処だったね
　　　　Пап, вот под этой криптомерией всё　　и　　случилось, помнишь?
　　　　Dad　right under this cedar　　　　　all　(emph.) happened　remember (2ⁿᵈ p. sing.)
　　　　Father, it was under cedar's root, wasn't it?　　　　　　　(1974)
　　　　"It was at the root of that cedar, wasn't it, Father?"　　　　(2015)

Father, you did it at the bottom of that cedar tree, you remember?

(2000)

日本語では談話の参加者が完全に場面を共有していて、1つの出来事の全体を場所への指示だけで表すことができる。それに対して、ロシア語は出来事をさす「すべて」という意味の単語を主語にし、「起きた」という意味の動詞を使う。1974 年英語訳と 2015 年英語訳は出来事を指示するのに it を用いるが、ロシア語と異なり、その代名詞がいきなり現れた不自然さがある。2000 年英語訳は、さらに日本語で言語化されていないことをすべて明示している。相手が主語で表され、なされた行為が目的語の it で表されている。

4　夢の感触の表現

4.1　夢の感触と事態把握

　『夢十夜』の 10 編の夢は、それぞれに独立している。そのため、個々の夢についての解釈が数多く存在する。とりわけ第三夜は個別の分析対象とされることが多い。清水孝純は、この作品の個々の夢が、それぞれ独立に示された夢であることに注目し、作品中に挿入され、作品のなかでの位置づけをあたえられた夢とくらべると、夢的な感触をより強く備えていると指摘している（清水 2015: 9–13）。そしてこの作品の個々の夢は「言語によって構築された夢」として読むことが重要であるという。「言語によって構築され」るのは、「夢のもつ独特な感触」であり、これこそが「夢の語りの真の主題」(2015: 17)なのだという。実際に作品の言語的分析にとりかかってみて、このことが実感された。作品の「真の主題」、すなわち「夢のもつ独特な感触」の「言語」的構築を支えるのは、徹底して体験の場に即した事態把握であること——本章がこれまで明らかにしてきたのはこのことであった。以下ではこれを文学的表現の観点から捉えなおしてみたい。

4.2 第一夜との比較

4.2.1 第一夜の概要

『夢十夜』の個々の夢は独立しているが、それらのあいだに一定の文体上・テーマ上の共通性がみられることもたしかである。清水（2015: 20, 48）も、第十夜以外が一人称の語りであること、多くの場合、死が関わること、待つことが1つのキーワードであることなどを指摘している。第三夜を『夢十夜』の他の夢と比較することは本章の目的ではないが、第一夜に関しては、第三夜の特徴を浮き彫りにする目的で比較してみる価値がある。両者をよく観察してみると、入念に構築された表現上のコントラストが認められる。

第一夜は、およそつぎのような話である。

女が寝ている。自分はその前に腕組みをしてすわっている。女は、じきに死にますという。女の頬は白くて血色はよく、唇も赤い。黒い瞳を覗くと自分の姿が映っているのがみえる。女は100年したら戻ってくるから、待っているようにと自分にいう。その眼に映った自分の姿が水に流れるように消え、涙が頬に垂れると、女は死ぬ。自分はいわれたとおり女を埋め、真珠貝で穴を掘る。土をすくうとき、真珠貝に月の光が映り、土の湿った匂いがする。そのあと、天から落ちて来る星の破片を墓標におく。こうして自分は墓の前にすわり、延々とくり返される赤い太陽の昇り降りを眺めながら待つ。やがて自分は騙されたのではないかと思いはじめたとき、墓石の下から百合の青い茎が伸びてきて、白い蕾を開く。花は強い匂いを放っている。そこに上方から露が落ちてくる。露の滴る白い花弁に自分は接吻する。空をみると、暁の星が一つ瞬いている。そのとき百年がたったのだと気がつく。

4.2.2 第一夜と第三夜：共通項とコントラスト

この第一夜と第三夜を比較すると、つぎのような共通点が指摘できる。

登場人物はともに2人だけである（第一夜では「自分」と「女」、第三夜

では「自分」と「小僧」)。また、ともに「こんな夢を見た」で始まり(これは他の短篇にもみられる)、ともに「始めて気が附いた」という句を含んだ文で終わる。そして、どちらにおいても100年を隔てた出来事が語られる。

内容的には、ともに死が重要な役割を果たす。第一夜の女と第三夜の小僧は、どちらもいったん死ぬが、100年後に蘇って「自分」と関わりをもつ。「自分」は、どちらにおいても、事態をもっぱら受動的に受けとめるだけで、事態のもつ意味を理解するのは、つねに後追いである。それに対して、女と小僧は、「自分」よりさきに行動をおこし、その際、ともに確然たる口調で話す(第一夜の「(私の顔が)写ってるじゃありませんか」、第三夜の「知ってるじゃないか」など)。「自分」はそうした相手のことを、「自分」を映す存在としてみている(第一夜では、女の「真黒な眸の奥に、自分の姿が鮮やかに浮かんでいる」。第三夜では、小僧が「自分の過去、現在、未来を悉く照らして、寸分の事実も洩らさない鏡のように光っている」)。つまり女と小僧は、「自分」を映しだす鏡のような存在であるが、「自分」と同じ水準の存在ではなく、「自分」を超越した地点から「自分」を映しだす存在だということになる。どちらにおいても、自己を映しだすもの、すなわち鏡のイメージが重要な役割をはたしている。

2つの夢には、こうした明確な共通項があるが、それゆえにいっそう、両者のコントラストが明確となっている。両者の対照的なイメージを列挙する。

- 両者とも100年を隔てた2つの時点を語るが、両者は時間的に前後が反転した関係にある(叙述の出発時点からみて、第一夜では100年後の事柄、第三夜では100年前の事柄が語られる)。
- 「自分」と相対する人物は、一方は「女・大人」であり、他方は「男・子供」である。
- 目に関わる描写の対比。第一夜の女は、「透き徹るほど深く見える」黒目をもち、第三夜の小僧は盲目である。
- 色彩の対比。第一夜の赤い唇と赤い太陽、白い頬と白い百合、第三夜の青坊主と青田、石に書かれた「井守の腹のように赤い」文字など。

- 第一夜では嗅覚が優勢であり（湿った土の匂い、「骨に徹えるほど」の百合の匂い）、第三夜は聴覚が優勢である（小僧の声、鷺の鳴く声）。
- 人物の位置関係が「前」か「後ろ」か。第一夜では、女は自分の前に寝ているが、第三夜では、小僧は自分の後ろに背負われている。
- 「内と外」および「静と動」の対比。第一夜で主人公は、家のなかか庭にいるだけだが、第三夜では戸外をひたすら歩いている。
- 外部空間の「光と闇」の対比。第一夜では太陽・月・星といった光を放つ天体が強いイメージを放っているのに対し、第三夜では、闇に浮かぶ田・森・道標の石が強い印象をあたえる。
- 「上昇と下降」あるいは「軽さと重さ」の対比。第一夜では、女の死から100年たったと気づくのは、上に伸びてくる百合の茎とその頂に開く花をみて、さらに上方の空に目をやって、暁の星がみえたときである。それに対して第三夜では、100年前に人を殺したと悟るのは、小僧を杉の根のところに捨てようと考えるうちに、小僧が石地蔵の重みもったと感じた瞬間である。すなわち、「気づき」が上向きの動きと連動するか、下向きの力と連動するかという対比がある。

4.2.3 自己と他者、自己と世界

最後の点について補足すると、第一夜には、最初は下向きの視線が現れている。男は腕組みをしてすわり、寝ている女の目をのぞきこむ。死んだあとは、女を土に埋める。しかし土をすくう真珠貝に月の光が映ったときから、上からの視線が意識にのぼってくる。高山宏は、男が自分の姿を映す女の眼＝水鏡を上からみおろし、腕組みをしている点に、「拒絶と対立の図」を読みとり、この物語に男のナルキッソス的な自己愛をみている。「この物語はそうやって男がひとりで「女」の幻影を四囲に投射していく物語でありながら、表面上誘惑者として、物語を駆動させていくのが、幻であるはずの女だという点が絶対に面白いのである」（高山 2011: 44）。はたしてそうだろうか。

これに対し、清水は、女の役割により大きな意味をあたえる。「女が万事積極的であり、主導的であることを思いおこそう。女の遺言とは、自分の黒

い瞳のなかを崩れ流れてゆく男を追って、生に引き戻そうとする激しい情熱の語らせたものなのだ」(清水 2015: 39)。女は男の視線を下に引きこみながら死んでいき、最後に蘇ることで視線を上に向けさせるわけである。視線を導くのは女であって、男は終始受動的である。そして、女が死ぬときに流す涙が、男の姿を映しこんだまま流れでた水だとするならば、それは女が百合として蘇るときに、天から落ちる露となって男のもとに戻ってくる。男はその露を含んだ百合の花びらに接吻しながら、天の星をみるのである。第三夜の小僧が、「寸分の事実も洩らさ」ずに男の存在を露わにする鏡だとするなら、第一夜の女の眼と天の露は、男の存在を包みこむ鏡といってよいだろう。

　男はたしかに最初、腕組みをしている。しかし同時に、女をのぞきこんで「ねんごろに」話しかけもする。このアンビヴァレントなしぐさは、相手からの愛にコミットはしないが、拒絶もしないという、男の煮えきらない態度の現れであろう。しかしそんな男も、最後には、天から滴る露に濡れた百合の花に接吻する。最初は眺めていただけの水を、いまや口に含むのである。

　小林康夫はこの第一夜について、「女」は「自分」にとっての他者ではなく、「自分」であるとの解釈を展開している。そして「自分」を映した涙とともに死んでいく「女」は「自分の死」であり、「女」が花となって蘇ったときに天から落ちてくる露は、「その死を死として救済する天の恩寵」(小林 2000: 56) である。そして露の滴る花への接吻は、「わたしは、けっして避けることのできないわたしの死を、こうして愛する」(2000: 56) ことを意味するという。この解釈から浮かびあがるのは、さきほどの高山の解釈よりもさらに徹底して自己完結的な世界である。たしかに自己と他者の関係が自己と自己の関係の投影であるような事態は広く存在する。文学テクスト、ことに夢を描くテクストであればなおさらであろう。そして第一夜に第三夜も加えて考えるなら、どちらも「自分」ともう一人の人物しか登場せず、その人物は現実性が薄い存在で、なによりも「鏡」のように「自分」を映していると述べられているならば、上述の解釈が支持されるようにも思われる。

　しかし、鏡に映った人の姿は、鏡の前に立つ人間の鏡像であるが、鏡自体

は、あくまでも映す媒体であって鏡像ではない。「鏡」とされる人物を「自分」そのもの、あるいは「自分」の分身ないし一部であると考えるのは論理的ではない。そして重要なことは、第一夜でも第三夜でも、「自分」の「鏡」である人物は、「自分」にとって「異質な他者」としての存在感を漂わせていることである。向きあう相手が「自己」の範囲を超えないものであるような独我論的な世界がここにあるとは思われない。声（女や子供としての話し方だけでなく、確信をもった話し方）や身体（皮膚の血色や花の色と匂い、背負ったときの重み）は、どうみても「自分ではない何か」を実感させる。そして最後の接吻のエクスタシーや、石に押しつぶされるような感覚を、読者は、「自分」と「異質な他者、自己を超えた何か」との関わり、つきつめていうなら自己と世界の関係として捉えるのではないだろうか。（鏡像ではなく）媒体としての鏡とは、そのような自己を超えた世界を表しているように思われる。その意味で、第一夜を「宇宙との完全な諧和のなかに深い安堵を見出す、存在の根底をささえる夢」（清水 2015: 49）とする解釈は納得できる。それにならっていえば、第三夜は、「隠れた自己の一切が露わとなる恐怖に陥れる、存在の根底を脅かす夢」とでもいえるだろうか。

　さらにいうなら、第一夜にせよ、第三夜にせよ、もともと主体性の希薄な主人公であるからこそ、なりゆきに引きずられるうちに、最後に存在の根底に触れる体験に導かれるのである。これは日本の近代文学に限らないことと思われる。主体の受動的な側面も西洋の近代文学が扱う重要な部分であり、そのなりゆきをどう捉えるか、そしてどう言語化するかに、彼我の違いが出てくるものと思われる。

　第一夜と第三夜のイメージ表現上の対比に戻ろう。これらの対比はすべて、2つの夢がそれぞれ上述したような対照的なテーマを扱っていることと深く関わっている。逆にいうと、この対照的なテーマは、夢をみる人が夢のなかで体験するイメージ、すなわち「夢の感触」の描写をとおして、生々しく浮かびあがってくる。そして、こうした両極的な対照にもかかわらず、2つの夢は、主人公が自己を超越したものと出会い、それとの関係で自己を確認するという点で一致している。超越的存在は「転生」というモチーフをと

おして表され、自己確認というテーマは「鏡」のモチーフに表れている。

　物語の重要な役割の1つに、読み手が日常を超えた世界へと自己を開き、視野を拡大することを可能にするということがある。とするなら、2つの夢は、一人が一人とだけ向きあうような、きわめて短いテクストをとおして、視野拡大の強力なエネルギーを放っているといえる。読者を心の内に向かわせる物語のはたらきが、そこから外に向かわせる効果をもつ事例、事態内の感触に徹することで事態の外に抜けでる事例の1つといえるだろう。

4.3　恐怖の要素

　ここからは第三夜に話を絞る。この作品の源泉として、盲人殺しの怪談があることが指摘されている。河竹黙阿弥『蔦紅葉宇津谷峠』、三遊亭円朝『真景累が淵』、鶴屋南北『東海道四谷怪談』である。清水（2015）はこれを踏まえて、これらの怪談、とりわけ三遊亭円朝『真景累が淵』が、第三夜に対して「怪談の詩学（ポエチカ）」というべきものを提供していると指摘している。具体的には、第三夜に「日ヶ窪」、「堀田原」といった固有名詞が出てくることである。これらの地名は、怪談話にありそうな地名として陰惨な印象をあたえる。すなわち「漱石は現実の地名をそこに使う事で怪談的な感触をより効果的に作り出した」（清水 2015: 79）というのである。なお、清水の調査によると、これらの地名は過去に実在したもので、もちろん、その実在の空間がそのまま小説の空間になったわけではないが、漱石が幼少になじんでいた地名である可能性があるという。

　文学作品の理解において、固有名詞がもたらす効果は重要である。この観点から、地名に現れた「怪談の詩学（ポエチカ）」の指摘につけくわえたいのは、「文化五年辰年」という具体的な年が作品に示されていることである。文化五年すなわち1808年は、『夢十夜』の発表された1908年からみて100年前の年であるわけだから、この年を示すことによって、小説の「いま」が、作品の発表された「いま」であることをも明示していることになる。こうして第三夜は、『夢十夜』の夢のなかでもとりわけ、夢でありながら空間的・時間的に現実感を際立たせる作品となっている。

さきにも述べたように、登場人物は、第一夜では「自分」と「女」だけ、第三夜では「自分」と「小僧」だけであるが、どちらも抽象的に「女」、「小僧」などと名ざされるだけである。つまり、第一夜も第三夜も、登場人物の数を2名という最小限に絞ったうえに、人物指示も最大限に抽象化している。そんななか、第三夜で「日ヶ窪」、「堀田原」、「文化五年辰年」といった地名や年号が計3回出てくることは注目に値する。

ここで目をヨーロッパに転じると、ヨーロッパには、口承文芸の中心的ジャンルとして昔話と伝説を対比させる伝統がある。グリム兄弟は『ドイツ伝説集』の第1巻序文で、昔話は詩的で自足的で、伝説は歴史的で特定の場所や名前に結びつくと述べている（グリム／グリム 1995）。そして伝説は、そうした具体的時空に悪霊などの彼岸的なものが現れるさまを描くという。

地名・人名といった固有名詞は、読み手に対して、物語の世界を現実の具体的な時間・空間に着地させるはたらきをする。彼岸的・超自然的な事象の出現は、そうした具体的時空に生じることで、神聖さや恐怖の感情をひきおこす。超自然的現象が抽象的な架空の時空に生じた場合は、現実世界の決まりごとを離れて飛翔させる物語を生みだすかもしれない。昔話（とくに魔法昔話）はその1つであろう。一方、超自然的現象が具体的な時空に生じたなら、それは、理解をこえた抜き差しならぬ事態との直面を描く物語を生みやすい。その1つが伝説ということになる。その意味では、上述の「怪談のポエチカ」は「伝説のポエチカ」につながるといえるだろう。

じつは、第一夜もまた、その素材として怪談を利用している（ラフカディオ・ハーンの『日本雑録』のなかの「破約」、および『怪談』のなかの「お貞のはなし」）。しかし、こちらの場合は、筋の枠組みを怪談から借りてはいるものの、提示された世界は、およそ怪談的ではない。あくまでも筋の枠として怪談を用いているだけである（清水（2015: 43–47）参照）。

マックス・リューティ（1995: 19–58）は、昔話と伝説について、それらが「物語の2つの基本的な可能性」を表していると述べ、表現形式だけでなく、世界の捉え方の2つの極とみている。そして昔話では、「魔法や不思議

は、あたかもそれが自明なことであるかのように語られ」、一方、伝説では、「異常なもの」、「秘密に満ちた - 聖なるもの」が「物語の根本衝動」だという（リューティ 1997: 22, 23）。

『夢十夜』の第一夜と第三夜をこの類型に収めることはもちろんできない。ただ、物事の可能性をつきつめていけば、なんらかの極にむかって純化していくことをヒントとするなら、『夢十夜』の第一夜と第三夜は、「鏡」と「転生」というモチーフを軸に、「夢の感触」に深く沈潜することをとおして、「物語の可能性」がつきつめられ、その結果、「自己の把握」をめぐって、言語と内容が表裏一体となって二極化した表現事例といえるだろう。

4.4 語りの工夫

最後に、夢の感触の表現の特色を「語り」の観点から考えたい。語り手＝主人公は、自称詞として「自分」を一貫して用いているが、最後に自分が殺人者であることを悟ったときにだけ、「おれ」を使っている。本章の1.2.5節では、「自分」が私的に自己と向きあうときの言葉だとすれば、「おれ」は公的世界に向きあう声を表しているかもしれないという考えを述べた。これを語りの流れのなかで捉えるなら、「自分」という言葉で自己を内省的・客観的に語る「語り」のなかで、聞き手を前にした「談話」の言葉（つまり生の言葉）を思わず発したのが「おれ」だといえるだろう。

1人称小説では、語りの主体と対象が同一人物であるが、3人称小説と同様、語り手の視点と登場人物の視点が存在する。これを踏まえて、問題の部分を欧文の文体の枠組みで説明するなら、「自分」は1人称の語り手による語りの言葉（「語り手のテクスト」）で、「おれ」は体験者による自由直接話法の言葉（「登場人物のテクスト」）とみることができる。

翻訳との対比も興味深い。1974年の英訳、2000年の英訳、2013年のロシア語訳は、いずれもこの部分を間接話法で訳しているが、2015年の英訳（Trayvaud 訳）は、"*I am a murderer*, I realized at last..." と、現在時制の文を引用符なしで示す自由直接話法で処理している。「自分」から「おれ」への移行という、最終場面における日本語の直接的表出の感覚を、話法と表記（イ

タリック）の工夫でうまく伝えている（この英訳は、他の個所でも、モダニズム文学以後普及した話法や表記の手法を巧みに用いている）。

　1部4章2.2節でみた遠藤周作『沈黙』の最終場面にも同様の直接的表出が観察された。2部2章1.6節で検討したブルガーコフ『巨匠とマルガリータ』の夢の語りにも類似の話法の移行がみられた。「第三夜」の語りには、そうした、体験の感触をリアルに伝えるための、使用言語や語りの基本姿勢をこえた意識的／無意識的な工夫も含まれているといえるだろう。

注

1. 関連して、池上（2003: 29）はつぎのように述べている。
    > 独白に近いつぶやきはいわゆる＜意識の流れ＞的な叙述の仕方であり、＜意識の流れ＞的な叙述が西欧の場合、19世紀末になって文学的な手法として成立した。一方、日本の伝統では逆に江戸時代においてすらなお、「三人称を知らなかった」（野口 1994）と言われる通り、＜意識の流れ＞的な叙述の方がむしろ普通であった。
2. 日本語原文の「しかも対等だ。」にも、'with no respect for his father' の意味合いが含まれている。（少なくとも、この短編が書かれた当時の）日本社会で、子供から親へは物言いは、対等ではなく、敬体を使用するというのが通念としてあると思われる。
3. 自称詞・他称詞などに関する考察は廣瀬・長谷川（2010）、牧野（2018）などを参照されたい。
4. 物語の最初では、男と子供との会話のやり取りに引用符がつけられていないが、これも、夢の中の世界ということで、漠然とした無自覚な主人公の頭（心）の中を類像的に表しているのかもしれない。
5. 直接引用は、「当事者として状況に没入し、その人自身の立場になりきる」というかたちで共感的に処理している（本多 2005: 170）点で、主観的把握による表現形式といえるだろう。

引用文献

作品の原文および翻訳テクストは以下に依った。翻訳に言及する際は出版年のみで指

示した。引用に際し、頁数は示さない。

夏目漱石（1986［1908］）『夢十夜』岩波文庫．［「第三夜」：14–18．］
Natsume, Soseki. (1974) *Ten Nights of Dream*. Tr. by Aiko Ito and Graeme Wilson. Rutland, Vermont and Tokyo, Japan: Charles E. Tuttle Company. [The Third Night: 34–38.]
Natsume, Soseki. (2000) *Ten Nights' Dreams*. Translation with notes and comments by Takumi Kashima and Loretta R. Lorenz. London: Soseki Museum in London. [The Third Night: 9–13.]
Natsume, Soseki, (2015) *Ten Nights Dreaming and The Cat's Grave*. Tr. by Matt Treyvaud. Mineola, New York: Courier Dover Publications. [The Third Night: 13–16.]
Нацумэ Сосэки (2013) Десять снов: Рассказ. Перевод с японского Е. Сахаровой и Е. Тутатчиковой / «Иностранная литература» 2013, No. 9. C.192–212. [Третья ночь: 197–198.]

参考文献

池上嘉彦（2000）『「日本語論」への招待』講談社．
池上嘉彦（2003）「言語における主観性と主観性の指標（1）」山梨正明他編『認知言語学論考』3．ひつじ書房．1–49．
奥薗正彦（2018）「ドイツ語の事態把握をめぐって」中村芳久教授退職記念論文集刊行会（編）『ことばのパースペクティヴ』開拓社．28–40．
金水敏・木村英樹・田窪行則（1989）『指示詞』くろしお出版．
グリム，ヤーコプ／グリム，ヴィルヘルム（2008）『グリム兄弟　メルヘン論集』高木昌史・高木万里子編訳，法政大学出版局．
小林康夫（2000）『出来事としての文学―時間錯誤の構造』講談社学術文庫．
清水孝純（2015）『漱石『夢十夜』探索―闇に浮かぶ道標』翰林書房．
高山宏（2011）『夢十夜を十夜で』はとり文庫．
中村芳久（2009）「認知モードの射程」坪本篤郎・早瀬尚子・和田尚明（編）『「内」と「外」の言語学』開拓社．353–-393．
廣瀬幸生・長谷川葉子（2010）『日本語から見た日本人』開拓社．
野口武彦（1994）『三人称の発見まで』筑摩書店．
本多啓（2005）『アフォーダンスの認知意味論―生体心理学から見た文法現象』東京大学出版会．

牧野成一（2018）『日本語を翻訳するということ』中公新書.
森田良行（2014）『気持ちをあらわす基礎日本語辞典』角川ソフィア文庫.
森田良行（1998）『日本人の発想、日本語の表現』中公新書.
リューティ，マックス（1995）『昔話と伝説―物語文学の二つの基本形式』高木昌史・高木万里子訳，法政大学出版局.
リューティ，マックス（1997）『メルヘンへの誘い』高木昌史訳，法政大学出版局.

第 8 章
テクスト分析のまとめ

　第 2 部の第 5 章、6 章、7 章は、3 名（郡、都築、ペトリシェヴァ）の共同の討論をへたうえで、各節の執筆者がそれぞれの立場からの考察を示したものである。その立場については、各章および各節の冒頭に示した。
　分析対象となる作品の選定については、（1）20 世紀以降の小説、（2）よく知られた作家による作品、（3）語りの個性が 3 作品のあいだでバランスがとれ、（4）質の高い翻訳が複数存在すること、を目安に行った。その結果、とりあげた作品は 1910 年代から 1940 年代までに書かれたものとなり、翻訳に関しては、20 世紀後半から 21 世紀にかけてなされたものとなった。
　第 2 部の考察に独自性があるとすれば、それは（1）日本語、英語、ロシア語、それぞれのオリジナル・テクストを考察対象とし、かつそれらを複数の翻訳テクストと比較としたこと、（2）考察をまとめる前のテクストの読みを、言語学と文学研究の視点をぶつけながら進めたこと、（3）分析個所をとりだす際、作品全体の語りの特徴——それは言語学にも文学にもかかわる——を考慮に入れながら、多様な個所をとりだしたこと、その結果、（4）言語学的考察としては、「事態把握の主観性／客観性」という観点からに限定されるが、分析の対象とする現象は多岐にわたったこと、（5）文学的考察も、話法や言語表現といった言語学に接する問題から、自己／世界およびその関係の把握といった、より文学的な問題にまでおよんだこと、と整理できるだろう。
　以上のうち、語りのテクストをとおして、3 つの言語の特徴とそれらの相違を具体的に示すことは、ある程度できたと考えている。一方、言語学と文

学研究の分野横断的な共同作業という点についてはどうか。

　まず各作品を、分析材料が詰まった資料としてよりも、1つの作品として扱ったといえるだろう。そのため、言語学的には、通常なされるような、特定の観点から文ないしテクストの一部をとりだすやり方とは逆方向の作業となり、語りの原文と訳文全体における捉えられ方／描かれ方の基本的な相違点を、できるだけ広く拾いあげていくことになった（ただし、個々の分析は十分に深く展開できなかった）。他方、文学研究の方でも、作品の内容・テーマとからめながら、できるかぎり言語表現を具体的にとりあげた。

　言語学と文学研究の接点についてはどうか。かりに、言語自体から何かを抽出するのが言語学で、言語によって伝えられる内容から何かを探りだすのが文学研究だとすれば、両者の接点を探るのは難しいようにみえる。しかし文学研究も、個々の解釈をしながら、文学という営みの何らか側面を抽象化する。その意味では両者に通じるところはある。実際、構造主義においては、方法論が分野の境界をまたいで広がっていった。しかし、われわれの接点はむしろ、人間が世界に向きあうあり方にあった。すなわち、人間が世界ととり結ぶ関係のさまざまな様態を文学的に考察し、その関係の具体的な表れとして言語表現に注目するとき、主体による対象の意味づけ（いまの場合は、事態把握）のあり方から語りを考察する言語学——抽象的な人間が抽象的な地点から言語を操るという暗黙の前提から離れて、認知主体の立ち位置や対象との関係から言語を考察しようとする言語学と接点をもちうると思われた。

　言語学と文学研究の立場による、同一のまとまったテクストの共同分析だからこそ見えてきたことは何か。それは、一方で、事態の内側から体験的に捉えて表現する傾向の強い日本語が、語りにおいて人間の内面を生き生きと伝えるのに適していること、他方で、事態を客体化して表現する傾向をもつ英語などの言語が、その基盤の上に立ちながらも、体験者の内的感触を伝えるさまざまな方法（自由間接話法、自由直接話法など）を編みだし、表現の幅を拡張してきたことであった。このあたりのことが、言語学と文学研究の接点として大きな可能性をもつと意識したのは、執筆が進んでからであった

ため、これを主題的に展開することはできなかった。今後のわれわれの課題が少し輪郭を浮かびあがらせてきたと考えている。

執筆者紹介 ※五十音順

郡伸哉(こおり しんや)
中京大学国際教養学部教授。専門はロシア文学。
著書に『プーシキン―饗宴の宇宙』(彩流社、1999)、『チェーホフ短編小説講義』(彩流社、2016)、論文に「ドストエフスキーの世界感覚と言語」(『類型学研究』第 2 号、2008)など。

都築雅子(つづき まさこ)
中京大学国際教養学部教授。専門は語彙意味論、コーパス言語学。
論文に「行為連鎖と構文 II―結果構文」(『認知文法論 II』大修館書店、2004)、「コーパスと語彙意味論研究―加熱調理動詞の使役交替性」(『コーパスと英文法・語法』ひつじ書房、2015)、「in fact, actually, indeed, really の考察」(『英語語法文法研究』第 23 号、2016)など。

中村芳久(なかむら よしひさ)
大阪学院大学外国語学部教授。専門は認知言語学、英語学。
(共)編著書に『認知文法論 II』(大修館書店、2004)、『ラネカーの(間)主観性とその展開』(開拓社、2016)、『英語学が語るもの』(くろしお出版、2018)など。

ペトリシェヴァ・ニーナ(Petrishcheva, Nina)
中京大学国際教養学部准教授。専門は認知言語学、対照言語学、ロシア地域研究。
論文に "Russian Phatic Interjections: Development and Functions"(『ロシア語ロシア文学研究』第 44 号、2012)、「公開情報から読み取れるソチオリンピック―期待と結果」(『知の饗宴としてのオリンピック』エイデル研究所、2016)、「ロシアのマスメディアにみられる外国イメージ形成手法の変化」(『ロシアの現在―社会的・文化的諸相』中京大学社会科学研究所、2017)など。

中京大学文化科学研究所叢書 20

語りの言語学的／文学的分析
——内の視点と外の視点

Linguistic and Literary Analysis of Narrative: Inside/Outside Point of View
Edited by Kori Shinya and Tsuzuki Masako

発行	2019 年 3 月 27 日　初版 1 刷
定価	4000 円＋税
編者	Ⓒ 郡伸哉・都築雅子
発行者	松本功
装丁者	HTM
印刷・製本所	亜細亜印刷株式会社
発行所	株式会社 ひつじ書房
	〒112-0011 東京都文京区千石 2-1-2　大和ビル 2 階
	Tel.03-5319-4916　Fax.03-5319-4917
	郵便振替 00120-8-142852
	toiawase@hituzi.co.jp　http://www.hituzi.co.jp/

ISBN978-4-89476-976-2

造本には充分注意しておりますが、落丁・乱丁などがございましたら、小社かお買上げ書店にておとりかえいたします。ご意見、ご感想など、小社までお寄せ下されば幸いです。

──── 刊行のご案内 ────

テクスト分析入門　小説を分析的に読むための実践ガイド
松本和也編　定価 2000 円+税

小説を読むための、そして小説を書くための小説集
読み方・書き方実習講義
荣原丈和著　定価 1900 円+税

自由間接話法とは何か　文学と言語学のクロスロード
平塚徹編　定価 3200 円+税

現代日本語の視点の研究　体系化と精緻化
古賀悠太郎著　定価 6400 円+税